KB015971

갈릴레이와 금붕어

Galilée
et les poissons rouges

GALILÉE ET LES POISSONS ROUGES

Written by Jean-Jacques Grief

갈릴레이와 금붕어

장 자크 그리프 지음 | 하정희 옮김

GB 거인북

Galilée
et les poissons rouges

차례

제가 갈릴레이에 대해서 지나치게 허튼 소리를 쓰지
않도록 도와주신 물리학자 알랭 라베른에게 감사를 드립니다.

01

피사의 기울어진 탑

Galilée
et les poissons rouges

류트 연주자의 아들

갖가지 색깔의 천들이 음계와 화음이 만들어내는 아름다운 선율에 몸을 맡긴 채 선반에서 잠자고 있습니다. 포목상 빈첸치오 갈릴레이가 가게의 뒷방에서 류트(16세기에 유럽에서 유행했던 11현의 악기-옮긴이)를 연주하는 중입니다.

빈첸치오에게는 아들이 있습니다. 그가 아들한테 어떤 이름을 지어줬을까요? 갈릴레오입니다('갈릴리 가문 사람'이라는 뜻-옮긴이). 내 기억에 노엘 노엘이라고 불렸던 배우가 있었는데, 그건 연극용 이름이었죠. 위키피디아에 따르면, 그 사람의 본명은 루시앙 노엘이었습니다.

갈릴레이는 아버지에게 그 이유를 물었어요.

갈릴레이 아빠는 빈첸치오 갈릴레이고, 바보 멍청이 제 동생은 미켈란젤로 갈릴레이잖아요. 그런데 왜 저만 갈릴레오 갈릴레이예요? 다들 절 놀릴 거라고요.

빈첸치오 예로부터 우리 가문은 장남한테 갈릴레오라는 이름을 붙이고 있단다. 그렇게 해서 우리는 예수께서 어린 시절을 보내신 성지 갈릴리에 영광을 돌리는 거지. 이런 관습을 존중해서 사람들은 우리를 가리켜 '갈릴리 가문'이라고 부른다. 2백 년 전에 피렌체에 살았던 유명한 의사이자 우리 집안의 위대한 조상에 대한 얘기는 내가 이미 너한테 해준 적이 있는데. 그분도 갈릴레오 갈릴레이 선생님으로 불렸어.

갈릴레이 전 선생님이 아니라고요.

빈첸치오 언젠가는 그렇게 될 거다. 아무렴, 너도 반드시 유명한 의사가 되고말고.

갈릴레이 전 의사가 되고 싶지 않아요. 연주가가 되고 싶어요.

빈첸치오 굶어 죽고 싶어서? 나는 류트를 연주하고, 류트 연주법에 대한 글도 쓰고, 강습도 했다. 그런데 피렌체에서 내 지위를 유지하기 어려울 정도로 수입이 적었고, 결국 여기 피사에서 포목상이 됐다.

갈릴레오 갈릴레이는 1564년 2월 15일 피사에서 태어났습니다. 음악 사전에는 갈릴레이의 아버지인 빈첸치오 갈릴레이가 '음악 이론사에서 대단히 중요한 사람'으로 소개돼 있습니다. 그는 고대 그리스 음악을 되살려내고자 했습니다. 소포클레스와 아이스킬로스의 연극이 어떤 식으로 낭독되고 노래로 불렸는지를 연구했지요. 류트로 반주하는 세속성악곡을 작곡하기도 했고요. 또한, 기사나 책을 통해서 자신의 스승과 당시의 음악가들을 공격하기도 했습니다. 갈릴레이의 한 전기에 따르면[1], 빈첸치오는 아들에게 '독립적이고 호전적인' 성격을 물려주었던 것 같습니다.

나는 갈릴레이의 전기를 여러 권 읽어봤습니다. 그 책들은 갈릴레이의 유년기에 대해서는 다루지 않았더군요. 그를 오늘날까지도 유명한 인물이 되게 만든, 저 위대한 모험을 시작했던 1609년에 갈릴레이는 이미 만으로 마흔다섯 살이었습니다. 그렇다고 해도 나는 갈릴레이가 어렸을 때 다음과 같은 질문을 했다는 사실은 알고 있습니다.

저 탑은 왜 기울어져있을까?

피사의 아이들은 저마다 한 번씩은 이런 의문을 가졌고 오늘날에도 여전히 그러한데, 이는 피할 수 없는 일이지요. 피렌체 사람이었던 빈첸치오는 피사의 탑에 대해서는 그다지 아는 게 없었습니다.

빈첸치오　뭐, 일부러 그렇게 지었겠니. 땅이 너무 물렀거나 아니면 그

1. Ludovico Geymonat, *Galilée*(Le Seuil, Points Science).

비슷한 이유로 탑이 내려앉은 거야.

갈릴레이 탑이 쓰러질까요?

빈첸치오 내가 알기에는, 탑은 몇백 년 전부터 기울어져 있었어. 그렇다고는 해도 나는 그 밑에다 집을 지을 생각은 없다.

열심히 탑 그림을 그리던 중에 문득 떠오르는 생각이 있었습니다. 아, 그래. 피사의 탑은 갈릴레이에게 영향을 줬고 따라서 뉴턴과 푸앵카레, 아인슈타인을 비롯한 서구의 과학 전반에 영향을 끼쳤던 겁니다! 만약 갈릴레이가 거리 곳곳에 고대 유물들이 남아 있는 로마에서 자랐더라면, 그의 호기심은 고대 라틴문학이나 역사 쪽으로 기울어졌을 테고 근대과학을 창시하는 일은 없었을 테지요. 나는 기울어진 피사의 탑이 그를 매혹했고 그의 머리에서 내내 떠나지 않았을 것이라고 확신합니다. 내가 비록 어린 갈릴레이에 대해서는 아는 바가 전혀 없지만, 성인이 된 갈릴레이에 관해서는 잘 알고 있습니다. 그의 책과 발견들 그리고 자연의 불가사의를 대하는 그의 태도를 통해서 말입니다. 뒤에서 얘기하게 되겠지만, 갈릴레이는 관찰과 추론을 철저히 적용하는 '과학적 방법'과 다양한 조작기법을 이용하는 '실험 방법'을 창안했습니다. 다시 말해서, 그는 이런저런 물건들을 만들어내기를 좋아하는 사람이었지요. 어린 갈릴레이 안에는 어른 갈릴레이의 싹이 들어 있는 법이어서, 어린 갈릴레이도 실험적인 방법을 사용합니다. 탑이 어느 정도의 기울기에서부터 쓰러지는지를 보기 위해서 그가 탑 아래쪽의 땅을 파기는 어렵겠지만, 정육면체의 나무 조각들을 가지고 작은 탑 모형을 만들 수는 있지요. 레고로는 안 되느냐고요? 아, 그럴 수는 없는데, 그 당시에는 아직 레고가 발명되지 않았거든요.

그는 8층 탑을 표현하기 위해서 나무 조각 여덟 개를 쌓아올립니다. 나무 조각들을 땅이나 탁자 위에 아주 정확하게 쌓아올린다면 이 작은 탑은 영원히 서 있을 수 있습니다. 돌들을 쌓아올려서 만든 이집트의 피라미드들이 그렇지요. 갈릴레이는 나무 조각들을 나무판 위에다 쌓은 뒤에 나무판을 조금씩 기울입니다. 아하, 일이 점점 재미있어지는군요.

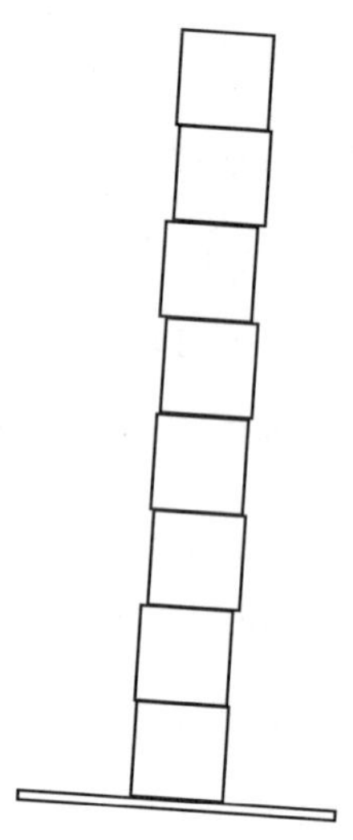

어떤 각도에 도달하게 되면, 와당탕! 만약 나무 조각들의 표면이 거칠다면, 표면이 아주 매끄러운 경우보다 나무판을 훨씬 더 많이 기울일 수 있습니다. 예를 들어서, 유약을 칠한 나무 조각들은 탑이 기울어지자마자 미끄러지겠지요. 간단히 얘기해서, 마찰이 나무 조각들을 붙잡고 있는 셈입니다. 나무 조각들이 미끄러지는 것을 방지하기 위한 가장 확실한 방법은 그것들을 풀로 붙이는 것이지요. 갈릴레이에게 풀이 있었을까요? 물론입니다. 사람들은 생선살이나 내가 모르는 어떤 것으로 풀을 만들었습니다. 어쨌거나, 풀로 붙인 나무 조각 여덟 개는 마치 하나의 나무 조각처럼 움직입니다. 자그마한 이 탑은 폭풍우에 쓰러지는 나무처럼 한방에 균형을 잃고 쓰러집니다. 모든 것은 중력의 중심이 어디에 있는가에 달렸지요.

사실 우리는 가파르게 기울어진 나무들을 종종 보게 됩니다.

그것들은 어떻게 서 있는 걸까요? 땅속에 박혀 있는 뿌리 덕분이죠. 흙은 뿌리를 꽉 붙듦으로써 나무 전체를 붙잡고 있습니다. 우리는 심지어 절벽에서 수평으로 자라는 나무도 상상해볼 수 있습니다. 탑이 무너지는 것을 방지하려면 우선 벽과 기둥을 이루는 돌들을 시멘트로 단단하게 붙여야 하고, 또한 땅이 탑의 뿌리를 다시 말해서 탑의 토대를 잘 붙잡고 있는지를 확인할 필요가 있습니다.

기울어진 탑의 비밀이 갈릴레이를 어찌나 괴롭히는지 그는 피사 대학 도서관으로 가서 먼지가 쌓인 고문서들과 누렇게 바랜 평면도까지 열람해봅니다. 이럴 수가! 맨 처음에 탑을 건축한 사람들은 완전 바보들이었습니다. 탑의 토대가 고작해야 약 3미터 깊이밖에 되지 않습니다. 그들은 탑이 기울어질지도 모른다는 생각은 하지 못했던 것이죠. 똑바로 서 있는 탑이라면 그 정도 깊이로도 충분했을 겁니다. 그들은 기울어진 나무보다는 이집트의 피라미드를 표본으로 삼았던 것이지요.

갈릴레이는 어째서 탑이 쓰러지지 않았는지를 아버지에게 설명해줍니다.

갈릴레이 사람들은 1173년에 탑의 초석을 놓았어요. 5년 뒤에, 3층까지 쌓았을 때 사람들은 땅 한쪽이 30센티미터 정도 내려앉은 걸 발견했죠. 결과적으로 높이가 수직으로 대략 27밀리미터 정도 벌어져 버렸어요. 그러고는 공사를 중단했어요.

빈첸치오 지반을 보강하려고?

갈릴레이 아니요. 토스카나하고 제노바 사이에 전쟁이 시작됐거든요. 한 세기 내내, 전쟁이 벌어지지 않으면 기근이 들거나 전염병이 돌았어요. 1272년부터 사람들은 네 개 층을 더 쌓아올렸어요. 그리고 눈에 띄지 않게 교묘히 탑의 상태를 조금이나마 개선해보려고 했고요. 오랫동안 공사가 중단됐던 덕분에 지면은 단단하게 다져졌죠. 그렇지 않았다면 새로 얹은 층들 때문에 탑이 무너졌을 테니까요. 1294년에 전쟁이 재개됐고요. 결국, 사람들은 거의 한 세기 동안 공사를 다시 중단했어요. 그러고는 1372년에 맨 마지막 층을 지었죠.

빈첸치오 난 저 탑이 다른 많은 탑과는 왜 다른지가 항상 궁금했다.

갈릴레이 거기에는 종이 여러 개 달려 있죠.

빈첸치오 내가 얘기하고 싶은 건 탑의 양식에 대해서야. 우리 조상은 보통 아래층들은 소박하게 만들었거든. 저 종탑의 양식은 더 장식적이지.

갈릴레이 탑 높이는 대략 58미터고요.

이상한 삼각형

갈릴레이는 열일곱 살이 됐습니다. 그의 아버지는 그에게 놀라운 소식을 알렸습니다.

빈첸치오 의과대학에 널 등록시켰다.

갈릴레이 아빠가 절 의과대학에 보낼 생각을 하고 계신 건 알았어요. 자주 그런 말씀을 하셨으니까. 저는 애써 그 문제는 생각하지 않으려고 했고요. 그런데 이제 올 게 왔네요.

빈첸치오 넌 영광스러운 우리 조상처럼 의사가 되는 거야. 귀하고 오래된 우리 가문이 이제 합당한 제자리를 되찾는 거다.

갈릴레이 제가 아빠의 뜻을 따르지 않는다는 건 당치도 않겠죠, 그건 신성한 종교의 가르침을 거스르는 일이 될 테니. 그래도 어쨌거나, 의사들은 이미 길에 차고 넘치게 많아요. 제가 의사가 된다면 피사에 의사 하나가 더 늘어날 뿐이죠. 하지만 만약 제가 류트를 연주한다면…… 아빠가 쓰신 책들을 가지고 연습을 했고 또 아빠한테 지도도 받아서 전 이미 누구 못지않게 연주를 잘해요. 아직도 전 더 발전할 수 있고요. 피사는 훌륭한 류트 연주가 한 명이 생기는 셈이고, 그건 시시한 의사보다 더 가치 있는 일 아닐까요?

빈첸치오 나는 가끔씩 짬이 날 때 류트를 연주하는 가난한 포목상이다. 너는 여가에 류트를 연주하는 부유한 의사가 되려무나.

갈릴레이는 2년 동안 마음에도 없는 의학을 공부합니다. 우연한 만남이 그의 운명을 결정하는 날이 올 때까지 말이지요. 그렇다고 그가 신비한 갈색 머리 소녀를 만났다거나, 먼 동양에서 온 쿵후 스승을 만난 건 아닙니다. 그는 1800년 전에 죽은 유클리드라는 이름의 노인을 만났지요. 오늘날에도 여전히 고등학교와 대학에서 공부하는 기하학은 모두 유클리드의 『기하학원론』에 설명돼 있습니다. 갈릴레이는 마치 추리소설을 읽듯이 이 책에 빠져듭니다. 작가는 점, 직선, 각, 삼각형이라는 인물들을 소개하며 책을 시작합니다. 그런 뒤에 동시다발적으로 일어나는 사건들과 예상치 못했던 놀라운 일들 그리고 수수께끼와 새로운 전개들을 펼치면서, 탄탄하게 줄거리를 엮어나갑니다. 삼각형의 세 수직이등분선이 이상하게도 한 점에서 만나는 걸…… 위대한 탐정 유클리드는 이것을 조사합니다. 여러 상황 증거들이 여기에 부합하는군요. 유클리드는 이 만남이 피할 수 없는 것이었음을 증명해냅니다. 게다가 이 점을 중심으로 삼아 삼각형의 세 꼭짓점을 지나는 원을 그릴 수도 있습니다.

가차 없이 전개되는 논증은 갈릴레이를 경악하게 만들었고, 그 아름다움이 그의 마음을 사로잡습니다. 그는 의학공부를 그만두고 싶다고 아버지에게 선언합니다.

갈릴레이 저는 제 인생을 수학에 바칠 생각이에요.

빈첸치오 그게 무슨 말이니? 수학을 공부하겠다고? 그건 직업이 아니야. 류트를 연주하겠다는 것보다 훨씬 더 나쁘구나. 가족들을 먹여 살릴 돈은 어떻게 벌려고?

갈릴레이 음, 강의를 하면 되겠죠, 아마도.

빈첸치오는 아들을 잘 알았죠. 아들이 독립적이고 호전적이라는 것을 말이지요. 아들의 생각을 바꾸는 것보다 탑을 똑바로 세우는 일이 더 쉬웠을 겁니다. 그래, 해라! 갈릴레이 가문의 명성을 위해서는 참으로 안 된 일이지만.

갈릴레이는 미술학교에서 기하학과 원근법, 건축, 천문학 그리고 해부학을 가르치는 수학교수를 찾아냅니다. 그는 수학자인 동시에 기술자이기도 했습니다. 오늘날 우리는 수학을 물리학이나 천문학과 구분하고, 마찬가지로 '순수수학'과 '응용수학'을 구분하지요. 그러나 17세기에는 모든 학문을 자루 하나에 담았습니다.

그 교수는 갈릴레이처럼 이런저런 물건을 만드는 것을 좋아하는 사람이었습니다. 그는 갈릴레이에게 자신이 숭배하는 아르키메데스에 관해서 알려주는데, 아르키메데스는 기하학을 이용해서 온갖 종류의 수력 기계와 전쟁용 기계들을 발명했던 사람이지요.

수학공부를 시작한 해에 갈릴레이는 최초의 과학적 발견을 합니다. 그의 나이는 열아홉 살이었습니다. 착실한 기독교 신자이긴 했지만 피사 성당에서 미사를 보던 중에 그는 속수무책으로 공상에 빠져듭니다. 그는 사제 두 명이 둥근 천장에 긴 줄로 매달린 커다란 촛대에 불을 붙이는 모습을 자세히 관찰합니다. 대략 2.5미터쯤 되는 막대기를 든 사제가 두 번째 사제가 있는 측면 회랑까지 촛대를 밀어줍니다. 이 사제가 초에 불을 다 붙이자 첫 번째 사제는 촛대를 놓았고, 그러자 촛대가 중앙홀의 거의 맞은편까지 돌진했다가, 되돌아오고, 다시 갔다가, 되돌아옵니다. 흔들리는 폭은 조금씩 줄어듭니다. 그러다가 결국에는 움직이지 않게 되겠지요. 진폭은 줄어드는데 각 진동의 지속시간은 줄어들지 않는 것처럼 보입니다.

진동의 지속시간, 즉 진동주기가 일정하다는 것을 어떻게 알았을까요? 갈릴레이에게는 회중시계가 없습니다. 상당히 편리한 이 물건은 꼬박 두 세기가 지나서야 발명됐으니까요. 그는 맥박이 뛰는 곳을 잡고서 고동 수를 셌습니다.[2]

만들기를 좋아하는 갈릴레이는 집에 돌아오자마자 줄에 돌을 매답니다. 돌은 작은 돌과 큰 돌을 준비했고요. 줄은 짧은 줄과 긴 줄을 준비했습니다. 이런 것들이, 실험 조건에 변화를 준다고 합니다. 새로운 방법이지요. 갈릴레이 전에는 어떤 학자도 이렇게 하지 않았습니다. 어쨌든 누구도 이런 방식을 언급한 적이 없었습니다. 갈릴레이 이전 사람들은 중세의 '스콜라 학파'의 방법에 따라서 책에서 정보를 찾았습니다. 예를 들자면, 의사들은 환자의 몸보다는 2세기에 살았던 의사 갈레누스의 저작들을 검토하는 편이 더 간편하다고 생각했습니다. 그러나 대장장이들은 자신의 경쟁자보다 칼을 더 잘 담금질하기 위해서 틀림없이 여러 가지 실험들을 해봤겠지요. "시험 삼아 해보라"는 원칙은 적어도 원시인들에게까지 거슬러 올라가는 것입니다. 분명한 점은, 라틴어를 알고 난해한 고서적들을 읽을 줄 알았던 사람들은 어린아이처럼 도구들을 가지고 놀 정도로 자신들을 낮추지 않았다는 것이지요.

---

2. 역사가들은 이런 식의 이야기가 과연 사실인지 의심스러워합니다. 갈릴레이는 진자의 원리를 발견했지만, 우리는 그가 언제, 어떻게 그것을 발견했는지에 관해서는 알지 못합니다. 물론, 피사 성당의 샹들리에 중 하나에 '갈릴레이의 샹들리에'라는 별명이 붙어 있기는 합니다. 나로 말하자면, 나는 이 이야기를 믿습니다.

갈릴레이는 돌과 줄을 가지고 놀면서, 진동주기는 주어진 돌과 실에 대해 불변한다는 사실을 증명합니다. 진자를 발명한 것입니다! 그는 진동주기가 돌의 무게에 의존하지 않으며, 또한 줄의 길이에도 의존하지 않는다는 사실을 발견합니다.

진자는 짧은 시간을 측정하고 비교하는 데 사용할 수 있습니다. 해시계의 문자반은 시를 알려주고, 모래시계는 달걀을 익히는 데 필요한 시간을 분으로 잴 수 있게 해줍니다. 진자를 가지고 우리는 초 단위까지 내려갑니다. 갈릴레이는 자신의 맥박수를 세면서 진자를 발명했지요. 이 과정을 뒤집어서, 그는 진자를 가지고 자신의 맥박의 주기를 측정합니다. 그는 의과대학에 친구들이 있었기 때문에 그들에게 그 방법을 알려주죠.

갈릴레이가 세상을 떠난 지 30년 뒤에, 네덜란드의 위대한 학자 호이겐스가 괘종시계를 만들어 냅니다. '초seconde'라는 단어는 17세기 말쯤에야 불어에 등장했습니다.[3] 미국이나 자메이카의 운동선수들이 거의 백 분의 일 초 단위로 측정되는 '100미터 세계기록'을 놓고 다투게 될 날이 올 줄은 아무도 상상하지 못했지요.

갈릴레이는 피렌체 대학에서 수학 공부를 계속해나갑니다. 그는 그리스 로마 시대의 과학과 철학 문헌들을 많이 읽습니다. 그리

---

3. 라틴어에는 이 단어가 이미 존재했습니다. 길이나 무게를 세밀하게 측정하기 위해서 사람들은 분수 1/60과 1/3600을 사용했는데, 이것들은 바빌론에서 도입된 것으로서(바빌론 사람들은 60을 기본단위로 해서 수를 셌습니다), '파르스 미누타 프리마pars minuta prima'와 '파르스 미누타 세콘다pars minuta seconda'로 불렀습니다.

고 22살에, 아르키메데스의 원리에서 영감을 받아 '부력식 저울'을 만듭니다. 내가 제대로 이해했다면, 그것은 미끄러지듯이 움직이는 평형추를 이용해서 공기 중에서의 무게와 물속에서의 무게를 쉽게 비교하는 것입니다. 이 물건은 어디에 쓰일까요? 물체의 밀도를 측정하는 데 쓰이죠. 이것은 아주 중요한 문제인데, 사람들은 금이라고 주장되는 덩어리가 금과 주석의 싸구려 합금인지 아닌지를 알고 싶어 하기 때문입니다. 순금만이 순금의 밀도를 가집니다. 아르키메데스가 그의 원리를 공식으로 만든 까닭도 시라쿠사의 왕이 자신의 왕관이 정말로 순금인지를 알고자 했기 때문이었죠.

그 다음 해에 갈릴레이는 물체의 중력의 중심에 관해서 짧은 논문을 씁니다. 다각형이나 다면체와 같은, 닫힌 기하학적 도형의 중력의 중심을 측정하는 일은 정리(定理)들을 이용해서 풀 수 있는 이론적인 문제입니다. 이것이 실용적으로 적용될 수 있는 것은 확실합니다. 예를 들어, 기울어진 물체는 그것의 중력의 중심이 '밑면의 다각형' 위에 있는 한 계속해서 서 있을 수 있습니다. 중력의 중심에 대한 갈릴레이의 연구가 피사의 탑과 분명히 관계가 있다는 것은 그 누구도 부정할 수 없겠지요. 앞서 내가 그린 그림을 자세히 관찰해본다면, 중력의 중심이 밑면의 다각형 위에 있다는 사실을 알 수 있을 것입니다. 사람들은 탑이 해마다 1센티미터씩 내려앉았기 때문에 1990년에 탑을 폐쇄했습니다. 한두 세기 뒤에는 중력의 중심이 결국 다각형 밖으로 나가게 될 테고, 그러면 결국 쓰러지겠지요. 사람들은 탑을 보강해서(약간) 바로 세웠고, 확실히는 모르겠지만 콘크리트 같은 것을 땅속에 주입해서 마침내 2000년에 300년을 보증하며 탑을 다시 개방했습니다. 여러분은 걱정 없이 탑을 방문할 수 있습니다.

내가 여러분에게 탑에 관한 소식을 전해주는 사이에, 갈릴레이는 피렌체에서 공부를 마치고 때마침 피사로 돌아와 있었습니다. 하지만 그는 생활비를 벌어야 하지요. 포목상이 될 생각은 전혀 없었고요. 그는 이탈리아에서 가장 권위가 높은 볼로냐 대학에서 교수직을 구해보려고 했지만 실패했습니다. 그래서 피사 대학에서 하찮은 직급에 연봉 60에퀴(19세기의 5프랑 은화-옮긴이)로 만족해야만 합니다. 6년 전에 그에게 의학을 가르쳤던 선배 교수는 2천 에퀴를 버는데 말이지요.

내가 "의학을 가르친다"라고 얘기할 때 그것은 곧 '갈레누스의 저작들'을 가르친다는 것을 뜻합니다. 갈릴레이로 말하자면, 그는 수학 교수이기 때문에 두 권의 저작에 근거해서 스콜라 학파식 교육을 했습니다. 기하학은 유클리드의 기하학원론으로, 천문학은 프톨레마이오스의 알마게스트(Almageste. 아랍어로 '가장 위대한 것'이라는 뜻-옮긴이)로 가르쳤던 것이지요. 유클리드에 관해서는 앞에서 이미 언급했습니다. 프톨레마이오스에 관해서는 뒤에서 많이 얘기하게 될 텐데, 갈릴레이의 위대한 책 『두 우주 체계에 대한 대화』는 『코페르니쿠스 대 프톨레마이오스』라는 제목이 붙을 수도 있는 책이기 때문입니다.

공인된 체계이자 의무적으로 받아들여야만 하는 체계인 프톨레마이오스의 체계에 따르면, 지구는 고정돼 있습니다. 태양이 지구 둘레를 도는 것이죠. 하늘 혹은 '창공'도 역시 지구 둘레를 돕니다. 폴란드 출신의 코페르니쿠스라는 사람이 갈릴레이가 태어나기 20년 전에 다른 체계를 제안했습니다. 수학을 잘하는 모든 젊은이가 그랬던 것처럼 갈릴레이도 코페르니쿠스의 체계를 자세히 살펴보고는 그의 탁월함을 깨달았지만, 쉿! 거기에 관해서 얘기하는 것은 경솔한 짓이죠.

베네치아 근처로 옮기다

1491년. 갈릴레이는 스물여덟 살이 되고 빈첸치오는 일흔한 살이 됩니다. 박식한 사람들-갈레누스의 책을 읽었던 이들-에 따르면, 노화는 마흔다섯 살에 시작된다지요. 따라서 빈첸치오는 백발노인으로서, 그렇게 오래 살았다는 사실에 스스로를 행복한 사람이라고 평가할 만했죠. 이런, 내가 말을 잘못했군요. 그는 갑자기 세상을 떠났습니다. 갈릴레이는 가족들을 떠맡게 됩니다. 어머니와 두 누이와 말썽꾸러기 남동생이었죠. 60에퀴로 모두를 부양하기란 불가능합니다. 갈릴레이는 사방팔방으로 이력서와 지원서를 보냅니다. 파도바 대학은 그에게 연봉 180플로린(13세기 피렌체에서 발행한 금화-옮긴이)의 교수직을 제안하고, 그는 즉시 그 자리를 받아들입니다.

만약 내가 토스카나의 에퀴와 베네치아의 플로린 간의 환율을 알았다면 여기에다 적었을 텐데요. 그의 수입이 피사에서보다 약간

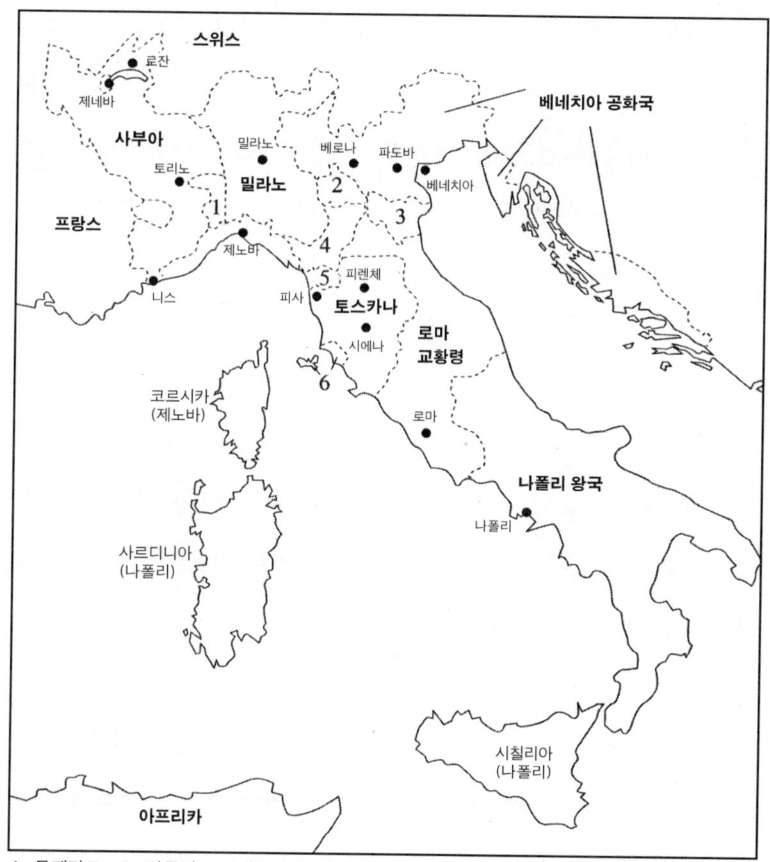

1-몬페라토 2-만투아 3-페르라라 4-모데나 5-루카 6-피옴비노(그리고 엘바섬)

더 많다고만 말해두지요. 무엇보다도 그 자리는 좀 더 비중이 있는 자리입니다. 만약 그가 교수 일을 만족스럽게 해낸다면 급료는 빠르게 올라갈 겁니다. 어째서 돈이 에퀴에서 플로린으로 바뀌었을까요? 자, 이제 16세기의 이탈리아를 설명할 때가 왔습니다. 그 당시의 이탈리아는 오늘날처럼 통합된 하나의 국가가 아니었고, 왕국과 공국, 공작령, 자유도시 등 총 열두 개 조각으로 나뉘어 있었습니다.

피사는 토스카나 대공국에 속하며, 토스카나의 수도는 피렌체입니다. 13세기부터 상업과 은행업으로 큰 재산을 모은 강력한 메디치 가문이 15세기 중엽 이후 토스카나를 통치합니다. 메디치가는 프랑스에 두 명의 왕비를 보냈지요. 카트린과 마리. 마리 드 메디치의 웅장한 궁전은 파리의 뤽상부르 정원 깊숙이 자리하고 있으며, 원로원도 그 안에 있습니다.

'양(兩)-시칠리아 왕국'이라고도 하는 나폴리 왕국은 어느 정도 에스파냐에 속해 있습니다. 에스파냐의 영향력은 밀라노 공국에도 미칩니다. 사부아 왕국의 경계는 불안정합니다. 분쟁이 생길 때마다 제네바 지역이 커지기도 하고 줄어들기도 하지요. 프랑스는 적당한 기회가 오자 곧바로 사부아 왕국 일부를 잠식합니다. 그런 다음에 대혁명과 제국 시기에는 잠정적인 방식으로, 이어서 1860년에는 결정적인 방식으로 사부아 왕국의 상당 부분을 삼켜버립니다.

베네치아 공화국은 비록 키프로스 섬을 잃지만 강력한 해군력을 갖추고 있으며, 수세기 이래로 오트만 제국에 대항해왔습니다.

갈릴레이 시대의 이탈리아와 현대의 이탈리아 사이의 가장 중요한 차이는 지도에 잘 나타나 있습니다. 오늘날, 교황은(최근 소식에 따르면, 베네딕토 16세) 세계에서 가장 작은 나라라고 자부하는 바티칸을 통치하고 있습니다. 16세기에는 교황이 이탈리아 상당 부분을 소유하지만, 그것만으로 만족을 느끼지 못해서 곧 페르라라 대공국을 합병하게 됩니다. 이웃한 공작과 군주들은 마치 큰 고양이와 한집에 사는 생쥐처럼 교황을 경계하지요. 그렇다고는 해도 교황은 그들의 아버지였던 까닭에 그들은 교황과 전쟁을 벌이는 것을 꺼립니다. 교황은 화가 나면 당장에 그들을 파문할 것이고, 그렇게 되면 천국의 문이 닫혀버리지요. 그래도 얘기를 너무 앞질러 나가지는 말아야겠습니다. 이 책에서 교황은 조만간 가공할 권력을 휘두르게 됩니다.

지도를 보면 파도바가 베네치아 공화국에 속해 있다는 사실을 알 수 있습니다. 파도바 대학의 수준은 훌륭합니다. 갈릴레이는 그곳에서 18년 동안 가르칩니다. 그는 여러 교수와 교양 있는 베네치아의 귀족들, 그리고 베네치아의 큰 병기창에서 무기를 제조하고 선박을 만드는 기술자들과 우정을 맺습니다. 그리고 종종 베네치아에 들르지요. 바로 그곳에서 그는 마리나 감바를 만나고, 그녀와 함께…….

아, "그녀와 함께 그는 가정을 꾸린다"라고는 쓰겠지만 "그녀와 결혼한다"라고 쓸 수는 없겠네요. 그는 파도바의 근처에 마리나와 정착합니다. 1600년에 비르지니아가 태어나고 1601년에 리비아가, 그리고 1606년에 빈첸치오가 태어납니다. 어떤 전기 작가들은 갈릴레이가 기혼의 귀족처럼 살기에는 수입이 충분치 않았다고 생각합니다. 대학이 여러 차례 급료를 올려줬고 또 열두 명 남짓의 학생들에게 개인교습을 했다고 해도(그중 여럿은 외국 출신이며 그의 집에서 삽니다), 그는 어머니에게 적당한 액수의 연금을 보내고, 누이들이 결혼할 수 있도록 지참금을 보내주고, 남동생의 빚을 갚는 것만으로도 버겁습니다.

나는 다른 전기 작가들 책에서 이와는 다른 설명을 찾아냈습니다. 중세에는 판사와 교수들은 '성직자'였습니다. 1473년에 태어난 코페르니쿠스도 여전히 주교좌성당의 참사원이지요. 1600년에는 갈릴레이 같은 교수는 서원(가톨릭에서 그리스도적인 완전한 덕을 쌓기 위해서 스스로가 숙고하여 자유의사로 하느님과 약속하는 것-옮긴이)할 필요가 없어졌지만 그래도 교수는 일종의 반-성직자라고 볼 수 있습니다. 그는 신부와 구분이 안 되는 '관습적인 법의'를 입지요. 갈릴레이는 그것을 입지 않겠노라고 거부해서 비난을 받습니다. 어찌 됐든 그는 독신으로 남아 있어야 합니다.

누군가 갈릴레이에게 미래에는 대학에 여교수와 청바지 차림의 교수들이 넘치게 된다는 얘기를 해줬더라면 그는 많이 놀랐겠지요.

02
달의 산들

Galilée
et les poissons rouges

망원경

비르지니아는 1600년에 태어났습니다. 그럼 1609년에는 몇 살이었을까요? 9살이죠. 보세요, 수학은 쉬워요.

갈릴레이는 맏딸을 아주 아꼈습니다.

갈릴레이 비르지니아, 네 방에서 웃는 소리가 들리더구나. 뭐가 그렇게 좋니?

비르지니아 이 새 장난감 때문에요. 아빠, 대롱 모양의 망원경이에요. 네덜란드에서 온 거예요. 산타 크로체 성당 뒤에 사는 절름발이 베아가 제 비단 리본을 가지는 대신에 줬어요. 베아 오빠가 프랑스 파리에서 이런 걸 여러 개 가져왔대요. 파리 사람들한테 엄청 인기래요. 이 장난감으로 멀리 있는 물체를 보면 물체가 가깝고 크게 보여요!

갈릴레이 내가 좀 보자꾸나.

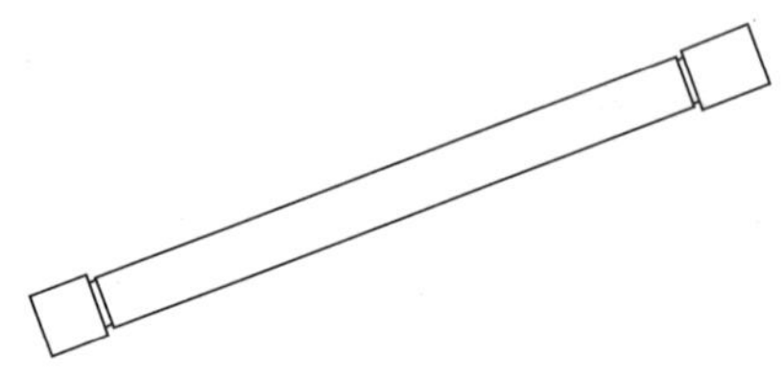

비르지니아 이쪽으로 보는 거예요. 저기, 나무를 겨냥해보세요.

갈릴레이 오호, 이거 아주 재미난걸. 내 작업실로 가서 이 장난감을 같이 연구해 보자.

작업실은 다양한 장치와 기구들로 넘칩니다. 갈릴레이는 작은 망치와 큰 못을 쥐더니 바이스에다 망원경을 고정하고서 해체를 하기 시작합니다.

비르지니아 아니, 아빠, 이건 내 장난감이에요!

갈릴레이 걱정하지 마라, 내가 새로 사줄 테니. 아니면, 이것보다 더 나은 걸로 내가 하나 만들어주마. 보자…… 겉모양은 원통이고. 이쪽 끝에는 안경 유리가 달렸네. 신기하군…… 먼 곳이 잘 보이지 않는 사람들이 쓰는 오목렌즈구나. 다른 쪽 끝은 평범한 볼록렌즈고…….

갈릴레이는 나이가 많은 탓에 독서용 안경을 씁니다. 그는 만들기를 좋아하는 사람이라서 자신의 작업실에서 직접 렌즈를 만듭니다. 안경은 누가 발명했을까요? 일반적으로 아랍인들이라고 생각합니다. 유럽의 성직자들은 적어도 3, 4세기 전부터 안경을 씁니다. 이미 그것은 일종의 유행하는 장신구가 돼서 어떤 이들은 교양 있어 보이려고 안경을 사기도 하지요. 사람들은 안경사에게 가서, 여러 벌의 렌즈를 써보며 자신의 시력을 잘 교정해주는 렌즈를 찾아냅니다. 그리고 그것에 따라서 렌즈를 제조합니다. 1593년에 한 이탈리아인이 최초로 렌즈의 기능에 대해 설명합니다. 완벽한 이론은 1604년에 케플러(1571~1630)가 제시하지요. 렌즈는 광선을 굴절시키며[4], 그 때문에 물체가 가깝고 크게 보이거나 멀고 작게 보이는 것입니다. 갈릴레이는 광학의 원리를 연구할 마음은 없습니다. 그는 상업의 원리를 생각하지요.

갈릴레이 네 장난감은 멀리 있는 물체를 세 배 정도 확대하는구나. 더 좋은 렌즈를 쓰면 틀림없이 더 크게 확대할 수 있을 거야. 다행히 우리는 세계에서 최고의 유리를 생산하는 베네치아 가

4. 빛이 렌즈를 통과할 때 빛의 속도가 감소함으로써 생기는 굴절 현상을 말합니다.

까이에 살고 있어. 난 렌즈를 세공해본 적도 있고 말이다. 내가 추측하기에는, 이건 장사가 돼. 팔릴 거야.

비르지니아 장난감을 파시려고요?

갈릴레이 군대와 선원들에게 팔 생각이다. 저기 구석에 있는 저건 '기하와 군사용 컴퍼스'라는 건데 말이야. 12년 전에 저걸 발명해서 베네치아 병기창에서 일하는 기술자들한테 많이 팔았단다. 그래서 돈을 좀 벌었지.

비르지니아 그럼 아빠는 왜 항상 우리가 가난하다고 하세요? 흠, 저걸 뭐에 써요, 저 기하 어쩌고 하는 것 말이에요?

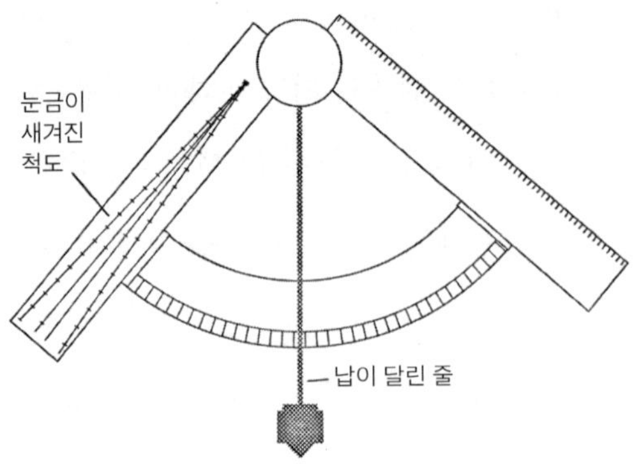

갈릴레이 저건 여러 가지 편리한 도구들을 하나로 모은 거란다. 대포의 주둥이 속에다 컴퍼스 다리를 끼워 넣으면 추를 이용해서 대포의 기울기를 계산할 수 있지. 예를 들어서, 가능한 한 멀리 포탄을 발사시키고 싶다면 대포를 45도 각도로 기울여

야 해. 컴퍼스 다리에 새겨진 눈금들 보이니? 이것들은 척도가 다르단다. 이쪽 건 정수용이고, 저쪽 건 기하용이야. 간단한 표시가 된 컴퍼스 하나로 한 척도의 두 눈금 사이 거리를 다른 척도로 옮기는 거야. 이건 다양한 계산을 할 수 있게 해주지.[5] 나는 기구를 개당 20플로린에 팔고 있다. 내가 대학에서 한 달에 버는 돈에 버금가는 액수지. 그렇다고는 해도, 이 기구들을 만들어준 장인(匠人)한테 판매금액의 2/3를 주고 나면 정작 나한테 남는 돈은 얼마 되질 않는단다. 이윤을 올리려고 나는 병기창 기술자들한테 컴퍼스를 사용하는 방법도 가르친단다. 또 무지한 사람들을 위해서 눈금을 사용해 이자를 계산하고 화폐를 환산하는 방법을 설명해주는 소책자를 쓰기도 했지. 기구를 팔면서 소책자도 같이 파는 거야.

비르지니아 선반에 쌓인 책자들이 아빠가 쓰신 거예요?

갈릴레이 그래, 많은 돈을 들여서 저것들을 인쇄했지. 아직도 수십 권이 남아 있는데, 책을 만드느라 들인 비용을 간신히 메웠단다. 내가 저 책자를 누구한테 헌정했는지 아니?

비르지니아 코시모 데 메디치 대공작 전하요. 아빠의 예전 제자였던 분이죠?

---

5. 오늘날에는 이런 종류의 도구를 일컬어서 '비례컴퍼스'라고 합니다. 한편, 갈릴레이의 컴퍼스는 계산자의 효시가 됩니다. 미국의 기술자들은 달에 사람들을 보냈을 즈음까지도 계산자를 사용했는데, 이후에 휴대용 계산기와 컴퓨터를 사용하면서 더는 쓰이지 않게 되었지요.

갈릴레이 나는 여름에 피렌체에서 휴가를 보내곤 했는데, 그때마다 전하께 수학을 가르쳤지. 1606년 내가 저 책자를 출판했을 때 전하는 16살이었고, 전하의 아버님은 토스카나를 통치하고 있었다. 지금은 그분이 세상을 떠나고 전하가 통치하고 있지. 전하가 나를 궁정수학자로 임명해준다면 좋을 텐데. 내가 저기, 피사에서 태어났다는 건 너도 알지. 언젠가는 우리나라로 돌아가서 사는 게 내 꿈이란다.

비르지니아 저도 데려가실 거죠?

갈릴레이 아무렴. 아, 아직은 고향으로 돌아가게 해달라고 코시모 대공작을 설득하지는 못했지. 게다가 전하는 내게 여기보다 더 나은 보수를 지급해주셔야 해. 빚을 갚으려면 아직도 멀었거든. 한때는 나한테 누이가 넷이었다. 둘이 아기였을 때 죽은 게 다행이었지.

비르지니아 그분들이 죽은 게 다행이라고요?

갈릴레이 나한테는 그렇다는 얘기다. 적어도 내가 지참금을 마련할 필요는 없으니까. 다른 두 누이는 내가 결혼을 시켜야 했지. 한 사람분의 지참금을 마련하려면 2년치 봉급이 고스란히 들어간단다. 나는 또 먹고살기 위한 노력도 해야 되고 너희도 부양해야 하지. 적어도 10년은 빚에서 헤어나질 못할 거야. 게다가 할머니께 연금도 드려야 하고, 가난했던 할아버지처럼 곤궁한 음악가의 삶을 택한 남동생도 도와줘야 한단다.

비르지니아 할아버지랑 친하게 지냈다면, 특히 할아버지께서 연주하시는 곡을 들어봤다면 얼마나 좋았을까. 그런데 할아버지 성함은 뭐예요?

갈릴레이 빈첸치오라고 하지. 류트를 연주하셨어.

비르지니아 할아버지는 가난하셨어요?

갈릴레이 할아버지는 류트 현의 이상적인 길이를 계산해내고 울림통의 소리를 개선하는 일에 대단한 열정을 쏟으셨지. 그 일은 돈과는 아무 상관이 없었다. 전혀 말이다. 그래서 할아버지는 포목상 일을 하셨단다. 몇 년 전부터 많은 사람을 끌어들이고 있는, 노래하는 연극들에 대해서 들어본 적 있니?

비르지니아 오페라를 말씀하시는 거예요?

갈릴레이 그래, 할아버지께서는 최초로 오페라를 생각해내신 분이시다.

비르지니아 그렇다고 해도 할아버지는 우스꽝스러운 생각을 하셨잖아요, 아빠를 갈릴레이라고 부르셨으니까.

갈릴레이 우리 가문은 아주 오래전부터 자식들에게 그 이름을 붙여왔었단다.

비르지니아 에이, 전 갈릴레이보다는 비르지니아라고 불리는 게 더 좋은데요.

갈릴레이 우린 네게 동정녀 성모 마리아(이탈리아어로 성모 마리아는 라 베르지네la Vergine다—옮긴이)를 연상시키는 이름을 붙였지. 그 이름은 내가 아끼는 누이동생 이름이기도 해. 그 이름보다 더 아름다운 이름은 없단다.

비르지니아 그런데 아빠, 아빠는 왜 엄마랑 결혼하지 않으셨어요?

갈릴레이 음, 그건 말이지…… 사제가 교회와 결혼한 것처럼 난 과학과 결혼했기 때문이야. 사제들이 나처럼 비밀스럽게 아내와 자식들을 갖는다는 사실을 너도 알 텐데.

비르지니아 그럴 리가요, 농담하지 마세요, 아빠.

갈릴레이 좋아, 인정할 건 인정해야겠지. 그래, 모든 사제가 다 그렇지는 않다. 이런 일들에 대해서는 너도 시간이 흐르면 이해하게 될 거다. 심지어 교황께서도…….

네덜란드의 장난감을 조사한 바로 그날, 갈릴레이는 자신이 갖고 있던 렌즈들을 세공하기 시작합니다. 그리고 24시간 만에 8배율 망원경을 만들어냅니다.

그는 1609년 8월에 베네치아 원로원에 20배율 망원경을 제출합니다. 네덜란드의 망원경에 대한 언급은 조심스럽게 피하면서 말이지요. 그는 이렇게 말합니다. "제 새 발명품은…… 제가 생각한 것은 그러니까…… 저는 렌즈들의 독창적인 조합 방법을 찾아냈습니다…… 제가 직접 렌즈를 세공했지요." 그는 원로원이 국가에 봉사하는 자신의 행동을 높이 평가해서 교수 봉급을 올려주기를 원합니다.

갈릴레이 나는 산 마르코 종탑 꼭대기로 총독과 원로원 의원들을 데리고 갔단다. 몇몇 뚱뚱한 의원들은 헉헉대면서 9층을 올랐지. 우리가 망원경으로 수평선을 바라보자 선박들 몇 척이 보였는데, 그 순간에도 해상 감시원들은 전혀 그것들을 보지 못하고 있었어. 그들이 그 선박들을 발견한 건 무려 두 시간이 지난 뒤였단다! 헉헉대던 뚱뚱한 의원들은 멍청한 생각을 했지. 그들은 '갈릴레이 교수, 정말 재미있는 장난감을 만드셨군요' 하고 말하더구나. 그러나 총독은 내 발명의 가치를 곧바로 알아봤단다. '재미있다고요? 우리 적들한테는 아닐 텐데요! 팔파티노 의원님, 당신을 국방위원회 보고 책임자로 임명한 건 아무래도 제 실수인 듯싶습니다. 의원님이 장난감이라고 생각하신 물건은 놀라운 무기예요. 해상 공격의 경우에, 우리는 두 시간 먼저 대포를 준비하게 될 겁니다. 야전에서는 멀리 보이는 회색 윤곽을 자세히 살펴보겠지요. 그래서 그게 양떼인지 아니면 터키 전투부대인지 식별할 수 있지 않겠습니까?'라고 말하지 않겠니.

비르지니아 아빠, 아빠가 망루에 올라간 게 정말 잘하신 일이었을까요? 뚱뚱한 의원이 종탑 계단에서 뇌출혈로 죽기라고 했다면 굉장히 난처해지셨을 텐데요.

갈릴레이 선박들을 더 빨리 보고 싶었기 때문에 수평선은 가능한 한 멀어야 했어. 네가 더 높이 올라갈수록 수평선은 더 멀어지지. 왠지 아니?

비르지니아 어떻게 수평선이 더 멀어져요? 수평선이 움직이나요? 우리가 올라갈 때요?

갈릴레이 그건 지구가 둥글기 때문이야. 흠, 이제 내가 널 가르칠 때가 온 것 같구나. 렌즈를 세공하는 사이에 너에게 그것에 대해 설명을 해줄 수 있을 거다. 그러면 나도 심심치 않고 좋지.

비르지니아 제가 렌즈 세공하는 걸 도와드릴게요, 아빠!

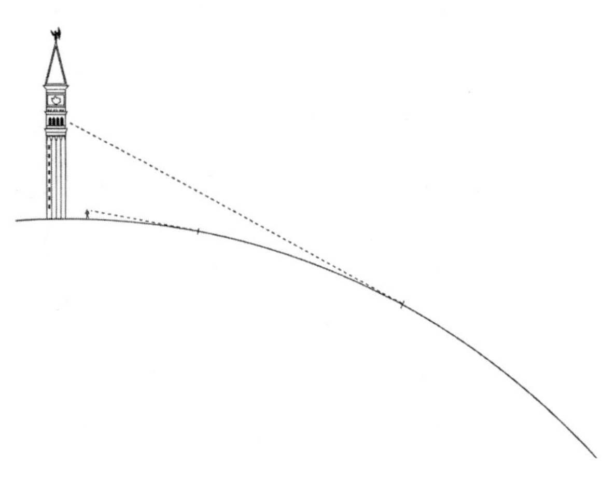

지구는 둥글다

갈릴레이 고대 그리스인들은 지구가 둥글다는 사실을 알았단다. 사람들은 배가 수평선 너머로 넘어가는 모습을 보면서 그 사실을 알게 됐다고들 해. 돛대는 아직 보이는데 동체는 사라졌던 거지. 그러려면 연안으로부터 멀어질 수 있도록 누군가 범선을 발명해야만 했단다.

비르지니아 누군가 범선을 발명했다고요?

갈릴레이 그래, 그게 어느 날 아침에 갑자기 나타나진 않았을 테니까.

비르지니아 그렇다면 그건 틀림없이 어부의 딸일 거예요. 그 아이는 천이 바람에 마르는 모습을 관찰하죠. 제가 그 역할을 맡을 테니까 아빠는 어부가 되세요.

나는 갈릴레이가 가족 연극을 하면서 기꺼이 배우 노릇을 했다는 전기를 읽은 적이 있습니다. 그 작가가 연극의 주제는 말하지 않았으니까 그건 내 맘대로 지어내도 되겠지요.

비르지니아 보세요, 아빠. 제가 천을 널어서 말리는데 바람이 아주 세차게 천을 날려버려요. 만약에 아빠가 아빠 배에다 천을 매달 수 있다면 틀림없이 바람이 아빠 배를 밀어줄 거예요. 그걸 이 가지에다가 걸어보세요.

갈릴레이 그 여자아이가 돛대도 발명하니?

비르지니아 어부가 새 범선을 띄우자마자 바람은 먼바다로 배를 밀어요.

갈릴레이 근사한 발명이구나.

비르지니아 저런, 그런데 배가 파도 속으로 가라앉네⋯⋯ 사람 살려! 배가 침몰한다! 천 끄트머리밖에 보이지 않아요! 난파요, 난파! 무서워라, 어떻게 하면 좋아요! 제 어리석은 발명으로 바다의 신 넵튠을 화나게 하였으니. 위대한 신이시여, 간청하오니, 제게 아빠를 돌려주세요!

갈릴레이 사실 베네치아에서 수평선에 떠 있는 선박들을 종종 살펴보곤 했는데, 배가 그런 식으로 천천히 침몰하는 현상은 한 번도 본 적이 없구나.

비르지니아 그럼, 고대 그리스인들은 지구가 둥글다는 사실을 알았던 거예요, 몰랐던 거예요?

갈릴레이 최초의 학자, 밀레투스학파의 탈레스는 그것을 몰랐어. 그는 기원전 6세기 사람이지. 탈레스는 지구가 물 위에 떠 있는 원반과 비슷하다고 생각했단다. 한 세기 뒤에 피타고라스는 이미 구를 상상했지. 그런 생각을 하는 데에는 배와 얽힌 이런 이야기와는 다른 방법이 있단다. 이를테면, 북극성의 고도(高度) 같은 것이지. 너는 밤에 모든 별이 북극성 주위를 천천히 돈다는 사실을 알 거야. 말하자면, 북극성은 하늘의 회전축 위에 있단다.

비르지니아 북극성은 북쪽을 가리키지요.

갈릴레이 고대 그리스인들은 천체지도를 작성했어. 이집트인들도 마찬가지였고, 틀림없이 바빌로니아인들도 이미 그것을 작성했던 것 같구나. 그들은 점성술을 위해서 별자리의 운행을 추적했지. 아빠가 만든 기하와 군사용 컴퍼스로 별자리의 운행을 추적하는 게 가능하단다.

비르지니아 기하와 군사용 컴퍼스를 발명한 사람은 아빤데, 어떻게 그리스인들이 그걸 가질 수 있었을까요?

갈릴레이 옛날부터 천문학자들은 사분의(四分儀)라고 불리는 일종의 대형 분도기들을 사용해왔는데, 그것들은 내 컴퍼스와 비슷하게 생겼지만, 추가 없단다. 분도기는 클수록 눈금을 더 많

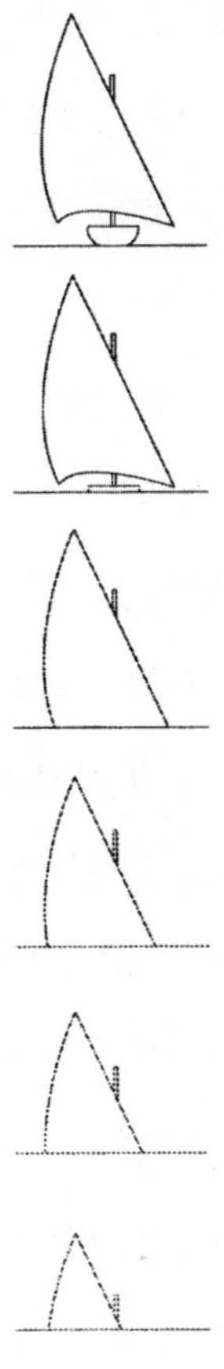

이 넣을 수 있고, 더 세밀한 각을 측정할 수 있지. 그래서 고대 그리스인들은 북극성의 고도, 다시 말해서 북극성이 수평선과 이루는 각이 우리가 동쪽이나 서쪽을 향해 움직일 때는 변하지 않고, 북쪽이나 남쪽을 향해 움직일 때만 변한다는 사실을 관찰할 수가 있었어. 거기에 대한 유일한 설명은 지구가 둥글다는 것이지. 만약 지구가 평평하다면 각은

어디에서나 같을 테니까.(부록1)[6] 그들은 근사치를 얻어냈단다. 예를 들어서, 아리스토텔레스는 지구의 원주가 1만4천 리외(lieu, 프랑스의 옛날 거리단위–옮긴이)[7]라고 생각했지.

비르지니아 만 리외가 아니고요?

갈릴레이 원주 길이를 최초로 정확하게 측정한 사람은 에라토스테네스였다. 아리스토텔레스보다 한 세기 뒤에 살았던 사람이지. 그는 알렉산드리아의 큰 도서관을 관리하고 있었단다. 알렉산더 대왕이 이끌고 간 고대 그리스인들이 이집트를 정복했다는 사실은 너도 알고 있겠지. 그 도시의 이름은 정복자의 이름에서 가져온 거란다. 에라토스테네스는 이집트 남쪽에 있는 시에네에서 하지 정오에 놀라운 일이 일어난다는 얘기를 들었어. 모든 물체에서 그림자가 사라지고 우물 바닥까지 훤히 보인다는 얘기였지.

비르지니아 알렉산드리아에서는 그런 걸 볼 수 없었나요?

갈릴레이 그걸 볼 수 없기는 여기도 마찬가지란다. 태양은 절대 수직으로 올라가지 않으니까 말이다. 태양이 수직으로 올라가는 걸 보려면 멀리 남쪽으로 가야 해. 에라토스테네스는 알렉산드리아에 막대 하나를 꽂고 막대의 그림자 길이를 쟀단다. 막대와 태양 광선이 이루는 각은 알렉산드리아와 시에네 간의 위도 차이를 나타내지.(부록2) 360도의 약 1/50(약 7.2도–옮긴

6. 각 괄호 속의 숫자는 책뒤의 부록에 실린 자세한 설명과 그림을 참고하라는 뜻입니다.

7. 1리외 = 4km.

이)이야. 그는 알렉산드리아와 시에네 사이의 거리를 재게 한 뒤에, 그것을 50으로 곱해서, 지구 원주의 길이가 22만 스타디온(stadion, 고대 그리스의 거리 단위로 약 180~190m-옮긴이) 내지는 대략 9천9백 리외임을 알아냈지. 위대한 에라토스테네스는 보잘것없는 막대 하나로 거의 정확한 값을 찾아냈단다.

비르지니아 무지한 사람들은, 그러니까 글을 읽을 줄 모르는 사람들은 지구가 평평하다고 생각하는 것처럼 보여요.

갈릴레이 네 말이 맞다. 무지한 사람들이 아주 많지. 기원후 4세기에 중세의 평민들은 우리의 아름다운 종교가 가진 미묘함을 이해하지 못한 채, 알렉산드리아의 위대한 도서관에 보관된 책들이 반종교적이라고 우겼단다. 그들은 도서관을 불태우고 천문학자인 히파티아를 죽였어.

비르지니아 천문학자가 여자였어요?

갈릴레이 어리석은 주교들은 성경 밖에는 어떠한 지식도 존재하지 않으며, 자연의 법칙들을 연구하는 것은 어떤 것이든 신성을 모독하는 행위라고 말했단다. 그런 편견들은 요즘도 사라지지 않았지.

비르지니아 여자도 천문학자가 될 수 있어요, 아빠?

갈릴레이 그럼, 그렇고말고. 내가 아는 여자 천문학자는 아무도 없지만 말이다. 어쩌면 네가 최초가 될지도 모르지……. 그들은 성경의 내용을 글자 그대로 받아들였단다. 우리의 신성한 교회의 사제 가운데 한 명인 성 아우구스티누스에 대해서 들어본 적 있니?

비르지니아 물론이죠.

갈릴레이 그 사람은 알렉산드리아 시민이 도서관을 불태웠던 시기에 카르타고 가까이 살았단다.

비르지니아 그 사람도 어리석은 저 주교들 가운데 한 명이었나요?

갈릴레이 사람이란 말이다, 대단히 지적이면서 동시에 어리석은 사제가 될 수도 있단다. 그 사람은 '지구가 정말로 둥글까?'하고 자신에게 물어봤지. 그리고 지구 맞은편에서 사람들이 머리를 아래에 두고 걷는 상상을 해봤어. 그는 그들을 가리켜서 '지구 반대쪽 사람들'이라고 불렀단다. 너도 알겠지만, 남쪽으로 갈수록 날이 점점 더워지지. 너무 뜨거워서 더는 지나갈 수 없게 되는 순간이 분명히 올 거라고 성 아우구스티누스는 생각했어. 불의 장벽 같은 걸 상상해볼 수 있겠지. 오호, 하지만 아담의 자손들이 어떻게 이런 장벽을 뛰어넘을 수가 있겠니? 모든 인간은 아담으로부터 유래하고, 따라서 지구 반대쪽 사람들은 존재하지 않는 것이지. 게다가 성경은 지구를 둥근 구로 묘사하고 있지도 않고 말이다.

비르지니아 그럼 그 사람은 지구가 평평하다고 생각했네요.

갈릴레이 중세에는 많은 사람이 그 사람의 생각을 믿었어. 다행히 고대인들의 지식이 도서관 화재로 깡그리 사라져버리진 않았지. 아랍인들이 아리스토텔레스와 프톨레마이오스의 저작들을 다시 찾아냈거든. 지난 몇 세기를 거쳐서 그들은 그 저작들을 우리에게 전해줬다. 이제 우린 그 지식을 새롭게 발전시킬 수가 있게 된 거야.

비르지니아 어리석은 사제들은 다 없어졌나요?

갈릴레이 자연의 비밀을 밝히는 일은 크나큰 노력을 요구하는 법이다. 아직도 남아 있는 편견들이 그 일을 훨씬 더 어렵게 만드는구나. 너 혹시 신세계를 발견한 제노바 사람에 관해서 들어본 적 있니?

비르지니아 크리스토포로 콜롬보(크리스토퍼 콜럼버스의 이탈리아 명-옮긴이) 말이군요.

갈릴레이 실제로 그 콜롬보라는 사람은 알고 보면 세상에 둘도 없는 저능아였단다.

비르지니아 그럴 리가요, 그 사람은 미지의 세계를 찾아 떠난 대담한 사람이었잖아요?

갈릴레이 멍청한 사람들은, 그 제노바 사람이 대담하게도 지구가 둥글다는 주장을 했다고 하지. 마치 그 사람이 최초로 그 사실을 주장하기라도 한 것처럼 말이야. 아, 대담한 것으로 보자면, 자기식으로 책들을 해석했다는 점에서는 부족할 게 없었지. 그는 지구 원주를 1만 리외가 아닌 5천 리외로 산정했으니까. 그러고는 포르투갈 왕의 궁정으로 가서 원정 자금을 지원해달라고 요구한 거야. '전하, 아시아를 두루 돌아다닌 여행자들이 말한 바로는, 중국의 동쪽 연안과 일본 섬들은 여기에서 3천2백 리외 떨어진 곳에 있사옵니다. 지구 둘레는 적도에서는 5천 리외지만 리스본의 위도에서는 3천 8백 리외에 불과하지요. 전하께서도 인정하시겠지만, 이것이 의미하는 바는 우리가 서쪽을 향해 6백 리외만 가면 일본에 도착한다는 것이옵니다. 선구(船具)를 잘 갖춘 갈리온선(돛과 노로 움직인 옛날 지중해의 대형 범선－옮긴이) 함대만 있으면 저는 3주 안에 거기에 도착해서 일본인들이 탑에 덮는다는 저 황금 기와들을 잔뜩 가져올 수 있을 것이옵니다.'라고 말이야.

비르지니아 5천 리외라는 수치는 어디에서 얻은 거죠?

갈릴레이 그는 고대 그리스의 거리 단위인 스타디온을 4백 쿠데(coudée. 옛날의 길이 단위로 약 50cm－옮긴이) 대신 2백 쿠데로 산정했던 거야. 포르투갈 왕의 자문관들은 '지구 원주는 1만 리외이지 5천 리외가 아니네. 서쪽을 향해서 출발해서 자네가 일본에 닿으려면 적어도 다섯 달은 필요해. 그렇게 긴 항해는 불가능하지. 물도 떨어지고, 식량도 썩어버리고, 선원들은 병에 걸릴 거라네.'라며 그를 비웃었지. 콜롬보는 성경이 자신의 가설을 뒷받침해준다고 대답했지. 심지어 '축복받은 섬들'에서 지상의 낙원을 발견하고 거기에서 식량을 얻을 수 있기를 기대했단다.

비르지니아 그 사람은 정말로 지상 낙원을 발견할 수 있을 거라고 기대했던 거예요?

갈릴레이 그럼. 포르투갈 왕은 이 경솔한 사람을 돌려보냈지. 프랑스

왕과 영국 왕은 그를 만나주지 않았고. 그런데도 그는 성경과 지상 낙원에 대해 신통치 않은 생각을 가지고 가톨릭 신자인 에스파냐의 이사벨라 여왕을 설득하는 데 성공했지. 여왕은 완전한 갈리온 함대를 지원한 것은 아니었지만, 중소형 쾌속 범선 세 척을 임대할 수 있는 자금을 그에게 빌려줬단다. 그 배는, 돛을 단 적당히 큰 배라고 해두자.

비르지니아 여왕이 잘했네요.

갈릴레이 선원들은 그 사람을 믿지 않았어. '이봐요, 콜롬보 선장님, 선장님은 우리한테 3주 안에 일본의 황금 탑들을 볼 거라고 큰소리를 쳤지 않습니까. 지금 한 달째 항해를 하고 있는데 바다밖에는 본 게 없다고요'라고 말했지. 그는 선원들에게 바다에서 보낸 날짜 수를 속였지. 그리고 다음날이면 도착할 거라고 큰소리를 치지. '선장님은 매번 내일이라고 하시는데요. 우린 절대 일본에 도착하지 못하고, 오히려 바다 끝에 이르게 될 거라고요. 벼락 천 개가 치는 소리보다 더 끔찍한 소리가 들리면서 우린 세상 끄트머리로 끌려가고, 거기에 도달하면 바다가 지옥으로 쏟아져 내릴 거예요…….' 그는 선원들에게 지구는 둥글다는 말을 되풀이하지만, 그들을 확실하게 설득하지는 못했지.

비르지니아 제가 그였다면, 전 좌절해서 되돌아오고 말았을 거예요.

갈릴레이 그 난처한 상황은 멋진 발견을 하는 것으로 끝이 났고 나도 그건 인정하지만, 그렇다고 해도 포르투갈 왕의 자문관들이 옳았단다. 콜롬보는 일본에 닿은 게 아니었지, 절대로. 그는 얼마나 어리석었는지, 학자들은 금방 알아차렸던 사실을 인정하려고 하지 않았어. 다시 말해서 자신이 미지의 대륙을 발견했다는 사실을 말이다. 그는 죽을 때까지도 자신이 인도에 도달했다고 믿었단다.

비르지니아 그러니까 그 사람의 여행은 지구가 둥글다는 사실을 증명한 게 아니었네요.

갈릴레이 그렇고말고. 그 제노바인이 최초로 여행하고 30년이 지난 뒤에 포르투갈 사람 마젤란이 탐험대를 이끌고 세계 일주를 했지. 흥, 학자들은 지구가 둥글다는 사실을 잘 알고 있었어. 그걸 굳이 증명할 필요는 없었단 얘기다. 콜롬보의 발견이 보여준 것은 다른 사실이었지. 즉, 고대인들은 한 대륙의 존재를 새까맣게 모르고 있었기 때문에 그들이 모든 것을 다 알지는 못했다는 사실 말이다. 일부에서는 아무런 오류도 없고 결정적이라고 간주하는 아리스토텔레스의 저서들이 실은 잘못된 점들을 포함하고 있을 수도 있단다. 네가 네 살 무렵에 아주 밝은 별 하나[8]가 하늘에 나타나서 여섯 달 정도 머물렀던 적이 있었다. 하늘에서 일어난 그 급작스런 변화는 아리스토텔레스의 주장과 모순되는데, 왜냐하면 그는 달 아래 세상만이 생성하고 부패하면서 변화한다고 주장했

8. 초신성.

기 때문이야. 달 위의 세상은 영원히 고정돼 있다는 얘기지. 아빠는 이 주제에 대해서 짧은 책을 한 권 쓰기도 했단다.

메디치의 별들

갈릴레이는 렌즈를 세공해서 망원경을 개량합니다. 혁신적인 새 망원경은 30배의 배율을 가지고 있습니다. 갈릴레이의 정교한 솜씨는 이 이야기에서 필수불가결한 역할을 하므로 과학사에서도 매우 중요한 역할을 합니다. 그가 하늘에서 중요한 것들을 발견하기 시작할 무렵, 그의 동료도 망원경을 만들어서 창공을 관찰하지만, 아무것도 보지 못합니다. 갈릴레오 갈릴레이가 제작한 망원경들만이 중요한 것들을 발견할 충분한 성능을 갖췄던 것이지요.

간단한 망원경의 배율은 물체의 초점거리에 의존합니다. 갈릴레이의 사후에 망원경이 개량되면서 망원경은 점점 더 길어지게 됩니다. 프랑스인들은 1667년에 파리의 뤽상부르 공원 옆에 큰 천문대를 세웁니다. 네덜란드인 호이겐스와 덴마크인 뢰메르는 1685년에 낭트칙령이 폐지되면서 추방되기 전까지, 그곳에서 상당히 많은 발견을 하게 되지요. 뉴턴은 더 효과적인 도구인 반사망원경을 발명하는데, 반사경이 초점거리를 꺾어줌으로써 초점거리가 늘어나는 방식입니다. 뉴턴은 직접 반사경을 만들었습니다. 위대한 물리학자들은 뛰어난 재주꾼인 경우가 종종 있지요. 아인슈타인은 기발하면서도 다소 쓸모 있는 장치들과 관련된 여러 건의 특허를 등록

했습니다. 엔리코 페르미는 파라핀을 이용한 실험으로 노벨상을 탔고요.

다시 갈릴레이로 돌아오도록 하지요. 갈릴레이는 뭘 하고 있을까요? 저녁을 먹고 있습니다.

비르지니아 보세요, 아빠!

갈릴레이 얘야, 어서 폴렌타(옥수수, 조, 밤 등으로 만든 이탈리아 죽의 일종—옮긴이) 먹어라. 음식 가지고 놀면 못써.

비르지니아 제가 뭘 하는지 모르시겠어요? 폴렌타로 달의 산을 만들었잖아요.

갈릴레이 달의 산이라니? 무슨 산을 말하는 거냐?

비르지니아 아이 참…… 아빠가 주신 망원경으로 달을 자세히 봤거든요. 아시잖아요, 아빠가 깨뜨린 장난감 대신에 주신 거요.

갈릴레이 내가 바보였지! 망원경! 달! 지금 당장 가봐야겠다!

그는 자리에서 벌떡 일어납니다.

서두르다가 식탁보에 포도주잔까지 엎네요. 그러고는 망원경을 쥐고 밖으로 뛰어나가 유백색의 둥근 달을 관찰합니다. 갈릴레이가 어떻게 망원경으로 하늘을 관찰할 생각을 하게 됐는지는 아무도 모릅니다. 그러니 내게는 딸이 모종의 역할을 했다고 상상할 권리가 있지요. 갈릴레이가 처음에는 돈을 벌 생각으로 그 기구들을 군대와 선원들에게 팔았던 것은 확실합니다. 그는 1609년 말경에야 비로소 천체 관찰을 시작하지요.

비르지니아 산이 보이세요, 아빠?

갈릴레이 산도 있고…… 계곡도 있고…… 이번은 틀림없다, 아리스토텔레스와 프톨레마이오스가 틀렸어.

비르지니아 그 사람들은 달의 산들에 관해서는 얘기하지 않았나 보죠?

갈릴레이 그들은 달을 매끄러운 은빛 원반이나 구로 봤단다. 아주 바보 같은 얘기를 한 거지.

비르지니아 전 북극성이 보고 싶었는데 거기까지는 성공하지 못했어요. 하늘에서 제가 식별할 수 있는 부분은 아주 좁네요. 게다가 손도 떨리고요.

갈릴레이 요런 꾀쟁이 같으니, 네 말이 맞다. 거기에 대해서는 좀 깊이 생각을 해봐야겠구나.

나는 갈릴레이가 어떻게 해서 망원경을 고정하지 않고도 믿을 만한 측정을 해냈는지, 그리고 그것을 어떻게 사분의와 결합할 수 있었는지에 대해서는 아는 바가 없습니다. 당시의 몇몇 그림은 망원경을 창틀에 기대놓은 모습으로 묘사하고 있습니다. 각을 아주 정확하게 측정하기 위해서는 가능한 한 큰 원에다 눈금을 그려넣어야 합니다. 다음 그림은 1580년경에 덴마크의 천문학자 티코 브라헤가 만든 반경 6미터짜리 사분의로서, 덴마크 왕이 특별히 그에게 하사한 섬에다 설치한 것이지요.

티코 브라헤는 단순한 조준장치를 통해서 맨눈으로 별들을 관찰합니다. 그는 눈금들을 특별한 방식으로 개량합니다. 방사상의 줄 선으로 그려진 눈금들은 각도를 가리킵니다. 브라헤는 여기에다 점선으로 된 대각선의 눈금들을 덧붙입니다. 각 눈금에는 60개의 점이 포함돼 있어서 각을 분 단위까지 측정할 수 있지요. 브라헤의 측정은 동시대인들의 것보다 열 배는 더 정확한데, 이 대목은 이 이야기 속에서 중요한 역할을 하게 될 것입니다.[9]

갈릴레이는 초심자들이 사용하는 자신의 작은 망원경으로 (1998년 영국에서 출판된 한 전기에 따르면) 1609년 12월부터 1610년 1월까지

9. 브라헤는 수평선 부근의 대기 굴절을 고려할 정도로 매우 치밀했습니다. 그의 천체지도는 한 세기 이상을 최고의 지도로서 평가받았습니다. 그는 1572년의 초신성이 별이라는 것을 증명했는데, 이것은 달 위의 세상이 고정되어 있지 않다는 것을 밝혀 주었습니다.

두 달 사이에 전무후무한 양의, 세상을 변화시킨 수많은 발견들을 해냈습니다.

그는 창공의 어두운 부분 속에서 무수히 많은 새 별을 발견합니다.

갈릴레이　비르지니아, 이것 좀 보렴. 고대인들이 '은하수'라고 불렀던 하늘의 저 안개는 나머지 하늘 전체에 포함된 별들보다 훨씬 더 많은 별을 포함하고 있는 것처럼 보이는구나.

비르지니아　아빠, 제가 이쪽에서 다른 것들보다 더 큰 별을 봤어요.

갈릴레이　그래? 망원경을 통해서 봐도 별들은 여전히 반짝이는 점으로밖에는 보이지 않는구나. 그렇다면 차라리…… 내 역서(曆書) 좀 가져오렴.

역서는 행성들의 위치를 알려주는 달력입니다.

이런, 다시 이야기를 중단하고－짧게 다룰 테니 너그럽게 봐주세요－민감한 문제를 거론해야 할 것 같습니다. 그것은 다름 아닌, 천문학과 점성술의 차이에 대한 것입니다. 오늘날에는 간단한 문제입니다. 하나는 과학이고 다른 하나는 미신이죠. 17세기 초에도 역시 이 문제는 간단합니다. 즉, 둘은 차이가 없습니다. 갈릴레이와 같은 진지한 천문학자는 행성들이 우리의 운명에 영향을 끼친다고는 믿지 않지만, 점성술을 믿는 의사들을 위해서 그것을 반드시 참고해야 합니다. 이를테면, 그들은(갈레누스의 조언을 따라) 금성이 황소자리로 들어오기를 기다렸다가 환자의 피를 뽑습니다. 파도바에서 갈릴레이가 가르치는 학생들은 대부분 점성술을 배울 필요가 있는 의학도들이지요. 태어난 날을 모르는 사람들의 '천상도(12궁의 각)'와 별점은 어떻게 결정했는지 참 궁금하네요.

계속하다가는 짜증이 날 것 같으니까 이쯤에서 멈추는 편이 낫겠군요. 점성술을 믿고 여성잡지에서 열심히 운세를 들여다보는 사람들을 보면 화가 치밀어서 말이죠. 아 좋아요, 그 사이에 비르지니아가 역서를 가져왔네요.

갈릴레이 비르지니아야, 네가 말한 큰 별은 화성이구나! 잠깐만, 행성들을 자세히 관찰해보자꾸나. 여기는 금성이고…… 이쪽에 목성이 있구나. 저것들은 달이나 지구처럼 작은 구야. 지금까지 사람들은 행성과 항성을 움직임으로 구분해왔지. 다시 말해서, 항성은 다른 것들에 대해서 고정되어 있는 별이고, 행성은 매일 움직이는 것으로서 떠돌아다니는 별이지. 망원경은 그것들 간의 본질적인 차이를 보여주는구나. 행성은 지구나 달처럼 태양에 의해서 빛이 나는 암석덩어리이고, 항성은 태양처럼 자신이 빛을 내는 것들이야. 가만, 목성 근처에 새로운 항성 세 개가 보이는걸.

비르지니아 저도 보게 해주세요, 아빠. 저것들의 위치를 간단히 그려놓을게요.

다음날 갈릴레이는 목성을 좀 더 먼 곳에서 보게 되리라고 생각하는데 왜냐하면 행성들은 매일매일 움직이기 때문이죠.

갈릴레이　어, 이상하네. 목성이 저 새 항성들 곁을 떠나지 않고 그대로 있는걸. 생각을 좀 해보자…… 얘야, 너 어제 그린 그림 갖고 있니?

비르지니아　저도 좀 볼게요, 아빠…… 새 항성들이 움직였네요!

갈릴레이　내가 생각했던 것도 바로 그거야. 너도 알다시피 항성은 움직이지 않잖니. 따라서 저것들은 행성이야.

뒤이은 며칠 밤 동안에 그 행성들 중 하나는 목성 뒤로 사라졌고 다른 하나가 나타났습니다. 갈릴레이는 목성의 위성 네 개를 발견한 것이지요. 게다가 이 사실은 아리스토텔레스와 프톨레마이오스에게 타격을 가합니다. 그들의 체계 속에서는 모든 것이 지구 주위를 도는데, 이 새 행성들은 목성 주위를 돌고 있으니까요.

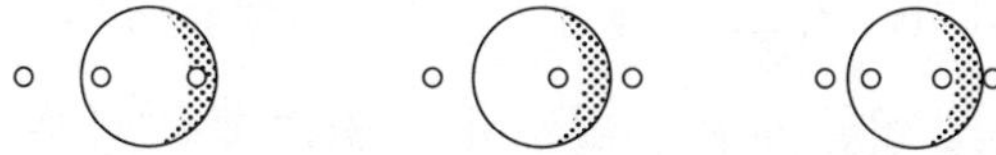

갈릴레이는 1610년 1월 30일에 급히 베네치아로 가서 『별들의 소식』이라는 소논문을 서둘러 출판하는데, 이 논문에서 그는 자신의 엄청난 발견을 발표합니다.

갈릴레이 책에다 네 그림을 실었다. 멋지지 않니?

비르지니아 이 문장에서 낱말 하나가 빠졌네요, 아빠.

갈릴레이 흠, 급하게 서둘렀어야 해서 말이지. 모든 걸 확인하지는 못했구나.

비르지니아 서두르셨다고요? 왜요?

갈릴레이 다른 누군가가 이 새 달들을 발견할 우려가 있었거든. 나는 내가 진 빚을 생각하고 있다. 이 행성들을 이용해서 돈을 많이 벌 수 있으면 좋겠는데.

비르지니아 하지만 그것들을 팔 순 없잖아요!

갈릴레이 흠, 그것들을 판다고…… 최근에 만든 망원경과 함께 내 책을 과거에 내 학생이었던 코시모 드 메디치에게 보낼 생각이다. 보렴, 난 이 달들에다 '메디치의 행성들'이라는 이름을 붙였단다. 태초 이래로 아무도 보지 못했던 네 개의 새 행성에 그의 가문 이름을 붙이다니, 이보다 더 멋진 선물은 아무도 생각해내지 못할 거야.

갈릴레이는 새로운 판매방식도 발명했던 것입니다! 모름지기 천재란 바로 이런 사람을 말하지요. 젊은 왕은 매우 만족해서, 그를 토스카나 왕실의 공식 철학자이자 수학자로 고용합니다. 메디치가는 옛날부터 천문학을 사랑했지요. 메디치가에서 흔히 보이는 이름인 코시모cosimo는 우주를 뜻하는 그리스어 '코스모스cosmos'에서 왔습니다.

몇 년 뒤, 독일의 한 천문학자가 이 네 개의 달에다 이오, 유로파, 가니메데 그리고 칼리스토라는 이름을 붙이게 됩니다. 이 이름들은 주피터(목성, 즉 주피터Jupiter는 로마신화에 나오는 신 주피터의 이름에서 가져왔다 – 옮긴이)의 연인들을 떠올리게 합니다. 우리는 또한 이것들을 목성의 다른 열두 개의 달과 구분하기 위해서 '갈릴레이 위성들'이라고도 부릅니다. '메디치의 행성들'이라는 표현은 잊어버리고요.

몇몇 전기 작가들은 갈릴레이가 자유롭고 독립적인 베네치아 공화국을 떠나서 토스카나로 간 것은 대단한 실수였다고 지적합니다. 그는 교황에게 위험스러울 정도로 가까이 다가간 것입니다. 그의 말로는 돈을 벌어서 빚을 갚고 싶다고 하지만, 나는 오히려 그가 고국에 대한 깊은 향수를 느끼고 있었다고 믿습니다. 그가 굉장한 제안을 거절한 것으로 봐서는.

갈릴레이 베네치아 원로원이 급료를 두 배로 올려주겠다는구나. 그 사람들이 날 굉장히 붙잡고 싶어 하네. 아빠는 피렌체에 가는 게 더 좋단다. 돈이야 더 많이 벌진 못하겠지만, 멍청이들한테 수학을 가르치느라 시간을 허비할 일은 없을 테니까. 연구에 전적으로 몰두할 수 있을 거야.

비르지니아 절 데려가신다고 했던 약속 잊지 마세요, 아빠.

갈릴레이 그럼, 리비아도 데려갈 거다.

비르지니아 그럼 빈첸치오는요?

갈릴레이 걔는 겨우 네 살이지 않니. 엄마 곁에 있어야지.

막내는 엄마 곁에 있는다고요? 그런데 거기가 어딜까요? 베네치아입니다. 우리의 사랑하는 갈릴레이는 참으로 이상한 결정을 합니다. 마리나 감바를 버린 것이지요. 그보다 훨씬 더 이상한 것은, 마리나 감바가 가족의 친구인 지오바니 바르톨루치와 서둘러 결혼한다는 사실입니다. 아주 오래전에 살았던 이 사람들을 내가 굳이 이해하고 싶은 생각은 없습니다. 과연 야망 때문에 사랑하는 사람을 버린 것일까……. 나는 토스카나 궁정의 공식 철학자가 파도바 대학의 일개 교수처럼 자기 집 별채에 정부를 숨겨놓을 수는 없을 거라고 추측합니다. 어쩌면 그녀는 무식했고, 사투리를 썼을지도 모르죠. 그는 사람들 앞에 내놓을만하고 글을 읽을 줄 알며 예의범절도 잘 배운 딸들을 데리고 갑니다. 비르지니아는 기꺼이 그를 따라가는 것 같습니다. 그녀는 열 살입니다. 여덟 살인 리비아는 엄마 품에서 떨어지는 것을 힘들어 합니다. 불쌍한 리비아. 그녀의 불행은 이제 시작에 불과하지요.

갈릴레이는 피렌체에 도착하자 망원경을 다시 개량해서 곧바로 밤하늘을 관찰합니다.

갈릴레이　네가 그린 금성 그림들 좀 보여주렴, 비르지니아.

비르지니아　여기 있어요. 금성은 달처럼 모양이 변하는데, 크기는 달이랑 다르게 일정하질 않네요. 초승달 모양일 때는 둥근 모양일 때보다 훨씬 더 크게 보여요.

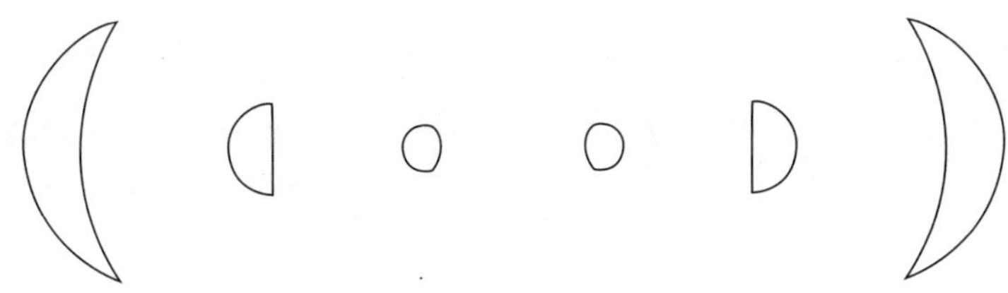

갈릴레이 네가 적은 각도 좀 말해주렴. 금성은 태양에서 절대 40도 이상 떨어지지 않는구나[10]. 프톨레마이오스가 추측하는 것처럼 만약 금성이 달처럼 지구 주위를 돈다면, 태양의 맞은편, 즉 180도 방향에서 돌 때도 종종 있을 테고, 그러면 우리는 한밤중에 금성을 보게 되겠지. 그런데 우리는 금성을 저녁이나 아침에만 보지 않니. 각도뿐만 아니라 상의 형태와 크기까지 고려해본다면, 틀림없이 금성은 지구 주위가 아니라 태양 주위를 공전하는 것 같다.[부록3]

비르지니아 고대인들은 금성의 위상(행성과 달이 햇빛을 받은 면이 지구를 향하는 정도–옮긴이) 변화를 볼 수는 없었어요. 그 사람들은 망원경이 없었죠.

갈릴레이 맞아. 하지만 우리는 망원경 덕분에 프톨레마이오스와 아리스토텔레스가 틀렸다는 것을 확인할 수 있지. 사모스의 아리스타르코스의 생각이 옳았어.

---

10. 실제로는 47도입니다. 갈릴레이는 티코 브라헤만큼 치밀하지는 못했습니다.

비르지니아 누구라고요?

갈릴레이 아리스타르코스. 아리스토텔레스와 이 사람을 혼동하면 안 된단다. 네게 새로운 내용을 가르칠 때가 왔구나. 이제부터는 지구의 운동에 대해서 얘기를 해보자.

지구는 돈다

갈릴레이 지난 세기 초에 살았던 폴란드 사람 코페르니쿠스에 대한 설명은 틀림없이 이미 아빠가 이야기한 적이 있을 거다.

비르지니아 그 사람은 지구가 자전하면서 태양 주위를 공전한다고 했어요, 맞죠?

갈릴레이 사람들은 모두 그것을 새로운 견해라고 생각하지. 사실 그는 고대인들의 생각을 계승한 거란다. 피타고라스의 학생이었던 필롤라오스는 이미 지구가 움직이고 있다고 봤어. 아리스토텔레스는 그를 언급하면서 '피타고라스학파 사람'이라고 하지. 우리가 읽는 책의 '피타고라스학파'라는 표현은 종종 코페르니쿠스의 체계를 받아들이는 사람들을 가리킨단다. 필롤라오스는 지구와 하늘은 태양과는 다른 '중앙의 불덩어리(혹은 중심화(中心火)-옮긴이)' 주위를 돈다고 생각했지. 그의 체계에서 중앙의 불덩어리 정반대 쪽에는 '반(反)-지구'가 존재한다. 반-갈릴레이는 어쩌면 지금 이 순간 반-지구 위에 있는 반-비르지니아에게 얘기를 하고 있는지도 모르지! 필롤라오스는 지구가 움직인다고 보았고, 또 이러한 신비로운 반-지구를 고안해냈지만, 그의 체계는 이치에 맞지 않아.(부록4)

비르지니아 코페르니쿠스의 경우에 중앙의 불덩어리는 바로 태양이지요.

갈릴레이 잠깐, 네게 먼저 헤라클레이토스에 관한 얘기부터 해야겠다. 그는 플라톤의 학생이었고, 아리스토텔레스와 동시대인이었어. 그는 지구가 24시간에 한 번 자전한다고 생각했지. 지축을 중심으로 도는 지구의 자전은 하늘과 태양의 움직임을 잘 설명해줬다. 또한 헤라클레이토스는 별들이 수정구에 매달려 희미하게 빛나는 등이 아니라, 무한한 우주에 속한 다른 세계들이라고 생각했단다.

비르지니아 그 사람의 지구는 자전만 했지 태양의 주위를 돈 것은 아니군요.

갈릴레이 태양의 주위를 공전한다는 생각을 추가한 사람이 바로 아리스타르코스였단다. 기원전 3세기에 살았던 사람이지. 그는 달과 태양의 크기와 거리를 재기 위해서 기발한 기하학적 방법을 제안했어. 그래서 거의 정확한 달의 크기는 알아냈는데 거리를 과소평가했지. 마찬가지로 태양의 위치도 우리에게 지나치게 가깝게 설정을 했고. 추론은 옳았지만, 너무 부정확한 각도에서 출발했던 거야.

비르지니아 우리는 망원경을 사용해서 좀 더 정확한 측정을 할 수 있을 거예요.

갈릴레이 망원경이 없어도 할 수 있단다. 티코 브라헤는 20피에(옛날 길이 단위. 약 0.3248m – 옮긴이) 크기의 사분의를 가지고서, 1/60도 차로 벌어져 있는 별들까지 구분해냈거든.

비르지니아 그 덴마크 사람이요? 그 분은 코가 강철로 돼있잖아요.

갈릴레이 아, 아빠가 이미 얘기한 적이 있던가? 그 사람은 학생이었을 때 결투를 하다가 코를 잃었지.

비르지니아 그래서요, 아리스타르코스는요?

갈릴레이 아 그래, 하던 얘기로 돌아가자. 태양의 크기에 대해서는 확실히 약간 오류가 있긴 하지만, 그럼에도 그는 태양이 지구보다 훨씬 더 크다는 사실을 알았지. 그는 이 거대한 공이 우리의 작은 당구공 주위를 돈다는 것이 있음직하지 않다고 생각했다. 그는 반대로 상상했어. 지구가 24시간에 한 번 팽이처럼 자전한다고 말이야. 헤라클레이토스가 제안했던 것과 마찬가지로, 이 움직임은 하늘의 회전 현상을 잘 설명해주지. 또한, 지구는 1년에 걸쳐서 태양의 주위를 공전하기도 한다. 태양이 여름에는 하늘로 더 높이 올라가고 겨울에는 덜 올라가는 것처럼 보이는 것은 이와 같은 1년 동안의 여정 때문이란다. 모든 행성이 지구처럼 태양의 주위를 도는 거야……. 이 간결한 체계는 아주 훌륭하지만, 아리스타르코스의 동시대인들은 '아 참, 지구는 움직이지 않소! 우리 주변을 한번 보시오. 지구는 꿈쩍도 하지 않는다고. 게다가 지구는 필연적으로 세상의 중심에 있어야 한단 말이오! 신들은 이곳에 인간을 데려다 놓고 인간들이 저지르는 가련한 어릿광대짓들을 하늘에서 재미있게 구경하고 있소…….'라고 분개하지. 아소스 출신의 클레안테스라는 사람은 아리스타르코스를 불경죄로 다스리라고 요구하지. 모두가 그의 체계를 너무나도 심하게 배척한 나머지 아리스타르코스는 코페르니쿠스가 그의 명예를 회복시켜주는 날까지 18세기 동안을 사람들의 기억 속에 묻혀 있었단다.

비르지니아 코페르니쿠스에게 불경죄를 묻는 사람은 없었나요?

갈릴레이 대답하기 곤란한 질문이구나. 거기에 관해서는 다음에 얘기해주마. 우선은 고대인들과 관련된 얘기들을 끝내고 싶구나.

비르지니아 결국, 코페르니쿠스는 아무것도 발견하지 않은 셈이네요?

갈릴레이 어쩌면 발견이라는 것은 아무도 하지 못하는 일인지도 모른다. 우리는 우리가 이미 알고 있었던 어떤 것들을 나중에 가서야 이해하게 되는데, 이러한 사실을 우리가 알아차리지 못하는 것뿐이지. 코페르니쿠스는 위대한 사람이었다. 아빠는 이 사람과 또 아리스타르코스에게 찬탄을 보내지 않을 수 없구나. 우리는 우리의 멋진 망원경으로 목성의 위성들과 금성의 여러 위상들을 보지. 그래서 태양을 중심으로 모인 이 놀라운 천체 구조를 우리의 눈으로 직접 바라본다. 사모스 출신의 아리스타르코스와 코페르니쿠스의 고귀한 정신은 아무리 감탄해도 충분치 않은 것이, 그들은 감각적인 경험들이 진실과 상반되는 현상을 보여주는 데도 불구하고 자신들의 감각을 단호하게 물리치고 이성적인 사유를 따랐지.

비르지니아 아빠와 저는 누구보다도 먼저 우주의 진정한 배열을 우리 눈으로 직접 봤어요.

갈릴레이 분명한 사실은 말이지, 코페르니쿠스의 체계를 받아들이는 사람들이 거의 없다는 점이다. 지금 얘기하는 사람들은 아무것도 알지 못하는 무지한 사람들이 아니라, 아리스토텔레스에게서 한 발자국도 떨어지려고 하지 않는 소위 박식한 사람들이란다.

비르지니아 아리스타르코스와 아리스토텔레스는 절대 혼동하지 말 것, 아리스타르코스와 아리스토텔레스는 절대 혼동하지 말 것, 아리스타르코스와 아리스토텔레스는 절대 혼동하지 말 것.

갈릴레이 아리스토텔레스는 자기보다 뒤에 살았던 아리스타르코스의 생각은 알 수 없었지만, 자신과 동시대인인 헤라클레이토스의 가설에 대해서는 비판을 했지. 그들은 생각도 다르지만 경쟁자이기도 해. 헤라클레이토스는 플라톤의 학원인 '아카데메이아'의 공동책임자였고, 아리스토텔레스는 리케이온 지역에 새로운 학원인 '리케움'을 세웠단다.

비르지니아 헤라클레이토스라면, 반-지구를 말한 사람이요?

갈릴레이 반-지구는 피타고라스학파의 필롤라오스가 고안했지.

비르지니아 아, 맞다. 헤라클레이토스는 지구가 지축을 중심으로 24시간에 한 바퀴를 자전한다는 생각만 했네요.

갈릴레이 아리스토텔레스가 자기 학생들에게 말하는 장면을 한번 상상해보자꾸나. 아빠는 스타디온 대신 리외를 사용할 거고, 또 이 사람이 지구의 원주를 지나치게 크게 산정했다는 점은 고려하지 않을 거야. "친구들이여, 이 불쌍한 헤라클레이토스의 신통치 않은 주장들을 너무 심하게 비웃지는 말게나. 우리의 스승이신 플라톤의 죽음이 그에게 큰 충격을 준 모양이야. 그가 분별력을 잃었다고 말해도 무방하네. 요컨대 만약 지구의 각 지점들이 24시간 만에 지구의 원주를 그려낸다고 한다면, 그 지점들은 지나치게 빠른 속도로 엄청난 거리를 주행하는 것이 되기 때문이야. 그것은 적어도 24시간에 8천 리외, 즉 한 시간에 거의 333리외가 될 것이네.[11] 정신이 돌아버린 헤라클레이토스는 우리가 이 속도로 영원히 앞으로 나아가고 있다는 것을 우리로 하여금 믿게 하고 싶어 하네. 그런데 내가 올림픽에서 전차를 몬다고 친다면 적어도 한 시간에 5리외(20km/h-옮긴이)만 달려도 머리카락이 온통 헝클어질 거야. 만약 내가 시간당 3백 리외 속도로 부는 바람을 정통으로 맞는다면, 여러분 앞에 서 있는 이 사람은 곧바로 바람에 날려가거나 최소한 땅바닥에 나뒹굴고 말걸세. 지구의 움직임은 나무들을 뽑아버리고 바닷물을 일으킬 거란 말이지. 가을에는 낙엽들이 나무에서 몇 스타디온이나 떨어진 곳에 떨어지지 않겠나!"

---

11. km로 환산해드릴 테니 화내지 마세요. 지구의 둘레는 4만km입니다. 적도보다 더 짧은 등위도선 상에 있는 아테네에서는 3만 2천km, 즉 1,333km/h입니다.

비르지니아 그건 적절한 반론이 아니지 않나요?

갈릴레이 수많은 학자가 아리스토텔레스의 주장을 내세우며 코페르니쿠스의 체계에 맞서왔단다. 우리가 만약 이 체계를 옹호하고자 한다면 아리스토텔레스의 주장을 반박해야 하지. 그건 나중에 가서 하기로 하고, 지금 당장은 아리스토텔레스와, 프톨레마이오스의 관점에서 본 세상이 어떤 면에서 비슷한지를 네게 설명해주마.

비르지니아 아 그거요, 중심에는 지구가 움직이지 않은 채 가만히 있고 나머지 모든 것들이 지구 주위를 돈다는 거예요.

갈릴레이 네가 '지구 주위를 돈다'라고 할 때 그 말은 정확히 뭘 뜻하는 거니?

비르지니아 보세요, 제가 아빠 주위를 도는 거예요. 간단하지 않아요?

갈릴레이 아, 네가 내 주위를 원을 그리며 돈다는 얘기를 하고 싶은 거로구나. 하늘을 보면 태양이 지구 주위를 원을 그리며 도는 것처럼 보이지. 커다란 천구(天球)도 그렇고 말이야. 우리가 행성들을 관찰하기 시작하는 순간, 모든 게 복잡해진단다. 한편에서는, 그것들이 다른 모든 것들처럼 24시간 만에 지구를 한 바퀴 도는 것처럼 보이지. 다른 한편으로는, 그것들은 1년 내내 아주 이상한 갈지자 형태를 그리면서 움직인단다. 사람들은 종종 그것들이 주춤거린다고 말하지. 가재처럼 뒷걸음질을 치다가 다시 앞으로 나가거든. 이러한 움직임들은 아주 오래전부터 알려졌단다.(부록5)

비르지니아 가재들은 항상 뒤로만 가요, 아빠. 그런데 행성들이 갑각류랑 비슷하게 움직이는 이유가 뭘까요? 아리스토텔레스랑 프톨레마이오스는 이 수수께끼 같은 현상을 제대로 설명해냈나요?

갈릴레이 맨 먼저, 플라톤의 학생인 크니도스의 에우독소스가 지구 주위를 도는 구(球)들의 체계를 생각해냈단다. 그는 각각 아주 얇은 네 장의 양파껍질과 비슷한 동일한 크기의 구 네 개를 각각의 행성으로 상상했어. 즉, 행성들은 양파껍질 같은 구 네 개씩을 갖고 있다는 거지. 그 구들은 서로 겹쳐진 상태에서 미끄러지듯 움직이면서 각기 다른 지축을 중심으로 도는 거야. 여기에다 속도를 덧붙이면 다섯 개 행성들이 보이는 외견상의 움직임을 정확하게 묘사해낼 수 있지.[12] 달과

---

12. 그리스 로마 시대 이래로, 행성들의 움직임을 이런 식으로 설명하는 것을 일컬어서 '외견을 보전한다' 또는 '현상을 보전한다'라고 합니다.

태양은 세 개의 구만 갖고 있어. 여기에 창공(하나의 구)까지 덧붙이면 구가 총 몇 개가 되겠니?

비르지니아가 계산하는 사이에 나는 이 구들을 그림으로 그리지 못한 데 대해서 여러분에게 양해를 구하고자 합니다. 이 체계를 묘사하려면 안전유리로 만든 여러 개의 구로 이루어진 3차원 모형을 만들어야 할 것입니다. 내가 모르는 어떤 과학박물관에는 어쩌면 이런 모형이 있을지 모르겠습니다.

비르지니아 5 곱하기 4 더하기 2 곱하기 3 더하기 1은…… 27개네요.[13]

갈릴레이 이 구들은 기하학적인, 다시 말해서 눈에 보이지 않는 것들이야. 아리스토텔레스는 투명한 물질로 이루어진 구, 즉 수정구를 더 좋아했어. 작은 구들은 큰 구 위에서 구른단다. 그는 외견상의 모습을 보전하기 위해서 구의 크기까지 고려했지. 결과적으로 아리스토텔레스의 체계에서는 56개의 구를 가정하고 있단다(행성의 운동을 설명하기 위해서 에우독소스는 1개의 행성에 대해 여러 겹의 동심구각(同心球殼)을 설정하고 이것들이 복잡하게 회전한다고 제안하였다. 에우독소스는 총 27개의 동심구각을 설정했는데, 아리스토텔레스는 에우독소스의 동심구설을 채용하여 수정구로 이루어진 56개의 동심

13. 5(다섯 개의 행성)곱하기 4(행성의 네 개의 구) 더하기 2(달과 태양)곱하기 3(달과 태양의 구 세 개) 더하기 1(창공)은 27입니다.

구각을 가정했다. 아리스토텔레스의 치밀한 천동설 앞에서 필라리오스나 아리스타르코스 등의 지동설은 설득력을 얻지 못했다-옮긴이).

비르지니아 저도 그 수정구들에 대해서 들은 적이 있어요. 그것들이 구르는 소리는 굉장히 아름다운 음악을 만들어내서 천국의 복자(福者)들을 기쁘게 한다죠.

갈릴레이 에우독소스와 아리스토텔레스의 체계에서, 행성들은 지구로부터 항상 거의 동일한 거리를 유지하고 있어. 그런데 우리가 관찰하기로는, 행성들은 지구에 가까이 접근하기도 하고 지구로부터 멀어지기도 하는 것처럼 보이지. 페르게 출신의 아폴로니우스는 다른 구조를 제안했단다. 각 행성들은 '주전원(프톨레마이오스가 천구상에서 행성들의 역행과 순행을 설명하기 위해 제창한 행성의 운동궤도-옮긴이)'이라고 하는 원을 따라 회전하고, 이것의 중심은 다시 지구를 중심으로 '복종하는' 원을 그리며 돌고 있다는 것이지. 그것은 순수하게 기하학적인 체계로서 매우 융통성이 있다는 장점을 갖고 있단다. 히파르코스[부록6]는 그 구조를 완벽하게 다듬었지. 기독교의 시대가 열리고 2세기가 흐른 뒤에, 프톨레마이오스가 여기에 결정적인 형태를 부여했고 말이다. 그걸 그림으로 그려서 보여주마.

비르지니아 그림이 있다고 해도 어렵네요.

갈릴레이 그건 매우 정교한 체계란다. 수많은 천문학자는 그걸 사용하면서도 완전히 이해하지 못하고 있어. 그들은 수정구들과 또 네가 얘기한 천국의 주민을 즐겁게 한다는, 저 '구들이 만들어내는 조화로움'을 더 믿고 싶어 한단다. 게다가 그들은 창공 너머에 천국을 설정해놓았지. 붙박이별들은 천국의 빛을 통과시키는 작은 구멍들이라는 거야. 그 사람들은 또한 아리스토텔레스의 두 세계도 믿는단다.

비르지니아 어떤 두 세계요?

갈릴레이 거기에 관해서는 이미 네게 얘기를 한 적이 있단다. 불완전하며 부패했고 지구와 대기를 포함하고 있으며 변하지만 움직이지 않는 '달 아래' 세계와, 변질되지 않고 영속적이며 별이 박힌 궁륭(활이나 무지개 같이 한가운데가 높고 길게 굽은 형상-옮긴이)과 움직이는 천체로 형성되어 있고 움직이지만 변하지 않는 '달 위' 세계 말이다. 아리스토텔레스는 행운아였어. 그는 매우 설득력 있는 책들을 써서 사람들은 비록 그가 예수 탄생 이전에 살았음에도, 그 책들이 신의 계시를 받았다고 생각할 정도였단다. 그것은 숭고했고, 따라서 달 위의 세상에 속한 것이었으며, 따라서 영원히 진실했지. 아리스토텔레스를 비판하는 것은 곧 신을 모독하는 행위였단다.

비르지니아 그렇다면 코페르니쿠스는 아주 용감한 사람이었네요.

갈릴레이 이미 3세기 전에, 아리스토텔레스의 책들을 번역했던 현자 뷔리당과 그의 학생 니콜 오렘은 우리가 고대의 저서들을 해석할 수 있을 뿐 아니라, 비록 성경이라고해도 글자 그대로 받아들여서는 안 된다고 생각했단다. 요컨대 사람들은 '그것은 아리스토텔레스가 쓴 책에 그렇게 적혀있기 때문이다'

라는 것을 권위 있는 논리라고 부르지. 망원경은 우리에게 새로운 것들을 보여주지만 그것들이 아리스토텔레스가 쓴 책에는 없기 때문에 우리는 그것들을 무시해야 한다는 이야기야.

비르지니아 그러면 아빠, 코페르니쿠스는 어떻게 태양을 중심에 둘 생각을 했을까요?

갈릴레이 글쎄, 그건 나도 모르지. 거의 100년 전 일이니까. 코페르니쿠스는 단순한 천문학자만은 아니었단다. 그 사람은 의사인 동시에 크라코프인가 어딘가 하는 곳의 주교좌성당의 참사원이기도 했어. 천문학자로서 그는 지구가 자전하면서 태양의 주위를 공전하고 있다고 생각했던 사모스의 아리스타르코스가 옳았다고 생각했지. 주교좌성당의 참사원으로서 그는 여호수아가 아모리인들과의 전투를 끝내기 위해서 '태양을 멈추었기' 때문에, 그 이론은 이단이라는 것을 알았지. 코페르니쿠스는 틀림없이 주님께 가르침을 달라고 이렇게 기도했을 거야.

"오, 주님, 여호수아의 책에는 해가 중천에 멈추어 하루를 꼬박 움직이려고 하지 않았다고 쓰여 있습니다. 어떤 이들은 주님이 성서 전체를 직접 쓰셨다고 생각합니다. 그러나 저는 주님이 성서의 저자들에게 영감을 주셨으리라 믿습니다. 그들은 주님이 그들에게 불러주신 것을 그들의 지식에 의거하여 이해했습니다. 그렇지 않았다면 그들은 '땅은 움직이지

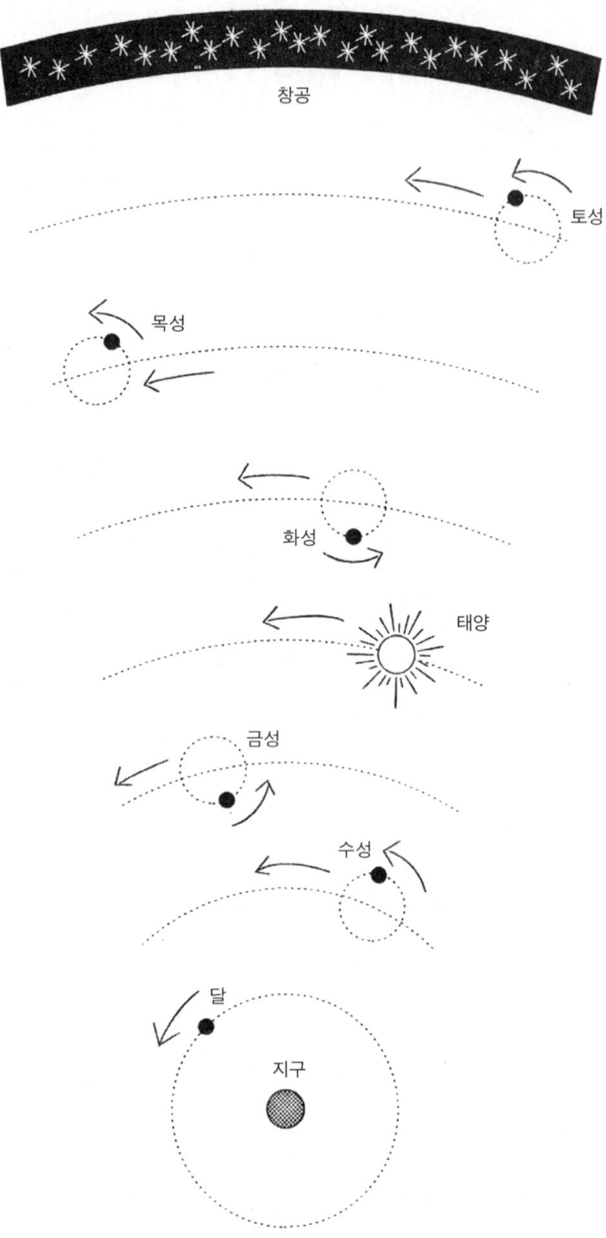
천국
창공
토성
목성
화성
태양
금성
수성
달
지구

않았고, 그 결과로 태양은 하루를 꼬박 꼼짝도 하지 않은 것처럼 보였다'라고 잘 쓸 수 있었을 것입니다. 또한 저는 전도서에서, '땅은 영원히 그대로며, 태양은 뜨고 진다'라는 대목을 읽습니다. 이사야에서, 태양은 시간을 돌이켜서 히즈키야(유다 왕국의 12대 왕–옮긴이)의 병이 나을 수 있도록 10도 뒤로 물러나지요. 시편에서, 당신은 '땅은 열의 없는 여자에게, 그리고 태양은 방에서 나와 하늘 끝까지 신나게 치닫는 젊은 신랑'에게 비유하시지요. 오, 주님, 제가 성서의 저자들보다 당신을 더 잘 이해한다고 주장하는 것은 아니나, 제 눈에는 당신이 간결한 것들을 사랑하시는 듯 보입니다. 그렇지만 만약 당신이 지구가 아니라 태양을 세상의 중심에 두신다면 행성들의 궤도가 훨씬 더 잘 설명됩니다."

비르지니아 만약 제가 선량한 하느님이라면 아빠는 제가 뭐라고 대답했을 것 같으세요? '나는 별들을 움직이게 하였으나, 그것들의 궤도에는 손을 대지 않았노라.'라고 말할 거예요.

갈릴레이 토마스 아퀴나스가 말한 바로는, 천사들이 떠돌이별들을 밀어준다고 해. 하느님은 이런 하급 일을 하려고 자신을 낮추지는 않으신단다.

비르지니아 여호수아는 아모리인들을 너무 많이 죽여서 피 냄새 때문에 판단력이 흐려졌던 거예요. 그래서 그날이 절대 끝나지 않을 거라고 믿었죠.

갈릴레이 그럴 수도 있지. 어쨌든 그건 그렇고, 100년 전에 코페르니쿠스는 짧은 논문을 써서 가까운 친구들에게 자신의 이론을 설명했어. 그의 조수인 레티쿠스가 30년 뒤인 1540년에 더 상세한 내용을 출판했고. 이단이라는 비난을 피하기 위해서, 코페르니쿠스는 프톨레마이오스의 이론을 약간 수정하는 데 만족한다고 주장했지. 이 책은 대단한 성공을 거뒀단다. 여러 주교와 추기경들이 코페르니쿠스를 칭찬하고 격려해서, 결국 그는 자신의 중요한 연구결과를 책으로 출판하기로 마음먹게 돼. 그는 1542년에 책을 완성했어. 그 다음 해에 뉘른베르크의 편집자가 그 책을 출판했지.

비르지니아 아빠, 그 얘기는 벌써 해주셨어요. 가정부가 그 사람한테 소포를 갖다주죠…….

갈릴레이 네가 하녀 역할을 하겠니? 아빠는 코페르니쿠스다.

비르지니아는 늙은 하녀 목소리를 흉내 냅니다.

비르지니아 어떤 사람이 방금 전에 이 꾸러미를 배달했어요, 주인님.

갈릴레이 아, 고맙네, 야드비가, 그건 뉘른베르크에서 온 내 책일세.

비르지니아 폴란드에서 책을 출판할 수도 있었을 텐데. 우리나라 인쇄업자들은 일이 없어서 노는데 주인님은 외국인들에게 일을 시키시네요.

갈릴레이 어리석은 사람 같으니. 폴란드는 세상에서 한참 동떨어진 곳에 있다네. 크라코프에서 출판된 책은 아무도 읽지 않아.

비르지니아 사람들이 폴란드어를 이해하지 못해서요?

갈릴레이 아, 내 책은 라틴어로 쓰였다네. 제목은 『데 레볼루티오니부스 오르비움 켈레스티움』이야.

비르지니아 제가 알아들을 수 없는 말은 하지 마시고요, 주인님.

갈릴레이 그건 '천구들의 회전에 관하여'라는 뜻이야. 독일에는 학자와 독자들이 더 많네. 레티쿠스가 단치히와 바젤에서도 그걸 출판한 적이 있지. 뉘른베르크는 폴란드에서 그리 멀지 않아…… 내가 너무 늙고 병든 게 유감스럽네. 직접 독일로 가서 편집하는 걸 감독하고 싶었는데. 내 안경 좀 갖다 주게나, 야드비가.

비르지니아 글을 읽으시면 안 돼요, 주인님. 의사가 안정을 취하라고 했잖아요.

갈릴레이 나 역시 의사니, 지나치게 피곤해지면 알아서 멈출 거야. 아무리 그래도 사람이 자기가 쓴 책은 읽을 수 있어야지.

비르지니아 여기 안경 가져왔어요. 제가 닦아놓았답니다. 말도 못하게 더러워서 말이지요.

갈릴레이 고맙네, 야드비가. 책을 좀 볼까…… 아니, 이게 뭐야? 이걸 좀 보게!

비르지니아 아이고, 전 까막눈일 걸요.

갈릴레이 나한테 알리지도 않고 서문을 붙였어. 들어보게나.

"이 책의 저자는 비난받을만한 시도는 전혀 하지 않았다. 사실, 이 새로운 가설들을 진실이라고 간주할 필요는 없으며, 또한 이것들은 진실인 것 같지도 않다. 단 하나 만족할만한 것은, 이것들을 통해서 관찰에 부합하는 여러 가지 계산들을 제안한다는 점이다." 이 추잡한 글을 쓴 서기 놈은 내가 계산을 용이하게 해주는 새로운 방법을 제안하지만, 지구를 우주의 중심에 놓는 문제를 다시 거론하려는 건 아니라고 주장하고 있어.

비르지니아 흥분하지 마세요, 주인님.

갈릴레이 나는 기하학적인 놀이를 제안한 게 아니야……. 난 자연의 진정한 운동들에 관한 얘기를 하고 있는 거라고. 이 비열한 인간은 가증스러운 죄를 지어놓고도 용기가 없어서 서명조차 하지 못했어. 아아…….

비르지니아 주인님! 주인님! 어머나, 피를 토하시네. 이 책을 드리는 게 아니었는데. 주인님이 돌아가시려고 해!

갈릴레이 태양을 중심에! 태양을! 아…….

비르지니아 움직이질 않으시네. 종부성사조차 받지 못하셨는데. 다 내 탓이야! 성모 마리아여, 저를 불쌍히 여기소서!

갈릴레이 일부 작가들에 따르면, 코페르니쿠스는 뉘른베르크의 출판업자가 자신을 배반한 걸 알고 그 충격으로 죽었다고 하지. 책이 출판됐을 때 그는 이미 세상을 떠난 뒤였다고 생각하는 사람들도 있고 말이야. 사람들은 익명의 그 서문을 썼던 사람을 곧바로 찾아냈어. 루터의 제자이자 그 출판업자의 친구였던 오지안더였지. 루터는 '이 미친 사람은 천문학을 완전히 뒤엎어버리려고 하나, 성서가 선언하는 바와 같이 여호수아가 멈추라고 명령한 것은 땅이 아니라 바로 태양이다.' 라고 코페르니쿠스를 맹렬하게 비난했다고 해.

비르지니아 이 루터라는 사람도 이단자였잖아요? 가톨릭 교회가 코페르니쿠스에게 유죄를 선고하지는 않았네요.

갈릴레이 가톨릭 교회는 천천히 대처하지. 코페르니쿠스가 제안한 계산들은 그것들을 사용하는 사람이 거의 없는 한, 즉 아무도 그것들이 사실을 기술한다고 주장하지 않는 한, 교회를 성가시게 하지는 않아. 학계가 내가 관찰한 것들의 중요성을 이해하게 된다면 교회의 태도는 변할 수 있지. 일부 교수들은, 그들이 종교인이든 아니든 간에, 마치 악마의 도구라도 되는 양 절대로 내 망원경을 들여다보지도 않으려고 한다는구나. 또 어떤 이들은 유리의 결함 때문에 망원경이 우리한테 망상들을 보여준다고도 하지. 하지만 교회는 조르다노 브루노를 화형시켰단다.

비르지니아 그 사람도 이단이었죠.

갈릴레이 아마도. 가톨릭 교회는 브루노를 네가 태어난 해인 1600년에 로마의 캄포 데이 피오리(꽃의 들판이라는 의미–옮긴이)에서 화형에 처했단다. 여기서 그리 멀지 않은 곳이지. 내가 파도바 대학에서 얻었던 그 교수직에 브루노도 같은 시기에 지원했었기에, 기회만 닿았더라면 그 사람을 만나볼 수도 있었단다. 브루노는 코페르니쿠스의 이론을 떠나서 자기만의 이단적인 상상을 했단다. 만약 코페르니쿠스가 옳다면, 하늘은 돌지도 않고 구체도 아닐 거라고 브루노는 말했지. 그리고 별들이 천구에 고정되어 있는 것으로 묘사한 아리스토텔레스와 프톨레마이오스의 생각도 비웃었어. 만약 하늘의 저 둥근 천장에다 별들을 좋은 풀로 붙이거나 단단한 못으로 박아놓지 않는다면, 별들이 우박처럼 우리에게 떨어져 내릴 거라는 거야……. 브루노에 따르면, 별들은 우리가 사는 세상과는 아주 멀리 떨어진 다른 세상에 속해 있고, 그곳에는 우리와는 다른 생물체들이 살고 있다고 상상해볼 수 있어.

비르지니아 헤라클레이토스가 이미 그런 얘기를 했잖아요.

갈릴레이 기억력이 좋구나. 별들이 멀리 떨어져 있다는 생각은 브루노로 하여금 코페르니쿠스의 체계를 유리하게 만들어주는 논거를 펴게 만들어. 자연이 우리의 세계와 유사한 무수히 많은 세계로 이루어진 거대한 우주를, 우리처럼 미세한 행성을 중심으로 삼아서 엄청난 속도로 돌릴 까닭이 어디에 있겠느냐는 거야. 실제로 지구가 중심에서 움직이지 않는다고 상상해보렴. 그러면 별들이 더 멀리 있을수록 그것들은 더 빨리 돌아야 하지 않겠니. 우리의 작은 지구가 지축을 중심으로 적절한 속도로 회전한다고 가정하는 편이 더 간단하지.[14]

---

14. 시라노 드 베르주락은 1650년경에 이 논거를 다음과 같이 분명하게 서술합니다: 이 빛나는 거대한 물체(태양)가 하찮은 한 점 주위를 돈다는 믿음은 종달새를 구우려고 종달새 주위로 난로를 돌리는 광경을 상상하는 것만큼이나 우스꽝스러울 것이다.

비르지니아 그 주장은 꽤 설득력 있어 보이네요. 게다가 우리가 금성의 위상들을 관찰하기도 했으니까, 조만간 모두 아리스타르코스와 코페르니쿠스의 체계를 채택할 거라고 전 확신해요.

갈릴레이 코페르니쿠스와 브루노는 가설들을 제안했지만 아무것도 증명하진 못했어. 우리가 할 수 있는 얘기는 이 체계가 다른 것과 마찬가지로, 가능할 수도 있다는 것이지. 또한 아리스토텔레스의 반론에도 대답해야 하는데, 기억하고 있니?

비르지니아 만약 지구가 돈다면 가을에 나뭇잎들이 나무에서 몇 백 피에나 먼 곳에 떨어질 거란 얘기요.

가톨릭 교회는 조르다노 브루노를 화형에 처하기 전에 브루노의 손톱과 발톱을 차례로 뽑고, 힘줄을 자르고, 슬개골을 부쉈는데, 이 책이 공포소설은 아니니 더 자세하게는 들어가지 않겠습니다. 교회는 브루노를 회개시키고자 6년에 걸쳐서 그를 고문했습니다. 악의가 있었다고는 생각하지 마세요. 그의 영혼을 구해서 그를 천국으로 내지는, 적어도 연옥으로 보내고자 하는 의도에서 비롯된 것이니까요.

조르다노 브루노가 자신의 견해를 포기하지 않자, 그들은 결국 그를 발가벗겨서 피투성이 상태로 장작더미 위에 꽂아놓은 처형용 기둥에 거꾸로 매단 뒤에, 어이쿠. 조르다노 브루노의 유령은 밤마다 갈릴레이를 괴롭힙니다. 그가 받은 극심한 형벌은 사람들의 마음에 깊은 인상을 남겼지요. 여러분이 17세기 초의 이탈리아 학자라고 상상해보세요. 코페르니쿠스의 이론을 받아들여서 완성하고자 하는 열망이 있지만 결국 화형대에서 거꾸로 매달리는 것으로 끝나고 싶지는 않을 겁니다…….

가톨릭 교회는 특히 조르다노 브루노의 종교적인 견해들을 비난했습니다. 그는 하느님이 우리에게만 전념하지 않고, 거대한 우주 전체에 당신의 존재를 채웠다고 생각했지요. 그의 하느님은 우리가 '자연'이라고 부르는 것과 비슷한 구석이 있습니다. 하느님은 우리를 자신의 모습대로 창조하지 않았고, 우리는 창조의 궁극적인 목적이 아닙니다. 브루노의 '범신론'은 스피노자(1632-1677)의 철학을 예고합니다. "암스테르담의 유대 사회는 비록 스피노자를 화형에 처하지는 않았으나 공동체로부터 제명했습니다. 스피노자의 사상은 18세기 이후 지식인들 사이에 널리 퍼졌지요(스피노자는 네덜란드의 암스테르담에서 태어난 유대인 혈통의 철학자로서, 비판적인 사상 때문에 유대사회에서 추방되었다. 그는 자연의 만물은 신의 형태를 빌린 것이며 따라서 자연을 초월한 곳에 신이 있는 것이 아니라 '모든 것이 신'이라고 하는 범신론(汎神論)을 역설했다-옮긴이). 이를테면, 아인슈타인은 어떤 종교를 믿느냐는 질문을 받자 '스피노자학파'라고 자칭했지요.

03
운동의 비밀

Galilée
et les poissons rouges

린체이 아카데미

1611년 3월에 갈릴레이는 자신이 발견한 결과물들을 발표하기 위해서 로마로 떠납니다. 피렌체의 명성을 드높여야 했던 토스카나 대공이 여행 경비를 대주었지요. 이제 이 도시가 지식의 중심지 중 하나가 되었음을 세계만방에 알리도록 말입니다. 갈릴레이는 상황을 살펴보고자 합니다. 가톨릭 교회가 자신을 영웅으로 대접할지, 아니면 이단자로 맞이할지 말이지요.

그는 두 달 만에 돌아옵니다. 비르지니아는 모든 게 궁금하죠.

비르지니아 아빠, 교황님도 만나보셨어요?

갈릴레이 딱 한 번 뵈었단다. 친절하게 대해주시더구나. 교황께서 과학을 썩 탐탁지 않아 하신다는 건 세상 사람들이 다 아는 사실이라 그래서 마음이 좀 놓였지. 추기경들이 호의적인 보고를 했던 게 분명해. 그들은 망원경으로 천체를 관찰한 적이 있어서, 자기들 눈으로 직접 본 것을 부정할 수는 없지 않겠니. 추기경들은 아리스토텔레스도 완벽하지 않고 가벼운 실수를 범할 수 있다는 사실을 깨달았기에, 아리스토텔레스의 체계를 완전히 뒤엎지는 않는 방식으로 그 발견들을 해석하고자 고심하고 있지. 내가 로마를 가본 지가 24년 만이구나. 성 베드로 대성당 건축공사가 거의 다 끝나가던 걸. 한 세기가 끝날 때쯤이면 완성되겠지.

비르지니아 저도 보고 싶어요.

갈릴레이 그래, 언젠가는 너도 분명히 가게 될 게다. 조르다노 브루노를 화형했던 캄포 데이 피오리에도 가봤단다. 아빠가 벨라르미노 추기경을 만났다는 걸 한번 상상해보려무나. 브루노에

대한 수사를 지휘했던 장본인이지. 추기경은 가톨릭 교회의 의견을 나한테 설명해주더구나. 그걸 어디 적어놨는데…….
내 빨간 수첩 못 봤니?

비르지니아 이 탁자 위에 빨간 수첩들이 한 더미나 있는 걸요.

갈릴레이가 수첩을 찾는 사이에, 나는 한 단락을 할애해서 벨라르미노 추기경에 대한 설명을 해볼까 합니다. 교황 비오 11세가 1930년에 그를 성인품에 올린 뒤로 그는 성 로베르토 벨라르미노로 불리고 있으며 그의 축일은 9월 17일입니다. 조르다노 브루노를 거꾸로 매달아 화형시킨 종교재판관을 성인품에 올린 것은 좀 지나쳐 보입니다. 최근에 교황 요한-바오로 2세가 브루노의 법집행에 대해서 '깊은 애도'를 표했지만, 그의 복권을 주장하는 일부 신학자들을 만족시키는 데까지는 이르지 못했습니다. 비오 11세는 또한 성 벨라르미노를 그 구성원이-성 아우구스티누스, 성 토마스 아퀴나스 등을 포함해-단 서른세 명에 불과한 최고위집단인 '교회 학자'에 포함시켰습니다. 벨라르미노는 적대자의 논거들을 빠짐없이 반박하면서, 신교도에 맞서서 가톨릭 교회의 의견을 대단히 단호하게 옹호한 전투적인 신학자였습니다. 나는 조르다노 브루노의 소송을 다룬 한 기사에서 그가 종교재판관으로서 '엄격한' 일면을 보였다는 대목을 읽은 적이 있습니다. 아, 그는 불쌍한 이단자의 영혼을 구제하고 싶어했지요. 성 벨라르미노는 실제로는 키가 자그마하고 호감 가는 사람이었습니다. 갈릴레이가 로마에서 그를 만났던 1611년에 그는 예순아홉 살이었고 수염이 새하얗게 세어 있었습니다.

갈릴레이 오호라, 여기 수첩이 있구나. 벨라르미노 추기경이 한 얘기를 들어보거라. "저는 만약 학자들이 지구의 회전을 증명해낸다면 그것을 인정할 준비가 돼 있습니다. 그럴 경우에 우리는 그 반대되는 것을 가르치는 성서의 구절들을 설명하고 우리가 그 구절들을 제대로 이해하지 못했다는 것을 인정하기 위해서, 대단히 신중하게 그 문제를 처리해야 할 것입니다."

비르지니아 아빠는 지구의 회전을 거의 다 증명하셨잖아요.

갈릴레이 암, 이제 그걸 완전하게 증명해내야지. 거기에 있는 사이에, 로마의 가장 뛰어난 지성인들이 영광스럽게도 나를 한 단체의 회원으로 받아줬는데, 체시 공이 8년 전에 창설한 단체란다. 체시 공은 플라톤이 세운 학원을 기억하자는 뜻에서 그 학회의 이름을 '린체이 아카데미(살쾡이 학회라는 의미-옮긴이)'라고 정했지.

비르지니아 아리스토텔레스의 리케움을 본떠서요?

갈릴레이 '리케움'이 아니라 '린체이'이고, 그건 학회 회원들이 살쾡이의 눈처럼 날카롭게 자연을 관찰한다는 의미야. 회원인 한 그리스 수학자가 내 기구에다 '텔레스코프telescope'라는 이름을 붙여서 네덜란드의 장난감과 또 우리 코에 얹는 코안경과 구별하자는 제안도 했단다.

비르지니아 텔레, 뭐요?

갈릴레이 스코프. 나는 마페오 바르베리니 추기경과도 친분을 쌓았단다. 그 사람은 내 가설들을 전적으로 받아들일 자세가 되어 있더구나. 상당히 영향력 있는 사람이지. 추기경들과 교황님까지 개인적으로 만난 이상, 이제 너랑 네 동생은 관면(寬免. 교회법에 저촉된 사항을 면제해주는 것-옮긴이)을 받을 수 있을 거야.

비르지니아 관면이요?

갈릴레이 그래. 너도 알다시피, 네 나이였을 때 나는 산타 마리아 디 발롬브로사 수도원에서 철학을 배웠단다. 마찬가지로 내 누이들도 양가집 규수들을 받아주는 수도원에서 좋은 교육을 받았지. 넌 라틴어를 이미 조금은 알고 있지만, 문학과 과학의 멋진 정원에서 산책하려면 그걸 유창하게 읽는 법을 배워야 해. 네가 수도원에 들어가 있으면 아빠가 안심이 되지. 아빠는 건강이 썩 좋질 않아서, 몇 주나 자리에 누워있을 때가 종종 있지 않니. 내게 살 날이 얼마나 남았는지는 나도 모른다. 게다가 내 생각을 거부하는 일부 추기경들이 끝내 교황님께 영향을 주지나 않을까 염려도 되고. 지금까지는 그들이 나를 존중해주고 있지만 말이다. 조르다노 브루노는 자신이 우리의 신성한 하느님을 부인하는 것은 아니며, 자신의 우주적인 신은 순수하게 철학적인 사색의 결과라고 주장했지. 나로 말하자면, 철학적인 신에게도 또 수학적인 신에게도 관심이 없고, 따라서 종교재판소의 지하 독방에 갇히는 일은 없었으면 좋겠구나.

비르지니아 관면이 왜 필요한지는 대답해주지 않으셨는데요, 아빠.

갈릴레이 피렌체의 수도원들은 자매를 받아주지 않아. 그건 그 도시의 특별한 점이란다. 수도원의 문턱을 넘는 사람은 누가 됐든 가족과의 관계를 완전히 포기하지. 피렌체에는 수도원이 쉰세 곳이 있다. 가족이 아무리 많아도 충분하다고들 하지.

비르지니아 신에게 서원을 한다면 이해가 되지만, 단지 라틴어를 배우려고…….

갈릴레이 네가 수도원에서 나와서 결혼하기로 마음을 먹을지, 아니면 주님과 결혼하는 걸 원할지 어떻게 미리 알겠니?

비르지니아 리비아가 저랑 같이 있어도 된다는 허락은 얻어내셨어요?

갈릴레이 한 추기경한테 얘기를 해놓았단다. 리비아를 종종 괴롭히는 그 끔찍한 신경쇠약에 대해서 그 사람한테 자세히 설명했어. 리비아는 엄마에 대한 애착이 아주 강했지. 그 아인 널 필요로 해. 산 마태오 수도원은 틀림없이 너희를 같이 받아줄 거야.

비르지니아 아빠는 이제 절 가르치지 않으실 거예요?

갈릴레이 다음 주에 코시모 공작 앞에서, 얼음처럼 물 위에 뜨는 물체에 관해서 어떤 철학자와 토론하기로 했단다. 토론준비도 할 겸 그 문제에 관해서 네게 얘기를 해주마. 만약에 물 밑으로 얼음조각을 집어넣으면 얼음조각이 표면으로 올라오는 건 너도 알 거야. 그건 특별한 운동의 한 형태지. 이제 네게 가르쳐주려고 하는 건 일반적인 운동에 관해서야. 그렇게 해서 우리는 지구의 운동으로 다시 돌아갈 수 있을 게다.

다섯 가지 기본 원소

갈릴레이 너도 알겠지만 나는 2년 동안 의학공부를 하다가 우연히 유클리드의 『기하학원론』을 읽게 됐단다. 고대 그리스인들의 과학이 얼마나 놀라웠는지 알게된 후 결국, 나는 의학공부를 중단하고 수학자가 되기로 했지. 하지만 그 훌륭한 고대 그리스인들도 틀린 생각을 할 수 있어. 그들은 기하학 도형과 수에 깊이 매료된 나머지, 자연이 정말로 그들의 생각을 따르고자 하는지는 확인해 보려고도 하지 않고 아주 재미있는 체계들을 상상해냈단다. 혹시 다섯 가지 기본 원소에 대해서 알고 있니?

비르지니아 네 가지는 알아요, 공기, 흙, 물 그리고 불이죠.

갈릴레이 피타고라스학파 사람들은 신기한 사실 하나를 알게 됐어. 정다각형은 네가 원하는 만큼 변의 개수를 가질 수 있다는 것이지. 만약 변이 세 개나 네 개나 다섯 개라면 넌 그걸 정삼각형, 정사각형 혹은 정오각형이라고 부른다. 다각형은 변이 스무 개, 쉰 개, 백만 개도 될 수 있어.

비르지니아 만약 변이 여덟 개면 팔각형이라고 부르죠. 변이 백만 개면,

백만각형인가요?

갈릴레이 이제는 면이 정다각형인 입체를 상상해볼까. 사람들은 그것들을 다면체라고 부른단다. 면이 여섯 개인 다면체를 상상해 보겠니?

비르지니아 정육면체요!

갈릴레이 피타고라스학파 사람들이 발견한 것은 바로, 정다면체는 오직 다섯 개만 존재한다는 사실이야. 정삼각뿔은 네 면이 삼각형으로 이루어져 있고, 정육면체는 정사각형 여섯 개, 팔면체는 삼각형 여덟 개, 십이면체는 오각형 열두 개, 이십면체는 삼각형 스무 개로 이루어져 있지.

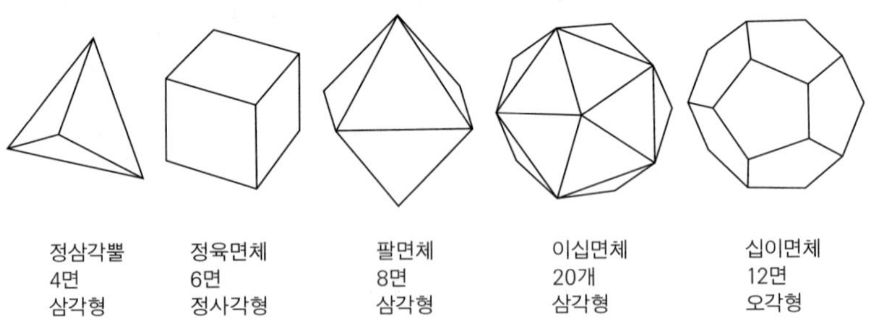

정삼각뿔
4면
삼각형

정육면체
6면
정사각형

팔면체
8면
삼각형

이십면체
20개
삼각형

십이면체
12면
오각형

비르지니아 다른 것들이 없는 건 확실해요?

갈릴레이 그럼, 확실하고말고. 기하학으로 그걸 증명할 수 있지. 피타고라스학파 사람들은 자연이 다섯 개의 정다면체에 상응하는 다섯 가지 원소로 창조됐다고 상상했단다.

비르지니아 다섯 번째 원소는 뭔가요?

갈릴레이 에테르라고 하는 건데, 복자들이 천국에서 호흡하는 미세한 유체(流體)란다.

비르지니아 복자들이 뭘 호흡하는지 어떻게 알 수 있어요?

갈릴레이 피타고라스학파 사람들은 그 누구도 부정하지 않는 다섯 개의 다면체의 존재가 틀림없이 뭔가 의미하는 바가 있다고 생각했어. 그들은 다면체들의 존재가 다섯 원소의 존재를 증명한다고 추측했지.

비르지니아 "다섯 번째 원소의 존재를 증명한다"라고 말하고 싶으신 거겠죠. 앞의 네 가지가 존재한다는 사실은 증명할 필요가 없어요. 우리는 그것들을 우리의 감각을 통해서 원래 알고 있으니까요.

갈릴레이 사실 우리가 감각을 사용해서 자연을 조사할 경우에는 기본 원소들 간의 차이를 잘 식별할 수 있지. 우리는 손을 물에는 집어넣을 수 있지만 돌 속에는 집어넣지 못해. 우리는 공기를 호흡할 수는 있지만 물을 호흡하진 못하고, 불은 단단한 물질들을 먹어버릴 수 있지. 하지만 안타깝게도 만약 우리가 정신을 사용해서 자연을 조사할 경우에는 전혀 다른 사실을 발견하게 된단다. 얼음을 가열하면 액체를 얻지. 액체를 가열하면 그걸 기체상태의 수증기로 바꿀 수 있고 말이다. 동일한 물질이 이런 요소에도 속하고 저런 요소에도 속하는 것처럼 보이는 거야. 데모크리토스를 비롯해서 일부 그리스인들은 사물들이 원자라고 불리는 작은 알갱이로 이루어져 있다고 믿었단다.[15] 얼음의 원자는 서로 단단하게 밀착돼 있고, 물의 원자는 다소간 덜 밀착돼 있으며, 수증기의 원자는 자유롭게 여기저기로 날아다닌다고 추측한 고대인들도 있었지. 아리스토텔레스는 자신의 감각으로 지각하는 사실들과, 다섯 개의 정다면체와 다섯 가지 기본 원소들이 서로 상응관계에 있다고 가정한 피타고라스학파 사람들의 견해를 근거로 해서 자신의 주장을 펼쳤지. 그는 기본 원소들이 본질적이고 명백한 방식으로 서로 구분된다고 믿었단다. 그는 땅에 속한 무거운 두 요소, 즉 고체와 액체를 구별했고, 하늘에 속한 가벼운 두 요소, 즉 공기와 불을 구별했지. 그는 말하기를, 무거운 요소들은 자신의 어머니인 땅으로 돌아가기 위해서 자연스럽게 아래쪽으로 이동한다고 했어. 가벼운 요소들은 하늘에 있는 자신의 자리로 올라가고 말이다.

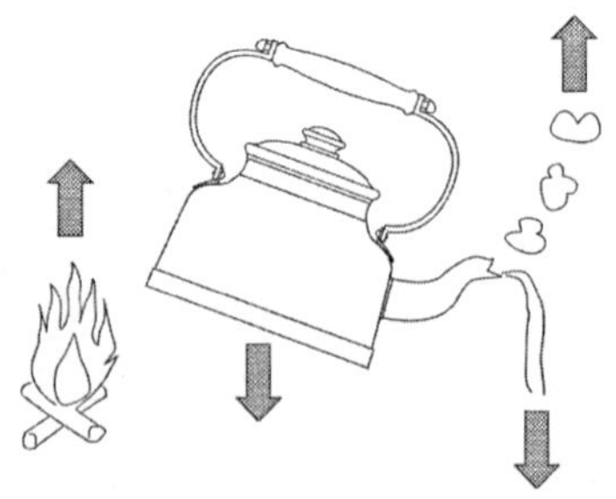

15. 갈릴레이는 그의 책 『시험자』에서 원자의 가설을 지나치게 호의적으로 소개함으로써 가톨릭 교회를 불쾌하게 만들었을 가능성이 있습니다. 이 가설은 화체설(化體. 성만찬의 빵과 포도주가 예수의 몸과 피로 바뀐다고 규정한 교리–옮긴이)과 양립할 수 없는 것처럼 보입니다.

비르지니아 정말로 그렇잖아요, 아닌가요?

갈릴레이 그런 식으로 일이 일어나기는 하지만, 그건 자신의 본래 주거지로 돌아가려는 기본 원소들의 희망과는 무관하단다. 이제 물에 뜨는 얼음조각과 관련된 내 토론으로 돌아가 보자. 아리스토텔레스의 저서는 읽으면서 자연이라는 위대한 책을 해독하려는 수고는 하지 않는 우리 시대의 철학자들은, 얼음조각이 네모난 그 형태 때문에 물을 가르고 들어가지 못하고 물 표면에 떠있게 된다고 얘기를 한단다. 한번 얼음조각을 물속 깊이 넣어보마. 만약 내가 얼음조각을 놓아주면 어떻게 되겠니?

비르지니아 다시 올라오겠죠.

갈릴레이 얼음조각이 네모난 그 형태 때문에 물을 가르고 들어가지 못하는 게 아니란 얘기지! 위대한 아르키메데스에 의하면 물보다 가벼운 물체는 위쪽으로 미는 압력을 받는단다. 젊었을 때 나는 이 원리에 근거해서 물 저울을 발명하기도 했지. 하지만 아리스토텔레스의 관점에서 보자면, 얼음조각은 위로 다시 올라와서는 안 된단다. 왜냐하면 그건 자신의 어머니 땅으로 돌아가고 싶어 하거든. 위로 올라가는 것들에 대해서는 내가 방금 전에 얘기를 해줬지.

비르지니아 수증기하고 불이요. 그것들은 물속에서는 올라가지 않으니까. 따라서 아르키메데스의 원리가 수증기와 불에 대해서는 물속에서 적용되지 않아요.

갈릴레이 빈 공간에서는 올라갈까?

비르지니아 음, 공기 속에서는 올라가죠.

갈릴레이 아르키메데스의 원리는 대기 중에서는 아주 잘 들어맞아. 수증기는 공기보다 가볍고, 따라서 위로 올라가지. 비록 불을 구성하는 요소들이 뭔지 모른다고 해도, 나는 불의 경우에도 마찬가지일 거라고 생각해. 소위 기본 원소라고 하는 것들은 실제로는 서로 구분되지 않고, 그들의 수직 운동은 그들의 어머니나 아버지 쪽으로 끌어당기는 모종의 힘으로 설명되지 못한다는 것을 내가 네게 제대로 납득시켰기를(그리고 코시모 대공 앞에서 내 적대자를 납득시킬 수 있기를) 바란다. 아리스토텔레스는 틀린 생각을 한 거야. 뚜껑을 닫은 항아리에서 공기를 뽑아내고 거기에다 수증기를 조금 주입할 수 있다면 좋을 텐데. 공기가 없는 상태에서는 수증기가 올라가지 않고 오히려 내려올 거라고 나는 확신한단다.

비르지니아 그건 아빠의 이론을 훌륭하게 증명하는 방법이 되겠는데요.

갈릴레이 모든 물체는 아래로 떨어진다. 어째서? 그 문제에 관해서는 일단 무시하고 넘어갈 거야. 내가 연구했던 것은 바로 물체의 낙하속도란다. 아리스토텔레스는 물체의 낙하속도는 일정하고 물체의 무게와 일치한다고 생각했어. 가벼운 물체는 천천히 떨어지고 무거운 물체는 더 빨리 떨어져야 한다는 것이지. 이 점에 있어서도 역시 그는 잘못 생각했어. 낙하는 매우 짧은 순간에 일어나기 때문에 물체의 낙하를 관찰하기는 어렵단다. 한 네덜란드인이 관찰을 좀 더 편리하게 해주는 기구를 발명했는데, 기울기를 조절할 수 있는 간단한 판자지. 만약 판자가 많이 기울어져 있으면 공이 빨리 굴러가고, 판자가 거의 수평이면 느리게 굴러가는 거야. 그런데 공의 속도는 전혀 일정하지 않아. 속도는 규칙적인 방식으로 증가하지! 나는 심장 고동이 두 번 뛰는 동안에 공이 경사진 판자 위에서 굴러간 거리를 재서 그 사실을 증명했단다. 만약 고동이 두 번 뛸 동안에 공이 일정 거리를 간다고 치면, 그 다음 고동이 두 번 뛰는 동안에는 그보다 더 긴 거리를 간단다.(부록7)

비르지니아 아빠의 심장이 너무 빨리 뛰면 안 되겠네요.

갈릴레이 그럼. 실험 중간에는 절대로 달리면 안 되지.

비르지니아 아빠가 계속해서 콧노래를 흥얼거리는 괴상한 습관이 있는 거, 아세요?

갈릴레이 할아버지한테서 물려받은 거란다.

비르지니아 제가 보니까 아빠는 계속해서 같은 박자로 노래를 하시던데요. 시간을 잴 때 아빠가 부르는 노래를 이용할 수도 있겠어요.

갈릴레이 오호, 그거 참 근사한 생각인걸! 다음번에는 그 방법을 써봐야겠다.

강제운동

갈릴레이 비르지니아야, 너 혹시 피사에 있는 기울어진 탑에 관해서 들어본 적 있니?

비르지니아 탑이 쓰러질까 봐 무서워서 전 절대 거기에는 올라가지 않을 거예요!

갈릴레이 내가 피사 대학 교수로 있을 때 그 탑의 꼭대기에 올라가본 적이 있단다. 대포알이랑 그것보다 백배 가벼운 탄알을 들고 가서, 그것들이 같은 속도로 떨어진다는 걸 보여주려고 둘을 같이 떨어뜨렸지.

비르지니아 피사탑 꼭대기로 포탄을 들고 가셨다고요? 틀림없이 땀투성이가 돼서 탑 꼭대기에 도착하셨겠네요.

갈릴레이 에이, 포탄은 학생이 들고 갔고 난 탄알을 들었지.

비르지니아 그것들을 떨어뜨리셨을 때 동시에 땅에 부딪히던가요?

갈릴레이 거의 동시였지. 포탄이 아주 약간 먼저 땅에 닿았는데, 공기 저항이 총알에 제동을 좀 더 걸었기 때문이야.[16] 그 자리에 있던 철학자들은 차이가 미미하다는 점을 구실삼아서 아리스토텔레스가 이겼다고 주장했지. 난 그들을 비웃었다. "아

16. 최근에 어떤 사람이 한 손으로는 포탄을, 다른 한 손으로는 탄알을 떨어뜨리는 실험을 했습니다. 포탄이 먼저 바닥에 닿았는데, 그렇게 된 까닭은 우리가 신경학적인 이유에서 우리도 모르는 사이에 포탄을 탄알보다 손에서 약간 먼저 놓기 때문이지요. 일부 저자들은 갈릴레이가 떨어뜨린 물건이 어떤 것이었는지에 대해서 의심스러워합니다. 이 일은 단지 전해져 내려오는 이야기일지도 모르지요.

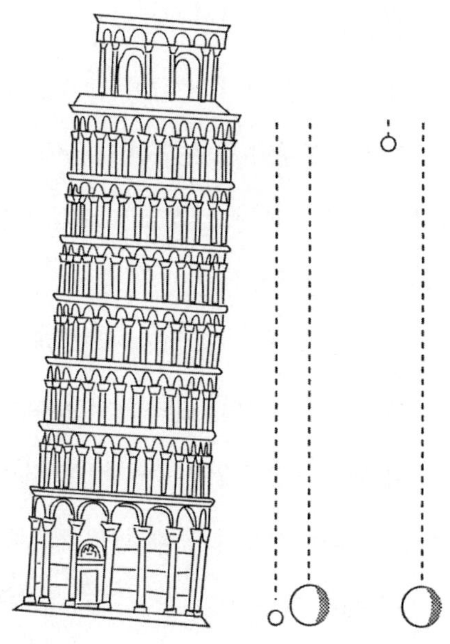

리스토텔레스의 말에 의하면, 포탄은 백배 더 빨리 떨어져야만 합니다. 포탄이 땅에 닿는 순간, 탄알은 총 높이의 단 1/100쿠데만을 통과했어야 할 것입니다. 여러분은 근소한 차이를 가지고 아리스토텔레스의 99쿠데를 숨기려고 하고, 아주 작은 실수를 핑계 삼아서 그의 커다란 오류를 은폐하고자 하는군요." 나는 그 문제를 아주 철저하게 연구했었기 때문에 그런 결과가 나오리라는 것을 확신하고 있었단다. 나는 뭔가를 증명하려고 실험을 한 게 아니라 놀이 삼아서 실험을 했던 거야.

비르지니아 실험을 하기도 전에 이미 결과에 대한 확신이 있었다고요?

좀 오만하셨던 게 아닐까요?

갈릴레이 난 실험을 상상했지. 포탄이 피사탑에서 떨어진다. 만약 내가 포탄을 정확히 둘로 쪼갠 다음에 조각 두 개를 풀로 붙인다면 포탄이 떨어지는 속도가 느려질까?

비르지니아 글쎄요, 똑같겠죠.

갈릴레이 만약 풀이 잘 붙지 않는다면 어떻게 될까? 만약 조각 두 개를 끈으로 묶는다면? 만약 풀도 붙이지 않고 줄로 묶지도 않은 채 쪼개진 포탄 조각 두 개를 그대로 떨어뜨린다면? 모든 경우에 있어서 포탄은 똑같은 식으로 떨어질 거야. 아리스토텔레스에 따르자면, 포탄 조각 두 개가 풀로 단단하게 붙어 있지 않을 경우에 포탄은 두 배 느린 속도로 떨어져야만 해. 이런 상상 실험은 실제 실험만큼이나 내 가설을 잘 증명해주지. 아리스토텔레스는 포탄의 낙하운동을 '자연적 운동'으로 간주했는데, 왜냐하면 포탄은 자신의 본래 자리로 돌아가 쉬고자 하는 경향을 내부에 갖고 있기 때문이라는 거야. 대포로 발사된 포탄은 사정이 다르지.

비르지니아 아리스토텔레스는 대포를 몰랐어요.

갈릴레이 네가 좋다면, 투석기로 발사했다고 하자. 포탄에 대한 외부 행위자의 접촉으로 유발된 그 운동을 아리스토텔레스는 '강제운동'이라고 이름을 붙였어. 아리스토텔레스에 따르면, 외부의 원인이 개입하기를 그칠 때 운동은 중지되고 물체는 멈추지. 로마의 투석기에 대해서는 내가 잘 모르니까, '트레

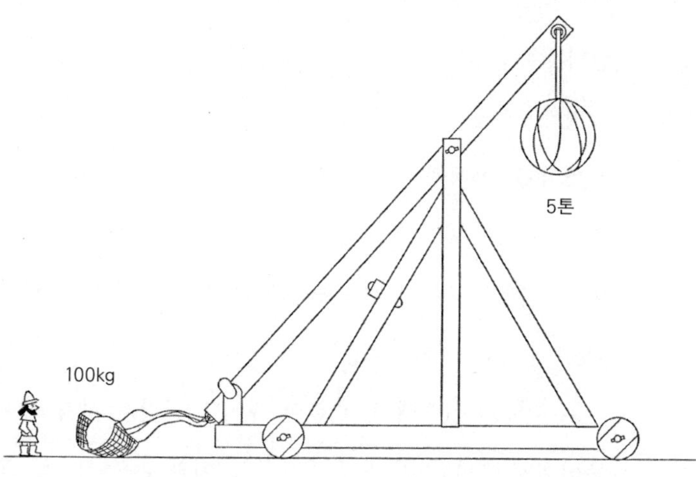
5톤
100kg

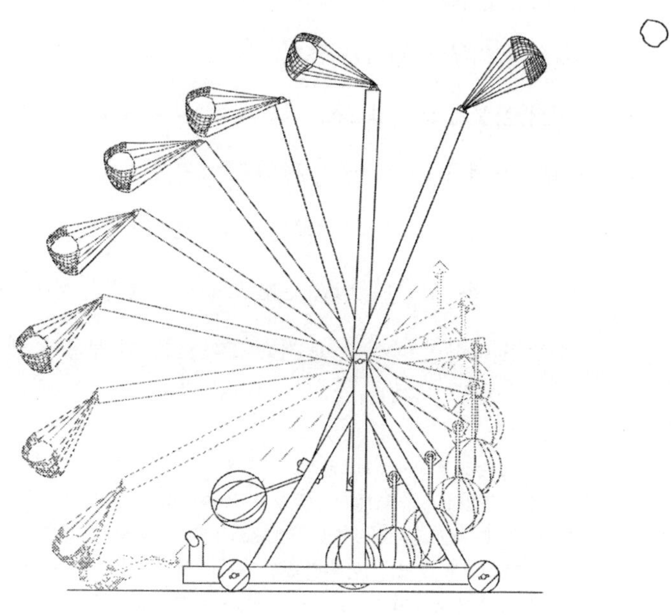

뷰셋'[17]이라고 불리는 거대한 투석기를 그려보려고 하는데, 이건 대포가 발명되기 전 성벽을 깨뜨리는 데 사용됐던 거란다.

비르지니아 아리스토텔레스는 포탄이 그 즉시 멈추지 않는다는 것을 잘 봤어야죠. 아빠가 그린 그림을 보면, 그물과의 접촉은 포탄이 상승하는 원인으로 작용하긴 하지만, 사람들은 그 접촉이 중지돼도 포탄이 계속 움직여서 가능한 한 멀리 날아가기를 원하지 않나요?

갈릴레이 그는 이렇게 설명했지. 포탄이 밀어낸 공기가 자기 자리로 돌아와서 포탄을 더 멀리 밀어내고, 이와 같은 식으로 계속된다고 말이야. 따라서 포탄이 결국에는 멈춰서 자신의 어머니인 대지의 가슴에서 쉰다고 할지라도, 다소간 능동적인 일련의 외부 행위자가 존재하게 되는 것이지. 넌 거기에 대해서 어떻게 생각하니?

비르지니아 가능한 얘기네요, 그렇지 않나요?

갈릴레이 나는 공기가 포탄을 민다기보다는 오히려 포탄의 속도를 늦춘다고 생각한단다. 아리스토텔레스의 생각을 뒤죽박죽 만드는 일이라면 몰라도, 공기는 실제로는 이 문제에 개입하지

---

17. 로마의 투석기는 고무줄을 꼬아서 프로펠러를 위로 뜨게 만든 장난감 비행기처럼, 줄을 꼬아서 생기는 힘을 이용합니다. 중국인들이 발명한 트레뷰셋은 평형추가 달린 일종의 새총으로서 포탄을 3백 미터까지 대단히 정확하게 날려 보냈습니다. 가장 두꺼운 성벽들만이 그것에 버텼지요. 강렬한 자극을 즐기는 사람들은 요즘에도 여전히 트레뷰셋을 만들어서 피아노나 자동차를 던지는 시합을 합니다(그리고 당연히 인터넷으로 그 영상을 퍼뜨리지요).

않는단다. 공기를 제거한 허공에다 포탄을 날린다고 상상해 보렴. 아리스토텔레스에 따르면, 포탄은 그 즉시 멈추겠지. 하지만 나는 그와 반대로 포탄이 더 멀리 날아갈 거라고 생각한단다.

비르지니아 하지만 결국에는 멈추겠죠.

갈릴레이 포탄은 앞으로 나아가는 동시에 아래로 떨어지고, 따라서 땅에 박히면서 멈추게 되지. 만약 포탄이 아래로 떨어지지 않는다면 어떤 상황이 일어날지 더 잘 볼 수 있겠지. 어떻게 해야 포탄이 떨어지지 않을까?

비르지니아 공기보다 가벼우면 되죠.

갈릴레이 수증기로 된 포탄을 상상하는 거니?

비르지니아 그러면 전쟁에서 피를 덜 보잖아요.

갈릴레이 포탄이 떨어지는 것을 방해하는 좀 더 간단한 방법이 있단다. 포탄을 아예 바닥에 내려놓는 거지. 궁전의 대리석 바닥에다 포탄을 굴리거나, 아니면 언 연못에서 조약돌을 미끄러지게 만든다고 상상해보렴. 아리스토텔레스는 공기가 포탄을 약간 밀기는 하지만 포탄은 멈춰서 쉬고 싶어 한다고 생각해. 그건 우리가 우리의 감각에 대해서 말하는 방식이야. 우리는 달리기를 할 때 그만 멈춰서 쉬고 싶다고 느끼지.

비르지니아 굴러가는 포탄이든, 미끄러지는 조약돌이든, 결국에는 멈춰요.

갈릴레이 물론 그렇지만, 포탄이 그렇게 하기를 원하는 걸까? 네가 달리기를 한다면 너는 근육을 움직이기에 피곤을 느끼게 되고, 그래서 멈추고 싶어 하지. 이제 네가 스케이트를 신고 언 연못 위를 미끄러진다고 가정해보자꾸나.

비르지니아 스케이트가 어디 있는데요?

갈릴레이 네덜란드에 있지 않을까 싶다. 넌 그냥 상상만 하는 거야. 앞으로 뛰어나가서 미끄러지는 거지……. 그 순간에 네 근육은 아무 일도 하지 않는 채 넌 앞으로 나가게 되고, 따라서 멈추고 싶은 마음이 없어! 마찬가지로 포탄과 조약돌도 계속해서 똑바로 나가고 싶어 하지. 그것들은 외부의 동력 없이도 앞으로 나아가는 거야. 중력도, 가벼움도, 미는 힘도, 끄는 힘도 없어. 일단 최초의 충격이 주어지면 운동은 자연적이지 강제적이 아니야. 두 외부 행위자가 포탄과 조약돌의 속도를 늦추는데, 그것은 즉 대리석이나 얼음 같은 지면의 마찰과 공기의 마찰이지. 나는 내 가설을 증명하는 실험을 해봤단다. 기울어진 판에 대해서 기억하고 있니?

비르지니아 10분 전에 저에게 말해주셨잖아요.

갈릴레이 이 그림을 잘 보렴. 나는 기울어진 판 두 개를 연결했어. 내가 구슬을 던지면 구슬은 거의 같은 높이까지 올라가지. 높이의 차이는 마찰 때문에 생긴단다. 내가 두 번째 판을 낮추면 낮출수록 구슬은 자기 높이에 도달하기 위해서 더 멀리 굴러가지. 두 번째 판이 수평일 때 구슬은 멈추지 않고 세상 끝까지 굴러간단다. 또한, 내려가는 포탄은 속도가 점점 더

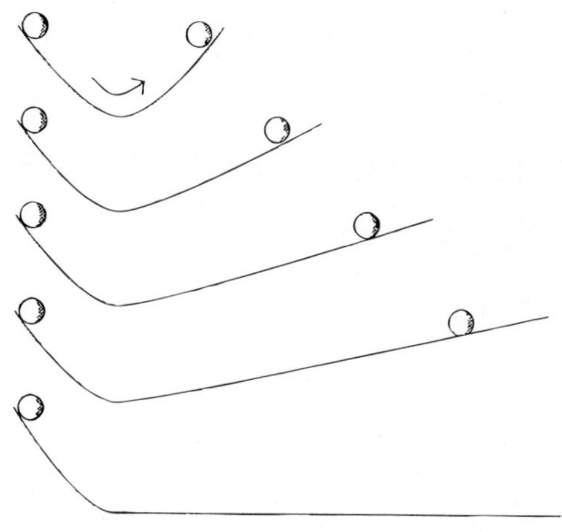

빨라진다는 것도 알 수 있지. 올라가는 포탄은 점점 느려지고 말이다. 수평으로 굴러가는 포탄은 계속해서 동일한 속도로 굴러갈 테고.

비르지니아 마찰이 없다면 그렇겠죠.

갈릴레이 아리스토텔레스는 물체가 한번 던져지면 자신의 운동을 계속해나가는 이와 같은 성질을 몰랐지만, 기원후 5세기 장 르 그라메리엥[18]이라는 이름의 수학자는 거기에 관해서 생각을 했단다. 지금으로부터 3세기 전에 철학자 뷔리당은 아리스토텔레스의 가설을 반박했고 말이다.

비르지니아 그 사람에 대해서는 벌써 제게 말씀해주셨어요. 그 사람은 지구가 움직일 수 있다고 생각했잖아요.

18. 비잔틴 학자 요하네스 필로포누스.

갈릴레이 그는 파리에서 살았고 소르본 대학에서 공부를 했단다. "참으로 나는 포탄에 의해서 이동된 공기가 뒤로 다시 돌아와서 포탄을 민다고 상상하고 싶지만, 양 끝을 모두 뾰족하게 깎은 전투용 창의 경우는 어떨까? 공기가 어떻게 그것을 밀 수 있겠는가?"하고 그는 말했지. 그는 최초의 충격은 포탄에게 임페투스impetus, 다시 말해서 '운동량('힘' 또는 '추진력'으로도 옮길 수 있다. 아리스토텔레스의 역학체계 하에서 고안된 개념인 임페투스는 오늘날의 물리학적 개념으로서의 '운동량' 이나 '힘'과는 다르고 따라서 이 개념들로 정확히 환원시킬 수는 없다-옮긴이)'이라고 그가 이름을 붙인 어떤 특성을 부여한다고 생각했단다. 그는 이 성질을 열에 비유했지. 예를 들어서, 너는 화덕 같은 외부의 행위자에게 어떤 물체를 맡겨서 그 물체에 열을 가할 수가 있다. 이어서 네가 그 물체를 외부의 행위자로부터 떼어놓으면 물체는 열을 간직하고 있다가, 자신을 둘러싸고 있는 매질과 열을 교환하면서 조금씩 열을 잃게 돼. 물체가 다시 식으면 그 물체를 둘러싸고 있는 공기는 따뜻해지지. 그와 마찬가지로, 물체는 네가 그걸 던질 때 운동량을 얻는 거야. 그런 뒤에 물체는 조금씩 운동량을 잃고 결국에는 멈추게 돼. 물체가 잃은 운동량은 어디로 갈까?

비르지니아 아빠는 공기나 지면의 마찰이 포탄을 멈추게 한다고 하셨어요. 공기가 운동량을 얻는 걸까요?

갈릴레이 틀림없이 그렇지. 만약 네가 모래 위에 포탄을 굴리면 포탄은 금방 멈춰버릴 거야. 머릿속으로 그걸 상상해보렴. 모래알갱이들이 움직이는 걸 잘 봐……. 따라서 모래알들이 운동량을 약간씩 얻은 거란다. 공기는 아마도 물과 마찬가지로 작은 방울들로 형성돼 있을 거야. 공중으로 던져진 포탄은 이 작은 방울들 사이를 벌려놓으면서 그것들에게 운동량을 조금씩 전달하지. 운동량[19]에 대한 바로 이런 기본적인 개념을 가지고 나는 지구의 회전을 부정하는 아리스토텔레스의 생각을 반박할 수 있단다. 이제 배를 상상해보기로 하자.

비르지니아 콜롬보의 배요?

갈릴레이 네가 원한다면 그러렴. 네가 망보는 사람이고 돛대 꼭대기에 올라가서 맨 처음으로 육지를 발견한다고 상상해봐.

비르지니아 와, 육지다, 육지! 선장님, 육지예요! 황금 탑들은 보이지 않지만 저건 틀림없이 일본일 거예요……. 육지다, 육지! 우리는 이미 어제 새들을 봤답니다. 누가 선장님께 얘기하지 않던가요? 육지다, 육지!

갈릴레이 위에서 너무 흥분한 나머지 신발이 벗겨져 버렸어. 신발은 어디로 떨어질까?

비르지니아 신발이 어디로 떨어지냐고요? 제가 그걸 어떻게 알아요. 갑

19. 오늘날에는 이것을 '관성의 법칙'이나 '운동량 보존'과 연관시켜서 설명합니다. 파리 대학에 근거지를 두었던 뷔리당의 '파리 물리학'은 아직까지는 대단히 조잡했지요. 사람들은 관성의 법칙을 발견한 사람은 갈릴레이로, (좀 더 정확한 의미에서의) 운동량을 발견한 사람은 데카르트로, 이 개념들을 결정적으로 설명한 사람은 뉴턴으로 간주합니다.

아리스토텔레스에 따르면

갈릴레이에 따르면

판 위가 아닐까요?

갈릴레이 네 발은 어떤 한 자리에 있어. 신발이 네 발을 떠날 때 신발에 작용하는 단 하나의 외부적 원인은, 아리스토텔레스에 따르자면, 땅 위에서 휴식을 찾도록 신발에 압력을 가하는 중력이야. 아리스토텔레스는 신발이 벗겨졌을 때 발이 있던 자리 아래쪽으로 신발이 떨어지는 모습을 보겠지. 낙하하는 시간 동안, 배와 발은 가던 길을 계속 갈 테고. 따라서 신발은 돛대 밑동에 떨어지지 않고, 더 뒤쪽에, 돛대가 아주 높은 경우에는 아마도 배 바깥에 떨어지게 되지.

비르지니아 나뭇잎이 나무 밑동에 떨어지지 않는 거랑 비슷하네요.

갈릴레이 그렇지. 내가 움직이는 배에 대해서 이제 증명하게 될 내용은 움직이는 지구에 대해서도 마찬가지로 유효하단다. 나는 말이다, 움직임이 아주 일정하다는 조건 하에, 배가 움직이든 움직이지 않든 신발은 정확히 돛대 밑동에 떨어진다고 말하겠다. 반드시 바다가 잔잔하고 바람이 일정하게 부는 상황을 상상해야 돼. 바다가 요동을 친다면 나는 아무 얘기도 할 수 없거든!

비르지니아 아르노 강에서 그 실험을 해볼 수 있을 거예요.

갈릴레이 내가 생각한 걸 확인해보려고 베네치아에서 이미 실험을 해봤단다. 떨어지는 신발은 아래쪽으로 신발을 잡아당기는 유일한 외부적 동력인 중력에 복종하지만, 수평 방향의 운동량도 지니게 돼. 배 위에 있는 모든 물체들은 배가 속도를 낼 때 얻은 이와 같은 수평 방향의 운동량을 동일하게 지닌단다.[부록8] 신발이 떨어질 때, 신발은 배와 동일한 속도로 신발을 앞으로 추진시키는 이 수평 방향의 운동량을 지니지. 만약 신발이 떨어지기 시작할 때 신발이 있던 자리가 돛대의 약간 뒤편이었다면, 낙하하는 동안에도 돛대의 약간 뒤편에서 돛대 밑동에 떨어지는 거야.

비르지니아 그래서 나뭇잎이 나무 밑동에 떨어지는 거구나. 아빠가 아리스토텔레스의 반대의견을 반박하셨네요!

갈릴레이 네가 신발이라고 상상해볼 수 있겠니? 네가 돛대 꼭대기에서 떨어지는 거야.

비르지니아 떨어진다, 도와줘! 돛대 밑동에서 완전 박살이 날 거야!

갈릴레이 배는 움직이니?

비르지니아 당연하죠. 배가 바다에 있잖아요. 몇 시간 뒤면 미국에 도착할 거예요.

갈릴레이 아, 하지만 돛대를 따라 떨어지고 있는 신발의 처지에서, 배가 움직인다는 걸 어떻게 알지? 넌 배가 항구에서 움직이지 않을 때 떨어지는 것과 똑같은 식으로 돛대에서 떨어지고 있는데 말이야.

비르지니아 신발이 생각한다는 상상은 하기가 어려워요.

갈릴레이 망보는 사람이 떨어질 수도 있겠지. 아니, 화내지 마라, 망보는 사람을 죽이진 않을 테니. 차라리 네가 창문이 없는 선실에서 잠자고 있는 승객이라고 상상해보렴. 그리고 잠을 깨는 거야. 만약 배가 아주 잔잔한 바다 위에서 일정한 속도로 일직선상을 달리고 있다면(속도는 동일하면서 아주 짧은 각각의 시간 간격[20]에 대해서 반드시 일정해야 해), 분명히 너는 배가 움직이는지 아닌지를 알 수 없을 거야.

비르지니아 배가 별로 잔잔하지 않다면 저는 배 멀미를 하니까 그걸 알 수 있죠.

갈릴레이 외부의 원인이 네게 작용해서 매순간 너의 운동을 변화시킨다면 너는 배가 움직인다는 걸 알아차리겠지.

비르지니아 아리스토텔레스가 '강제운동'이라고 불렀던 거 아닌가요?

갈릴레이 나는 외부의 동력이 작용하는 순간에만 그걸 적용한다는 조건 하에 그 표현을 유지하고 싶단다. 포탄의 경우에는 강제운동은 사람이 그걸 던지는 순간이야. 그런 다음에는 외부 행위자가 더는 존재하지 않고 단지 포탄이 얻은 운동량만 존재하는 거야. 그래서 새로운 외부 행위자가 나타나서 포탄의 속도를 늦추지 않는 한, 그 운동은 일정하고 무한하게 계속되지. 마치 승객과 배 혹은 임의의 물체와 지구처럼, 만약 두 물체가 일정한 움직임으로 함께 이동한다면 그것들은 서로에 대해서 정지하고 있는 것이지. 승객에게 있어서는

---

20. 갈릴레이는 '아주 짧은 시간 간격에 대한' 속도를 말하면서 '순간속도' 개념을 예고하고 있습니다. '순간속도'는 자동차 속도계에서 볼 수 있는 것이라서 우리에게 익숙하지요. 갈릴레이는 극히 적은 양을 다루는 수학의 한 분야-이후에 뉴턴과 라이프니츠가 발명한 미분법-를 알지 못했기 때문에 그가 실제로 이 개념을 고안해냈다고는 할 수 없습니다.

배가 움직이든 움직이지 않든 마찬가지야. 승객은 배에 대해서 멈춰 있어. 만약 배가 바다 위를 전진하고 있다면 승객도 바다 위를 전진하지. 승객은 네가 적용하는 관점에 따라서 멈춰 있기도 하고 움직이기도 하는 거야. 정지는 절대적인 방식으로 존재하는 것이 아니라, 다만 어떤 대상에 대해서만 존재하는 것이지.

비르지니아 아휴, 아빠가 너무 많은 걸 가르쳐주셔서 피곤해요. 저는 침대에 대해서 정지한 채로 좀 쉬어야겠어요!

배에 대해서 멈춰 있는 승객을 그림으로 그려놓았습니다. 여러분은 배가 움직이는지 아닌지 알 수 있겠어요? 알 수 없지요. 만약 배에 요동이 없다면, 실제로 승객은 잠에서 깼을 때 배가 움직이는지 아닌지를 알 수 없답니다.

04
금지당한 코페르니쿠스의 학설

Galilée
et les poissons rouges

성서의 뜻을 거스르다

1613년 10월에 비르지니아와 리비아는 추기경의 서명이 기재된 관면을 정식으로 받아 산 마태오 수도원에 들어갑니다. 그들은 성 클라라회의 수녀복을 입고 머리를 자릅니다. 그들의 미래는 안전해졌지요. 몇 년 안에 그들은 서원할 수 있을 것입니다. 좋은 가문에서 태어난 수많은 젊은 여자들이 그랬듯 그들은 수도원에서 일생을 보내게 됩니다. 간음죄로 더럽혀진 혼외자식이었기에 갈릴레이는 딸들에게 괜찮은 남편감을 찾아주기를 기대할 수 없습니다.

내 딸은 최근에 아기를 가졌어요. 나는 할아버지가 돼서 기쁩니다. 만약 내 딸이 수도원에서 일생을 갇혀 지내기를 원했다면 나는 딸의 뜻을 존중했겠지만, 굉장히 슬펐을 겁니다. 어쨌든, 한 가지는 확실하지요. 즉, 나는 무슨 일이 있어도 딸에게 수녀가 되라고 강요하지 않았을 겁니다. 하지만 갈릴레이는 아니었죠. 비르지니아는 자신의 운명을 받아들였던 반면, 리비아는 수도원에 전혀 적응하지 못했고 큰 고통을 겪었습니다.

학계는 갈릴레이의 천문학적인 발견들이 코페르니쿠스의 가설에 무게를 실어주는 것임을 그 즉시 간파했습니다. 다른 지식인들도 이 세상에 새로운 것이 존재한다는 사실을 조금씩 깨우치게 됩니다. 도시에서는 사람들이 천동설과 지동설을 놓고 토론을 벌입니다. 교회 안에서도 대립되는 의견들이 맞서게 됩니다. 코시모 대공의 어머니이자 교양 있고 독실한 여인인 크리스티나 데 로렌 대공비는 1613년 12월에 갈릴레이의 학생인 한 수도사에게 이 새로운 가설들이 성서의 내용을 거스르는 것이 아닌지 묻습니다. 독실한 그 늙은 여인은 성서의 여호수아와 시편 구절들을 인용하지요.

> 젊은이, 다음의 시편 104장을 읽어보게. "하느님은 땅을 주춧돌 위에 든든히 세우시어 영원히 흔들리지 않게 하셨습니다." 그리고 더 내려가면 "해가 뜨면……" 이라고 되어 있네.

갈릴레이는 자기가 교리를 부인하는 것이 절대로 아님을 분명하게 알리기 위해서 자신의 학생에게 곧바로 다음과 같은 편지를 씁니다.

성서는 틀릴 수 없네. 성서에 있는 것은 절대적으로 옳지. 그렇지만 성서를 해석하는 사람들은 결함을 가진 인간이기 때문에 잘못을 범할 수 있다네. 우리가 성서의 모든 표현을 글자 그대로 받아들이게 되면, 마치 하느님이 우리처럼 손과 발이 있고 분노와 증오 같은 인간적인 격정을 지녔으며 또한 종종 기억을 틀리게도 할 수 있는 존재인 듯 생각하게 될 위험이 있기 때문에, 성서에 대한 이러한 해석방법은 결국 모순과 심지어 신성모독 그리고 이단으로까지 이어질 수 있지.

그는 성서의 여호수아 편을 여러 쪽에 걸쳐서 상세하게 분석합니다. 아리스토텔레스와 프톨레마이오스의 체계에서는, 만약 하느님이 '태양을 멈추신다면' 그와 더불어 밤도 찾아오는데, 왜냐하면 별들이 박힌 둥근 창공은 계속해서 돌기 때문입니다. 코페르니쿠스의 해석은 여호수아에게 훨씬 도움이 됩니다. 하느님은 지구의 회전을 멈추십니다. 태양은 하늘 중앙에(겉으로는) 꼼짝 않고 머물러 있고, 창공의 외견상의 운동도 역시 멈추며, 따라서 밤이 내리지 않아서 여호수아는 전쟁을 계속할 수 있으니까요.

갈릴레이의 편지 사본은 이탈리아 전역에 퍼집니다. 그는 접시 속의 태풍을 가라앉히기 위해서 편지를 썼던 것인데, 혈기왕성한 몇몇 사제들은 그것을 도전으로 받아들여서 편지를 쓴 당사자를 공개적으로 규탄합니다. 극도로 흥분한 사람들은 '종교의 적인 수학자들은 악마적인 행위에 몰두하고 있다'라며 격렬하게 비난을 합니다.

갈릴레이는 젊은 시절부터 자주 아팠습니다. 관절의 통증 때문에 몇 달 동안 꼼짝없이 침대에 누워 있고는 했지요. 어쩔 수 없이 안정을 취해야 했던 이런 기간을 이용해서 그는 1615년에 자신의 편지에 좀 더 길게 부연설명을 붙여서 크리스티나 대공비에게 직접 보냅니다

> 전하께서도 잘 아시다시피, 저는 하늘에서 이전까지는 전혀 보지 못했던 것들을 발견했습니다. 이 발견들이 이미 확립된 일부 개념들을 반박하고 있다는 이유로 교수와 철학자들은 마치 제가 자연을 혼란시키고 과학을 전복시키기 위해서 하늘에다 그것들을 직접 박아놓기라고 한 것처럼 저를 공격했습니다…….

그는 과학과 신앙을 명확하게 분리해야 하는 근거를 50쪽에 걸쳐서 설명합니다. 그는 피타고라스와 플라톤까지 거슬러 올라가고 아우구스티누스와 초기 기독교회의 교부들을 인용하며 코페르니쿠스를 옹호합니다.

1615년 12월, 그는 수도원에 들러서 딸들에게 작별인사를 합니다.

갈릴레이　사람들이 나를 헐뜯는구나. 내 말을 곡해하고 있어. 내가 아는 바티칸의 추기경들에게 내 편지의 사본을 보내긴 했는데, 그것만으로 충분하지가 않구나. 내가 직접 로마에 가서 나의 본뜻을 변호할 수밖에 없겠다.

비르지니아 가엾어라…… 아빠가 제게 말씀해주셨던 것들을 하나도 빼놓지 않고 잘 설명해주신다면 사람들은 아빠가 단지 수학에만 관심이 있지 신학에는 관심이 없다는 것을 이해할 수 있게 될 거예요.

갈릴레이 가톨릭의 개혁을 주장하는 독일의 이단자들은 신도들에게 직접 성경을 읽어보라고 장려하고 있단다. 지난 세기에 트리엔트에서 열렸던 종교회의는 교회 학자들만이 성경 말씀을 해석할 권리가 있음을 선언하면서, 그것을 금지했지. 그들은 내가 성경의 여호수아 편을 분석하면서 그것을 위반했다고 비난하고 있어. 나는 말이다, 오히려 그들을 비난하고 싶다. 그 사람들은 여호수아를 해석하면서, 종교의 신비와는 전혀 무관한 자연현상에 대한 묘사를 글자 그대로 받아들이고 있어. 성령의 의도는 우리가 어떻게 하면 하늘로 올라갈 수 있는지를 가르치는 것이지, 하늘이 어떤 식으로 움직이고 있는가를 가르치는 것이 아니건만.

비르지니아 아빠가 양심의 소리에 귀를 기울이는 정직한 사람이라는 걸 그 사람들도 알게 될 거예요.

갈릴레이 벨라르미노 추기경이 했던 말 기억하고 있니?

비르지니아 만약 학자들이 지구의 회전을 증명한다면 그 사실을 받아들일 준비가 됐다고 했지요. 그 경우에, 가톨릭 교회는 반대되는 사실을 가르치는 성경 구절들에 대한 해석을 수정하게 될 거라고도 했고요.

갈릴레이 나는 지구의 회전을 증명할 수 있는 방법을 찾아냈단다. 로마에 가면 공개적으로 그걸 발표하려고 해.

비르지니아 행운을 빌어요, 아빠. 저도 아빠를 위해서 기도할게요!

로마에서 갈릴레이는 조수운동이 지구의 자전을 증명한다고 주장하는 소논문을 씁니다. 같은 시기에 독일 천문학자 케플러는 그리스 로마 시대 이래로 알려져 온 다른 가설을 지지하는데, 조수 현상을 일으키는 것은 바로 달의 인력이라는 주장이었지요. 벨라르미노 추기경과 교황에게 조언을 해주는 전문가들은 갈릴레이의 증명을 인정하지 않습니다.

벨라르미노 추기경은 갈릴레이를 자신의 집무실로 부릅니다. 종교재판관과의 면담이라기보다는 다소간 비공식적인 만남이지요. 비밀을 유지하는 성 도미니크회 수도사 몇 명이 한쪽 구석에 앉아 있습니다.

벨라르미노 추기경 추기경들과 신학자들로 구성된 심사원단은 전문가들의 의견을 들어본 결과, 태양이 우주의 중심에서 움직이지 않고 있다는 것과 지구가 자전하면서 태양 주위를 돈다고 주장하는 것은 성경의 내용에 어긋나며 따라서 이단이라는 결론을 내렸습니다. 따라서 나는 당신에게 이제부터는 이 견해를 실제 사실인 것처럼 소개하는 일이 없기를 부탁하는 바입니다.

갈릴레이 그렇게 하겠습니다.

1616년 3월, 코페르니쿠스의 책이 -수많은 학자들이 족히 반 세기 전부터 읽고 받아들여 온 책임에도 불구하고- 금서목록에 올랐습니다. 가톨릭 교회는 그것이 잘못된 생각을 진술하고 있으며 성경과는 어긋나는 내용을 담고 있다고 간주합니다. 이 책은 분서(焚書)판결은 받지 않았지만, '일부 수정이 이루어지기를 기다리는 동안' 금지됩니다. 1616년에 코페르니쿠스의 가설이 금지된 일은 이 이야기의 중요한 전기가 되지요.

좋지 않은 소문들이 피사와 베네치아 등지에 퍼집니다. 즉, 갈릴레이가 자신의 견해를 공식적으로 완전히 포기했다느니, 유죄판결을 받고 벌을 받았다느니 하는 소문들이었습니다. 갈릴레이는 자신의 품행에 문제가 없음을 확인하는 증명서를 벨라르미노 추기경에게 요청합니다. 추기경은 증명서에 다음과 같은 내용을 적습니다.

> 갈릴레오 갈릴레이 씨가 자신의 견해를 공식적으로 포기하고 처벌을 받았을 것이라는 소문들을 접하고, 나 벨라르미노 추기경은 다음과 같은 사실을 언명하는 바이다. 내가 아는 한 그는 로마나 다른 어떤 곳에서도 자신이 공언한 어떠한 견해나 학설도 공식적으로 포기하지 않았다. 그는 어떠한 처벌도 받지 않았다. 그러나 우리는 금서성(禁書省. 로마교황청 산하의 행정기구로서 신자들의 신앙생활에 해로운 책들의 목록을 작성하고 추방하는 업무를 담당하던 기구-옮긴이)이 발표한 교회법령에 의해서, 지구가 태양의 주위를 돌고 태양은 세상의 중심에서 움직이지 않는다는 코페르니쿠스의 학설은 성서의 내용에

어긋나는 것으로 선고되었음을 그에게 알려주었다.

마리아 첼레스테 수녀

비르지니아는 아버지가 보는 앞에서 1616년 10월 4일에 서원을 합니다. 비르지니아는 "우리가 함께 관찰했고 아빠가 너무도 사랑하시는 저 하늘에 경의를 표하는 마음에서, 마리아 첼레스테라는 이름을 선택했다."라고 말합니다.

1년 뒤에 리비아도 언니를 따라서 아르칸젤라 수녀가 됩니다.

갈릴레이는 목성의 위성들과 토성의 고리, 태양의 흑점들을 관찰합니다. 그는 운동법칙들에 관해서도 연구합니다. 그리고 자주 병치레를 합니다.

1619년에 갈릴레이의 아이들 엄마인 마리나 감바가 베네치아에서 세상을 뜹니다. 막내인 빈첸치오의 나이는 열두 살이었지요. 코시모 대공은 빈첸치오를 갈릴레이의 적자로 인정하고 그를 피렌체에 데려와도 좋다고 허락합니다. 1620년에는 갈릴레이의 어머니가 세상을 뜹니다. 그 뒤 코시모 대공도 서른 살의 나이로 1621년에 사망합니다. 페르디난도 소공은 겨우 열 살에 불과했기에, 소공의 어머니와 대단한 권력자인 할머니 크리스티네 로렌 대공비가 섭정을 하게 됩니다.

벨라르미노 추기경과 교황도 1621년에 세상을 떠납니다. 참 많은 이들이 죽네요. 새 교황은 거미라고 불렸는데, 늙고 병든 사람이

었습니다. 1623년에 새 교황이 사망하면서, 성 베드로의 옥좌에 오른 사람은 다름 아닌 갈릴레이의 친구 바르베리니 추기경입니다. 그는 우르바누스 8세라는 이름을 선택합니다.

일명 마리아 첼레스테 수녀인 비르지니아는 이 좋은 소식을 접하고 기뻐합니다. 그걸 어떻게 아느냐고요? 그녀가 1623년부터 갈릴레이에게 보낸 124통의 편지가 남아 있기 때문입니다. 이전의 편지들은 분실됐지요. 아버지와 딸은 종종 한 주에도 여러 통의 편지를 교환하곤 합니다. 딸은 수도원에서 나갈 수 없었고, 갈릴레이는 병 때문에 침대에서 나오지 못했으니까요. 이런 안타까운 일이 있을까……. 마리아 첼레스테 수녀가 죽자 수녀원장은 갈릴레이가 쓴 편지들을 하나도 남김 없이 태워버렸습니다. 편지에 이단적인 내용이 들어있을 가능성이 있었으니까요. 순진한 사람이 우연하게 또는 실수로라도 그것들을 읽게 된다면 죄악에 빠질 위험이 있었지요. 그것들을 재로 만들어버리는 것이야말로 가장 신중한 방법이었습니다.

편지를 소각한 일이 내게는 도움이 됩니다. 굳이 원본 자료들을 참조할 필요 없이 갈릴레이의 편지들을 상상할 수 있을 테니까요.

『갈릴레오의 딸』[21]이라는 뛰어난 책에서 작가 데이바 소벨은 마리아 첼레스테 수녀의 편지 서른 통을 인용합니다. 그녀는 아버지의 건강을 매우 염려합니다. 아버지에게 절인 과일과 과자를 보내기도 하고요. 매우 독실했던 그녀는 아버지를 위해서 많은 기도를 합니다. 이 책의 페이지가 백 쪽이 더 늘어나 책값이 지나치게 비싸지는 것을 막기 위해서, 하느님께 바치는 기도를 비롯한 다른 여러 기도문은 생략하고, 나는 지금부터 그녀의 편지들을 요약해볼까 합니다.

교황의 시

저명하고 소중한 분이신 아빠께.

동생도 바로 얼마 전 성 베드로의 최고 계승자 자리에 오르신 추기경님이 아빠와 친분이 두터우신 분이라는 사실을 알고는 저처럼 기뻐하고 있어요. 아빠가 교황 성하를 방문하실 수 있도록 아빠의 건강을 회복시켜주시기를 우리 주 예수께 기도합니다. 멜론을 보내주셔서 감사해요, 아주 맛있었어요…….

21. Éd. Odile Jacob, 2001.

1623년 8월 10일, 산 마태오에서 사랑하는 딸 올림.

SMC(Suor Maria Celesta).

마음 깊이 사랑하는 딸에게.

내게는 계속해서 친애하는 마태오 바르베리니로 남을 사람을 우르바누스라고 부르는 데에 나도 익숙해져야겠지. 그를 안 지는 12년이 됐단다. 우리는 자주 편지를 주고받았지. 그 사람은 내가 발견하는 것들에 많은 호기심과 관심을 나타냈고, 그래서 나는 잊지 않고 그에게 내 발견들을 알려주었단다. 그는 나를 대단히 높게 평가해서, 한 시에서 "갈릴레이의 망원경 속 광경들"을 언급하기까지 했지. 그는 내게 그 시를 보내면서, 동봉한 편지에다 당신의 형제라고 서명했단다.

교황선거회의가 있기 한 주 전에, 그러니까 그가 아직 바르베리니 추기경이었을 때, 그는 피사 대학에서 공부하는 자신의 조카 프란체스코 바르베리니를 도와줘서 고맙다는 편지를 내게 보냈단다.

그의 취임식에 참석해서 린체이 아카데미의 동료들과 같이 공식 행렬에 참여하고 싶은데 통증 때문에 여행에 차질이 생길까 염려가 되는구나…….

너의 늙은 아빠가,

갈릴레오 갈릴레이.

저명하고 소중한 분이신 아빠께.

수도원에 갇혀 사는 것을 정말 한 번도 후회해본 적이 없는데, 아빠가 아프시다는 소식을 접할 때만은 예외예요. 자유롭게 아빠를 찾아가서 보살펴드리고 싶은 마음이 너무나도 절실해요. 그렇지만 주님께서 원하지 않으셨다면 단 한 장의 나뭇잎도 흔들리지 않는다는 것을 알기에 저는 주님께 감사를 드립니다…….

1623년 8월 17일, 산 마태오에서 아빠의 상냥한 딸 올림.

SMC.

마음 깊이 사랑하는 딸에게.

교황 성하께서는 내 좋은 친구이자 아카데미의 동료이기도 한 체사리니 추기경을 교황의 의전장으로 택하셨다. 나는 그에게 나의 최근 책인 『시험자』를 보냈단다. 체사리니에게 보낸 한 편지를 통해서 너도 이 사람을 접한 적이 있지. 나는 과학이란 시대에 뒤떨어진 책 속에 들어 있는 내용을 암기하고 되풀이하는 것이 아님을, 1619년에 우리가 목격한 그 아름다운 혜성의 예에서부터 시작해서 설명하고자 했단다. 그와는 반대로 과학은 반드시 자연의 관찰과, 좋은 착상 하에 적절하게 진행되는 실험에 따라야 하지. 아카데미에서는 친절하게도 나를 위해서 이 짧은 글을 출판해줬고,

그 책을 아주 자연스럽게 우르바누스에게 환영의 선물로 헌정했단다.

체사리니 추기경이 날마다 내 책을 한 페이지씩 교황께 읽어드리고 있고, 교황께서는 대단히 만족스러워하시면서 조만간 나를 만나보고 싶다고 하셨다는구나. 나는 위험을 무릅쓰고 혹독한 겨울 여행을 할 생각은 없다. 그래서 로마는 봄에 갈까 싶다.

너의 늙은 아빠가,
갈릴레오 갈릴레이.

저명하고 소중한 분이신 아빠께.

통증 때문에 아빠가 일어나 앉지도 못하시고, 누워서 글을 쓰셔야 한다는 소식을 접하니 얼마나 걱정되는지 모릅니다. 그렇기는 하지만 제가 아빠의 초고를 다 읽어서 이제 아주 기쁜 마음으로 체사리니 씨와 교황 성하께 보내시는 아빠의 편지를 정서해드릴 수 있을 거예요. 수녀원장님의 편지를 정서하는 일은 이미 끝냈답니다.

빈첸치오의 것들도 그렇고 아빠의 깃과 소맷부리도 조금씩 실이 풀어지고 있더군요. 마지막으로 그것들을 한번 빨기로 하고, 다음에는 제가 새로 수를 놓아드릴게요. 아빠의 하인이 다음번에 이곳을 방문할 때 바티스트(흰 고급삼베－옮긴이) 두 피에와, 오르탕스 부인에게 레이스를 살 수 있도록 20리라(이탈리아 화폐단위－옮긴이)를 보내주시면 좋겠어요.

아르칸젤라 수녀가 계속 신음하면서 자리에서 일어나지 않으려고 하고, 미사 참례도 하지 않을뿐더러 우리를 도와서 정원일과 바느질을 하는 것도 마다해서, 제가 의사에게 진찰을 부탁했었답니다. 의사는 병의 원인을 찾지 못했지만 강한 설사약을 써보라고 권하더군요.

아빠가 저희에게 포도주가 든 작은통을 선물로 보내주신 데 대해서 수녀들이 모두 고마워하고 있답니다. 그 답례로 저희 정원에서 난 자두를 보내드립니다.

1623년 9월 20일, 산 마태오에서 아빠의 상냥한 딸 올림.
SMC.

마음 깊이 사랑하는 딸에게.

마침내 4월 23일에 로마에 도착했고 교황 성하께서는 바로 다음날 나를 초대해주셨단다. 먼저 우리는 틀림없이 네 귀에도 닿았을 그 끔찍한 소식에 애도를 표했다. 체사리니 추기경이 12일 전에 세상을 떠났구나. 그는 겨우 스물일곱 살이었는데, 오래전부터 폐결핵을 앓았지.

5주에 걸친 다섯 차례의 만남에서 우리는 1616년에 코페르니쿠스의 책을 금서목록에 올린 교회법에 관해서 길게 얘기를 나눴단다. 교황께서는 자신도 그 교회법의 공표를 반대했지만 소용이 없었노라고 분명하게 말씀하시더구나. 기껏해야 발표문의 첫 번째 판에 나왔던 "이단적"이라는 낱말을 철회시켰을 뿐이라면서 말이다. 나는 그에게 외국의 수학자들은, 영국과 독일뿐만 아니라 프랑스와 에스파냐 같은 가톨릭 국가에서까지도 교회법을 전혀 고려하지 않고 있으며, 행성들이 태양의 주위를 돈다는 사실 하에 그것들의 궤도를 계산하고 있다고 말씀드렸단다. 오직 우리의 안쓰러운 이탈리아 학자들만이 어쩔 수 없이 교회법을 따르고 있고, 결과적으로 유럽의 다른 학자들에 비해 뒤처져 있지.

독일의 학생들 상당수는 자기가 원하는 방식으로 천체를 연구하기 위해서 가톨릭이 아닌 소위 개혁종교로 개종한다는 소문이 돌고 있단다.

교황께서는 가톨릭 교회가 완고하다고 내게 말씀하시더구나. 교회는 자신의 결정을 선뜻 다시 검토하려고 하지 않는다. 코페르니쿠스의 이론은 분명 이단은 아니지만 증명되지 않았다는 점에서 무모하지. 교황께서는 내가 도저히 반박할 수 없는 논거를 제시하시더구나. 많은 사실들이 지구가 자전하면서 태양의 주위를 공전하고 있음을 증명하는 것처럼 보일지라도, 전능하신 주님께서는 성경에 일치하면서 그러나 우리의 한정된 이해력으로는 접근할 수 없는 방법들로써 이러한 결과를 만들어내셨다는 것이지.

그렇지만 상황을 다시 이전으로 되돌리는 문제는 고려해볼 수 있을 거야. 코페르니쿠스의 체계가 성경의 내용에 어긋난다는 이유로 금지되는 일 없이, 계산의 단순화를 위해서 허용되는 것이지.

그래서 교황께서는 이 체계를 소개하면서 내가 망원경을 통해서 관찰했던 경이로운 것들을 해석하는 데 그것이 얼마나 용이한가를 보여주는 책을 써보라고 나를 격려하시더구나. 나는 코페르니쿠스의 체계가 증명되지 않은 하나의 가설일 뿐임을 상기시키겠노라고 약속드렸다.

교황 성하께서는 대단히 관대하셨단다. 그는 내 요청을 들어주셔서, 네 사랑하는 동생 빈첸치오를 주교좌성당의 참사원에 임명하셨단다. 주교좌성당 참사원의 수당이면, 그는 자신이 원하는 만큼 오래 피사 대학에서 법학을 공부할 수 있지. 작년에 너희 수녀원장과 대화를 나눴던 일을 기회로 나는 산 마태오 수도원이 처한 극도의 궁핍함을 자세하게 말씀드렸다. 아무리 청빈에 대한 서원을 했다고 해도 성 클라라회의 수녀들도 먹고살아야만 한다는 점을 인정하시면서, 교황께서는 수도원이 가톨릭 교회에 속한 토지 일부에서 얻는 소득을 받도록 권하셨단다. 그리고 적절하지 않은 종복과 관련된 문제도 조만간 처리하실 것이다.

너의 늙은 아빠가,
갈릴레오 갈릴레이.

산 마태오의 수녀들은 갈릴레이가 그들을 위해서 몸소 교황의 호의를 얻어냈다는 것을 알고 틀림없이 기뻐했을 것입니다. '적절치 못한 종복'은 수녀들이 불평했던 어리석고 상스러운 고해신부를 가리킵니다. 수도생활에 대해 잘 아는 사제가 얼마 지나지 않아 그 사람을 대신하지요. 내지는, 그랬을 것이라고 추측하게 해주는 몇몇 상황증거들이 있다고만 언급해두지요. 마리아 첼레스테 수녀의 편지 묶음에서는 1년 치가 완전히 빠져 있습니다.

두 우주 체계에 관한 대화

갈릴레이는 그의 위대한 책을 쓰기 시작합니다. 500쪽 분량에 6년이 걸린 작업이었지요. 책의 원제목은 다음과 같습니다. 『철학적이고 역학적인 이유를 어느 한 쪽에 유리하게끔 결정하지 않고 소개하면서, 나흘간 만나 나누는 프톨레마이오스와 코페르니쿠스의 중요한 두 우주 체계에 관한 대화』

대화의 형식은 플라톤을 떠올리게 합니다. 갈릴레이는 가족끼리 연극을 하려고 곧잘 짧은 희곡을 쓰곤 했다는 얘기를 앞에서 적었지요. 더 나아가 그는 산 마태오의 수녀들이 기분전환 삼아 연기할 간단한 종교극까지 썼다고 추정됩니다. 그는 세 인물을 창조합니다. 심플리치오는 현상유지를 옹호하고, 살비아티는 코페르니쿠스의 이론을 옹호하며, 사그레도는 토론을 중재하는 '정직한 사람'입니다. 갈릴레이는 얼마 전에 죽은 베네치아 친구들을 기리는 뜻에서 살비아티와 사그레도라는 이름을 택하지요. 이론물리학 잡지를 아무거나 한번 열어보면 확인할 수 있는 사실로서, 오늘날 교양 있는 물리학자들은 종종 심플리치오, 살비아티, 사그레도가 서로 대화하는 형식으로 논문을 쓰곤 합니다. 대치하고 있는 두 견해를 소개하는 도입부에 이어서, 심플리치오는 다음과 같이 서술합니다. "만약 지구가 팽이처럼 돈다면 낙엽들은 나무 밑동이 아니라 4백 미터 멀리 떨어질 것이다. 서쪽으로 쏜 대포의 포탄은 동쪽으로부터 한참 멀리 떨어진 곳으로 날아갈 것이다. 새들은 바람에 날려갈 것이다." 갈릴레이를 대변하는 인물인 살비아티는 지구 위에 있는 물체들은 배를 탄 승객들과 똑같은 방식으로 지구의 운동을 따른다고 대답합니다.

> 당신이 친구들과 함께 큰 배의 갑판 밑 선실 안에 있다고 가정해봅시다. 당신은 그곳에 금붕어들이 헤엄치는 물이 든 어항 하나, 나비와 작은 새들이 들어 있는 큰 새장, 그리고 천장에 매달려서 물을 병으로 한 방울씩 떨어뜨리고 있는 작은 양동이를 갖다놓았습니다. 배가 움직이지 않을 때, 새들이 동일한 속도로 사방으로 날아다니는 모습과 금붕어들이 이리저리 무심하게 헤엄치는 모습, 그리고 물방울들이 빗나가는 법 없이 항아리 속으로 떨어지고 있는 모습을 관찰해보세요. 만약 당신이 친구에게 공을 던질 경우, 친구가 어디에 있든 간에 공을 던지기 위해 들어가는 노력은 동일합니다. 만약 당신이 두 발을 모으고 뛴다면, 당신이 어느 방향으로 뛰든 뛰어넘는 거리는 동일할 것입니다. 그런 다음에 선장에게, 일정한 속도로 흔들림 없이 그리고 일직선상을 따라서 이동한다는 조건 하에, 어떤 속도로든 배를 움직이라고 요청하세요. 당신은 이전에 관찰했던 결과들로부터 어떤 변화도 확인하지 못할 것입니

다. 어떤 관찰을 통해서도 당신은 배가 움직이는지 정지하고 있는지를 알 수 없습니다.[부록9]

배가 움직이든 움직이지 않든 물은 양동이로부터 병으로 떨어집니다. 마찬가지로, 나뭇잎은 지구가 움직이든 움직이지 않든 나무 밑동에 떨어지지요. 선실 속에 갇힌 승객은 배와 관련하여 운동을 관찰합니다. 우리는 지구와 관련하여 우리 주변의 운동을 관찰하지요. 우리가 운동에 대해서 얘기할 때는 무엇과 관련해서 운동을 규정하는지를 명확히 해야 합니다. 일반적으로 그것은 지구와 관련해서이며, 따라서 우리는 그것을 명시할 필요를 느끼지 않습니다. 갈릴레이는 재미있는 예를 듭니다. 베네치아의 한 상인이 수평선을 유심히 살펴보고 있습니다.

"배를 기다리고 있나?"라고 지나가던 친구가 그에게 묻습니다.

베네치아의 상인 고급도자기로 만든 접시랑 주발을 실은 화물을 기다리네. 짐이 2백 개야.

친구 멀리서 오는 건가?

베네치아의 상인 시리아의 알레포에서 오는 거지. 상인들이 중국에서부터 운반해오고 있어. 아, 보게나, 내 범선이네, 저기…….

큰 배가 돛들을 조금씩 늦추면서 부두에 정박합니다. 선장이 부두로 내려옵니다.

베네치아의 상인 선장, 베네치아에 온 걸 환영하네! 여행은 순조로웠는가?

선장 더할 나위 없이 좋았습니다.

베네치아의 상인 짐들은 흔들리지 않았고?

선장 사이프러스의 바다에서 바람이 약간 있었지만 짐들은 튼튼한 밧줄로 단단히 묶어놨지요. 조금도 흔들리지 않았어요. 도자기에 대해서라면 염려 놓으시지요.

'만약 짐이 화물창에서 약간이라도 움직였다면, 배와 관련하여 그것은 짐과 배가 알레포에서부터 함께 했던 1천 리외의 여정보다도 큰 운동일 것이다.'라고 갈릴레이는 지적합니다.

사람들은 오직 '상대적인' 운동만이 존재한다고 말합니다. 프랑스 학자 앙리 푸앵카레는 갈릴레이의 이 이론에 '상대성'이라는 이름을 붙였습니다. 바로 앞에서 언급한 구절들을 약간 수정해서 다음과 같이 그것을 요약할 수 있습니다.

> 만약 배가 일정한 속도로 일직선상을 따라 이동한다는 조건 하에 임의의 속도로 전진한다면, 선실 안에 있는 물체의 운동을 관찰하는 것을 통해서는 배가 움직이는지 정지해 있는지를 알 수 없다.

아인슈타인은 이 문장을 다음과 같이 수정합니다.

> 만약 배가 일정한 속도로 일직선상을 따라 이동한다는 조건 하에

임의의 속도로 전진한다면, 선실 안에 있는 물체의 운동이나 전자기적 현상을 관찰하는 것을 통해서는 배가 움직이는지 정지해 있는지를 알 수 없다.

사실대로 말하자면, 그는 배를 기차로 대체했지요. 오늘날, 아인슈타인의 이론을 설명하는 책들은 비행기나 로켓을 예로 사용합니다.

갈릴레이는 그의 위대한 책을 쓰는 과정에서 여러 차례 글쓰기를 중단합니다. 그는 사제가 되는 것을 거부해서 주교좌성당 참사원의 연금을 잃게 된 아들 빈첸치오 때문에 신경을 써야 했지요. 그리고 그의 집에 느닷없이 여자 둘과 여덟 명의 아이들이 들이닥치는 일이 벌어집니다. 1618년부터 시작된 30년 전쟁으로 인해 독일은 방화와 살육으로 황폐해집니다. 그런데 갈릴레이의 동생인 미켈란젤로는 뮌헨에서 음악을 가르치고 있었지요. 미켈란젤로는 1627년에 자신의 아내와 아이들을 갈릴레이의 집으로 피신시킵니다. 마리아 첼레스테 수녀는 숙모와 '작은 불한당들'이 수도원으로 왔더라면 좋았을 것이라 생각하죠. 갈릴레이는 피렌체 근처의 벨로스과르도에 있는 큰 집에서 살고 있었지만, 동생의 아내와 가정교사 독일인 여자 그리고 여덟 명의 아이들은 그가 일할 수 없을 지경으로 집안을 어지럽힙니다. 그의 건강은 좋지 못했어요. 지구의 자전과 공전을 계산하는 일은 까다로웠고요. 그는 시내에 있는 친구 집에서 머물게 되죠. 미켈란젤로는 제수와 여덟 명의 조카들을 잘 보살피지 않는다고 갈릴레이를 비난하면서 그들을 다시 뮌헨으로 불러들입니다.

어쨌든 빈첸치오는 결국 자리를 잡습니다. 그는 법학박사 학위를 취득하고, 피렌체의 최고 상류사회에 속한 젊은 여자로서 많은 지참금을 들고 온 세스틸리아 보치네리와 결혼합니다. 마리아 첼레스테 수녀는 젊은 신부를 위해서 아름다운 앞치마를 만들어줍니다. 갈릴레이는 갈릴레이대로 큰 정원으로 둘러싸인 집을 장만해주죠. 한편, 그는 딸을 위해서 수도원 안에 있는 작은 개인방을 구입해야 했는데, 아르칸젤라 수녀가 신경쇠약이 점점 심해져서 공동침실을 쓰는 집단생활을 견디기 힘들어했기 때문이었습니다.

그는 돈이 필요했습니다. 그는 현미경을 발명해서, 린체이 아카데미의 창설자이자 재정후원자인 체시 공에게 시제품을 보냅니다. 그리고 책을 쓰기 시작하지요. 그는 전 유럽에 책을 팔아 부자가 되기를 기대합니다. 그러나 위험한 주제에 접근하자 그는 작업을 중단합니다. 책은 나흘간의 대화를 담고 있습니다. 처음 이틀 동안 인물들은 일반적인 운동과 지구의 운동을 별도로 검토합니다. 이어서 영역이 확장됩니다. 사람들이 은으로 된 원반이라고 생각하던 행성들이 암석으로 이루어진 공 모양이 됩니다. 태양은 더러워지고, 예측불능의 얼룩들로 덮여 있으며, 자전을 합니다. '중요한 두 우주체계'를 고찰하겠노라고 주장하는 책에서, 별과 창공의 문제를 등한시할 수는 없는 노릇이지요. 천국의 빛이 심한 구멍들이 뚫린 검은 금속 구체(球體)가 창공이라고요? 그런 헛소리는 이제 끝낼 때가 됐습니다. 만약 갈릴레이가 바보에다 겁쟁이라는 소리를 듣고 싶지 않다면, 헤라클레이토스가 이미 제시했던 가설을 언급해야만 합니다. 별들은 항성이고 우주 안에는 무한한 항성들이 있을 수 있다고요. 왜 내가 '위험'과 '겁쟁이'라는 표현을 썼을까요? 휴, 항성으로 가득 찬 무한한 우주를 말했던 마지막 인물은 바로 조르다노 브루노라는 사람이었답니다. 손톱과 발톱이 하나씩 뽑히고, 거꾸로 매달린 채 고문을 당했던…….

갈릴레이는 1629년 말에 『두 우주 체계에 관한 대화』를 완성합니다. 마리아 첼레스테 수녀는 초고를 아주 깨끗하게 정서합니다. 같은 시기에 또 한 명의 갈릴레오 갈릴레이가 빈첸치오와 세스틸리아 부부에게서 태어납니다.

괴물 사제

가톨릭 교회의 고관들은 갈릴레이를 매우 높이 평가해서 그에게 그의 아들이 포기했던 브레시아의 주교좌성당 참사원의 자리와 피사에 있는 그와 유사한 자리를 제공합니다. 그것들은 명예직이어서, 굳이 브레시아나 피사에 가 있지 않아도 그에게 수입이 들어오게 되지요. 그래서 1630년 봄에 갈릴레이는 교회 당국에 자신의 수사본을 제출하기 위해서 가벼운 마음으로 로마로 출발할 준비를 합니다. 그리고 먼저 딸에게 작별인사를 하러 수도원에 들릅니다.

비르지니아 담요 가져가는 것 잊지 마세요, 아빠. 마차 안에서 가만히 앉아 있으면 금방 감기에 걸리거든요. 그리고 여인숙은 외풍이 심한 경우가 많고요.

갈릴레이 걱정하지 마라. 작년에 크게 아픈 뒤로 지금 내 건강은 최상이란다.

비르지니아 이런 긴 여행을 꼭 하셔야겠어요? 지난번 책들은 굳이 로마까지 가셔서 제출하지는 않으셨잖아요.

갈릴레이 너도 알다시피, 어떤 책도 가톨릭 교회의 허가 없이는 낼 수 없다. 『시험자』를 비롯해서 다른 책들은 베네치아나 피렌체에 있는 검열사무소의 허가를 받는 걸로 만족했지. 이번 것은 금지된 영역들을 다뤘기 때문에 좀 더 까다롭다. 책이 출판되고 난 뒤 예상 밖의 곤란한 사태가 생기는 걸 피하기 위해서, 출판 전에 최고 권위자들한테서 허가를 받을 생각이야. 게다가 린체이 아카데미가 이 책을 출판하라고 제안했단다. 체시 공이 필요한 경비를 미리 주겠다고 했지. 로마에 가 있는 짬을 이용해서 그를 만나보려고 해.

비르지니아 이 세상의 모든 위대한 사람들이 아빠를 제대로 칭송하고 있네요.

갈릴레이 얘야, 그런데 내 글을 정서하면서 너는 그 책에 대해서 어떤 생각을 했니?

비르지니아 아주 재미있게 읽히고 또 상당히 설득력 있다고 느꼈어요. 그 책을 읽고 나면, 더는 아무도 코페르니쿠스의 체계를 거부할 수 없을 거예요.

갈릴레이 내가 논증을 전개하는 방식이 아주 무식하고 어리석은 사람들을 설득할 수 있을 것 같더냐?

비르지니아 물론이죠. 증명이 명쾌해요.

갈릴레이 그 점에 있어서는 내가 좀 지나쳤다. 나는 두 체계를 설명하기로 약속했지. 그래서 절대로 코페르니쿠스의 체계를 칭찬하는 것처럼 보이지 말아야 했어. 지식인들이 그 체계들을 비교해보고 나서, 그것들을 연구하고 숙고해본 뒤에 더 나은 것을 선택해야 하지. 내 쪽에서 그 사람들에게서 바른길을 보여주는 게 아니란 얘기다. 만약 살비아티의 언변이 너무 유창한 나머지 아무것도 이해하지 못하는 사람들에게서 지지를 받을 정도라면, 나는 과학 논문이 아니라 변호사의 변론을 쓴 꼴이야.

비르지니아 어쩌면 아리스토텔레스와 프톨레마이오스에 대한 살비아티의 공격을 좀 더 완화해야 했지 않았나 싶어요. 그랬더라도 운동과 새로운 체계에 대한 그의 설득력은 줄어들지 않았을 거예요.

갈릴레이 너무 늦었다. 뭘 할지는 나도 안다. 서문을 덧붙이는 거지.

살비아티가, 다시 말해서 갈릴레이가 종종 지나치게 신랄해 보이는 것은 사실입니다. 예를 들어서, 물체가 돛대 밑동에 떨어진다고 말할 때 그는 이론적인 근거에서뿐 아니라, 자신이 직접 그 사실을 확인했기 때문에 그것을 단언한다고 못을 박습니다. 아리스토텔레스의 운동이론에 맞춰서 물체가 바다에 떨어지는 것을 봤다고 주장하는 사람들은 아무것도 보지 않았던 것이죠. 그래서 갈릴레이는 그들을 거짓말쟁이로 취급합니다.

책의 전체 내용은 지적이지만 보수적이고, 정치적인 근거에서 아리스토텔레스와 프톨레마이오스의 이론을 고수하기를 원한 추기경의 심사를 건드릴 만한 것이죠. 서문은 전혀 도움이 되지 않습니다. 갈릴레이는 자신이 태양을 중심으로 하는 체계를 상세하게 소개하는 이유는 알프스 너머(즉, 이탈리아의 국경 너머의－옮긴이)의 이단자들에게 '우리 가톨릭 신자들은 코페르니쿠스의 학설을 정확히 이해하고 있지만 신학적인 이유에서 성서를 충실하게 따르기로 결정했다는 것을 보여주기 위해서다.'라고 선언합니다.

이 책이 신교도들만이 아니라 가톨릭 교회를 이끄는 선량한 가톨릭 신자들을 비롯해 모든 이들을 대상으로 삼고 있음은 분명합니다. 서문의 요지는, 과학과 신앙이 방을 따로 쓰면서 한집에 살 수 있어야 한다는 것이지요. 오늘날 적어도 유럽에서는 마침내 그렇게 되기에 이르렀습니다. 1630년 로마에서는 이런 관점이 그다지 보편적으로 여겨지지 않습니다.

마음 깊이 사랑하는 딸에게.

여행은 아주 순조로웠고 건강은 더할 나위 없이 좋구나. 이미 나는 검열사무소를 지휘하는 리카르디 사제와 책을 검토하는 책임을 졌던 비스콘티 사제를 만나서 긴 대화를 나눴다. 리카르디 사제는 오래전부터 알고 지낸 사이지. 피렌체 사람이고, 단연코 내가 친구라고 부를 수 있는 사람이라고 생각한단다. 키가 크고 뚱뚱한 데다 곰처럼 털이 많아서 사람들은 그 친구한테 '괴물 사제'라는 별명을 붙여줬지.

교황 성하께서는 관대하게도 나의 접견을 허락해주셨지만, 그분은 근심거리가 많아서 분명히 단 한 번밖에는 뵙지 못할 것이다. 무엇보다도 독일에서 큰 전쟁이 벌어지고 있지 않니. 온 세계가, 다시 말해서 스웨덴, 덴마크, 폴란드, 프랑스, 에스파냐, 포르투갈, 헝가리, 터키가 전쟁에 개입하고 있다고 하더구나. 이 전쟁은 가톨릭교도 대 이단적인 신교도 간의 전쟁이기 때문에 가톨릭 교회도 연관이 되어 있지. 만약 가톨릭국가들이 단합했다면 오래 전에 승리를 거뒀으리라고 나는 생각한다. 하지만 그와는 반대로, 프랑스 수상 리슐리외 추기경은 에스파냐의 합스부르크가 세력이 오스트리아의 합스부르크가 세력과 동맹해서 전 유럽을 지배하게 되지나 않을까 염려하면서 신교도국가인 스웨덴을 지지하고 있지. 교황께서는 이와 같은 대립상황에 어느 정도 거리를 두고서, 서로 경쟁관계에 있는 가톨릭국가들을 화해시켜야 하는 입장인데, 에스파냐인들은 교황의 공정성을 의심하고 있단다. 교황께서 교황특사로 파리에 계실 때 프랑스의 루이 13세에게 직접 세례를 주셨기 때문에 그를 약간은 당신 아들처럼 생각하시기 때문이지. 사람들이 이상한 소문들을 얘기해주더구나. 교황께서는 에스파냐에 우호적인 추기경들이 혹시 당신 포도주에 독을 붓지 않을까 두려워하신다고 해. 잠도 잘 주무시지 못하고 말이지. 게다가 새소리에 괴롭다면서 정원에 있는 새들을 모조리 죽이게 하셨다는구나.

그것만으로는 충분하지 않았지. 만투아의 곤자그 공작과 그의 아들이 5년 전에 후계자 없이 세상을 떠났다. 곤자그 공작은 유언장에서 프랑스인 부모에게 위임권을 줬지. 오스트리아의 합스부르크가는 계보학자들을 시켜서 공작령에 대한 자신들의 권리를 증명하는 보고서를 작성하게 했단다. 그리고 자신들의 요구를 뒷받침하기 위해서 3년 전에 군대를 파견했지. 너도 알다시피, 페르라라 공작령은 현재 로마교황령에 속해 있다. 만투아는 바로 그 옆에 있고 말이다. 교황께서 이탈리아의 중심부에 오스트리아군이 주둔하는 것을 용납하실 수는 없는 노릇이지. 그래서 교황군 연대를 만투아로 보냈단다. 그것은 독일에서 일어나고 있는 전쟁에 비해 규모가 작지만, 가장 소규모의 전쟁이라고 해도 약탈과 파괴는 반드시 따르는 법이다. 사람들은 페스트가 만투아에서 시작됐다고들 하더구나.

성 베드로 대성당의 정면은 완성됐다. 교황께서는 조각가 베르니니에게 대성당 앞쪽에 거대한 원형 회랑과 그 안쪽으로는 높이가 거의 1백 피에에 이르고 아름답게 장식된 천개(天蓋)를 짓도록 하셨다.

너의 늙은 아빠가,

갈릴레오 갈릴레이

마음 깊이 사랑하는 딸에게.

두 사제가 단 6주 만에, 중요하지 않은 몇 군데를 수정한다면 긍정적인 판단을 내릴 뜻이 있음을 알려왔구나. 그러려면 어느 정도 시간이 걸릴 테고, 내가 기다리고 있어봐야 얻을 것은 아무것도 없을 게다. 그래서 피렌체로 돌아가려고 한다. 폭염과 열병을 피하려고 6월 26일에 마차를 불렀다.

조만간 너를 다시 보게 되어 기쁘구나.

너의 늙은 아빠가,
갈릴레오 갈릴레이.

수녀 부동산업자

좋은 소식 하나와 나쁜 소식 하나가 있습니다. 우선 좋은 소식은 괴물 사제가 임시허가증과 함께 수사본을 돌려보낸 일인데, 이것은 갈릴레이가 본격적으로 발행인을 찾아볼 수 있게 됐다는 것을 의미하지요. 이어서 나쁜 소식은, 체시 공이 1630년 8월에 마흔다섯 살의 나이로 세상을 떠난 것입니다. 의사들 말에 따르면, 방광의 감염 때문이라고 합니다. 그것이 매년 여름마다 로마를 찾아오는 '열병'과 관계가 있는지는 모르겠습니다. 나는 로마에서 극성스럽게 달려드는 모기를 만난 적이 있는데요, 그것들의 조상이 말라리아를 퍼뜨렸을 가능성도 있지 않을까 짐작해봅니다. 체시 공은 린체이 아카데미를 열심히 관리했습니다. 체시 공이 세상을 떠나자 아카데미는 곧바로 몰락의 길을 걷습니다. 갈릴레이는 강력한 후원자와 발행인을 동시에 잃었던 것입니다.

그는 피렌체에서 발행인을 찾아냅니다. 이제는 괴물 사제로부터 허가가 떨어지기를 기다려야 합니다. 무슨 일일까요? 허가가 늦네요. 신부는 수사본을 다시 보게 해달라고 요구합니다. 갈릴레이는 조심스럽게 타협안을 제시합니다. 피렌체에 있는 검열사무소 대표에게 책 전체를 검토하도록 맡기겠노라고 말이지요. 그래서 서문과 결론만 괴물 사제에게 다시 제출하게 되지요.

결과를 기다리는 사이에도 갈릴레이는 쉬면서 류트를 연주할 시간이 없습니다. 최근에 성년이 되어서 어머니와 할머니로부터 권력을 되찾은 페르디난도 2세 데 메디치 대공이 그에게 대대적인 수도공사에 관해 궁정 수학자로서의 의견을 물었기 때문입니다. 1630년 가을과 1631년 초에 피렌체를 포함해 이탈리아의 여러 도시에 큰 위기가 찾아오면서, 사람들은 만투아의 페스트가 사방으로 퍼져나갈지도 모른다는 불안감에 휩싸입니다. 그래서 사람들은 검역체계를 정리해서 물품과 사람의 왕래를 제한합니다. 전염의 위험성을 줄이기 위해서 모임과 구경거리, 축제를 금지하고요. 귀족계급은 악취 나는 도시를 떠나지요. 다시금 나는 4백 년 전 사람들의 이상한 행동을 보게 됩니다. 갈릴레이의 아들 빈첸치오는 시골에 있는 보치네리 가문 소유의 대저택으로 세스틸리아와 피신하는데, 아기는 데려가지 않습니다. 갈릴레이노라는 별명이 붙은 어린 갈릴레오는 아직 한 살도 되지 않았지요. 아기는 갈릴레이의 집에 유모와 함께 남습니다.

마리아 첼레스테 수녀는 불평합니다.

마리아 첼레스테 요새는 방문이 너무 뜸하세요, 아빠.

갈릴레이 휴, 아기한테 신경을 쓰느라고 말이다. 나처럼 늙은 할아버지한테는 피곤한 일이야. 게다가 벨로스과르도에서 여기까지 노새를 타고 오는 것도 점점 더 힘들게 느껴지는구나. 그리고 이 페스트 때문에 요즘은 경찰들이 순찰을 돌면서 행인들을 검문하고 있단다. "어디 가세요? 뭘 운반하시는 겁니까?"하고 말이다.

마리아 첼레스테 아빠는 연세가 많으셔도 눈빛이 또렷하세요. 분명히 백 살도 넘게 사실 걸요.

갈릴레이 그렇다면 이미 내 인생의 2/3를 살았다는 얘기구나.

자 이제, 여기에 마리아 첼레스테 수녀를 찬미하는 글을 한두 문단 정도 넣을 수 있겠네요. 그녀는 수도원의 팔방미인이죠. 그녀는 바느질을 하고, 빨래를 하고, 주방을 감독하고, 문맹인 수녀들을 대신해서 편지를 쓰고, 수녀원장이 서명하는 행정서류들을 정서하고, 회계를 봅니다. 수련수녀들을 통솔해서 노래와 다양한 악기를 가르치는 일도 하고요. 자신이 선택하지 않은 곳에서 죽을 때까지 살도록 강요당한 여자들로 넘치는 폐쇄된 공간을 한번 상상해보세요. 그렇다고 그곳을 감옥이라고 부르라는 얘기는 아닙니다. 일부 수녀들은 아르칸젤라 수녀처럼 신경쇠약에 걸리기도 하는데, 마리아 첼레스테 수녀는 동생도 보살펴야 합니다. 이를테면, 아르칸젤라 수녀가 지하 저장고에서 일할 차례가 돌아오면 마리아 첼레스테 수녀는 동생이 포도주를 너무 많이 마실 것을 우려해서, 지하저장고 대신 속옷 보관실로 그녀를 보내도록 조치를 취합니다.

절망한 수녀 하나는 창문으로 뛰어내리고, 다른 수녀는 칼로 배를 열세 번이나 찌릅니다. 수녀들은 영양실조로 생긴 온갖 종류의 병에 걸립니다. 마리아 첼레스테 수녀는 그들의 의사이자(진짜 의사는 돈을 지불해야 하기 때문에 될 수 있는 한 부르지 않았지요) 간호사이며 또한 간병인입니다. 그녀는 갈레누스의 저작들뿐만 아니라 약과 약초에 관한 다른 책들도 공부했습니다. 위대한 학자에게서 교육받으며 자란 덕분에, 그녀는 다른 사람들보다 읽고 쓰는 능력이 낫고 라틴어까지 알지요. 그녀는 사람들을 시장이나 산으로 보내서 약용식물을 사오거나 채취해오도록 시킵니다. 아, 그녀가 치과치료도 한다는 걸 깜빡 잊고 있었네요. 그녀는 다른 수녀들의 썩은 이를 뽑아주죠. 그녀는 수도원의 유일한 치과의사이기 때문에 자신의 썩은 이도 직접 뽑습니다. 아야! 으악! 당연히 마취는 하지 않았죠. 여러분이 다음에 마지못해 치과에 갈 때는 곰곰이 생각해 보세요. 그녀가 스물일곱의 나이에 스스로를 '합죽이'라고 불렀다는 사실을.

아르헨티나의 작가 호르헤 루이스 보르헤스는 감옥에 갇힌 한 탐정이 수수께끼들을 푸는 내용의 탐정소설을 씁니다. 마리아 첼레스테는 수도원에서 한 발짝도 나가지 않고, 부동산업이라는 새로운 일을 시작하지요. 그녀는 자신의 아버지를 위해 수도원 근처에서 집을 찾아보기로 마음먹습니다. 그녀는 산 마태오 수도원이 자리하고 있는 아르체트리 마을의 토지대장을 조회합니다. 토지와 집들이 누구의 소유인지를 알아본 것이지요. 사람들은 포도밭 위쪽 언덕 '공기가 기막히게 좋은' 한 언저리에 빈 별장이 있다는 얘기를 해줍니다. '매입자를 위한 진정한 선물'인 매물이 막판에 그녀의 손에서 빠져나가고 맙니다. 그녀는 하늘과 땅을 감동시켜서 마침내 1년에 35에퀴로 마을에서 가장 아름다운 대저택들 가운데 하나를, 거만하게도 조이엘로Gioiello, 즉 보석이라는 이름이 붙은 그 집을 임대하는데 성공합니다.

보석이라는 이름의 그 집은 오늘날까지도 쓰러지지 않고 서 있는 튼튼한 집입니다. 1층에는 벽돌로 마감한 큰 방 네 개와 작은 방 세 개, 그리고 부엌이 있습니다. 아직 욕실이 발명되지 않았던 때지만, 안마당에 우물이 하나 있지요. 상당히 가파른 계단으로 올라가게 되어있는 2층은 고미다락방과 비슷합니다. 그곳은 하인들이 자는 곳입니다. 갈릴레이는 그 집을 보자마자 한눈에 반해버리는데, 특히 수도원을 향해 완만하게 경사져 내려가는 과수원과 정원이 그의 마음을 사로잡습니다. 실제로 그가 사무실로 선택한 방의 창문으로는 수도원이 보입니다. 이제는 노새가 필요 없지요. 수도원까지 겨우 백 걸음만 걸으면 갈 수 있으니까요. 정원에서부터 시작해서 포도밭과 울창한 언덕들로 이어지는 풍경은 자신이 그림을 그릴 줄 모른다는 사실이 유감스럽게 느껴질 정도로 그의 마음에 들었죠. 그는 세 배나 더 비싼 벨로스과르도의 집에서보다 그곳에 있을 때 기분이 훨씬 더 좋습니다.

휴우! 갈릴레이가 이사 준비를 하던 1631년 7월에 괴물 사제가 마침내 승인을 해줍니다. 그렇지만 두 부분을 약간 수정할 것을 '권고'합니다.

우선, 갈릴레이는 『밀물과 썰물』이라는 제목을 포기해야 합니다. 이 바보 같은 갈릴레이는 집요하게도 조수(潮水) 운동으로 지구의 자전을 증명하고자 합니다. 그는 달의 인력과 사랑에 빠졌다며 케플러를 비웃기까지 하지요.[부록10] "달이 대양에 약간이라도 영향을 끼친다고 믿을 수 있는 사람이 누가 있겠는가?"하고 갈릴레이는 묻습니다. 그것은 행성들이 우리의 운명에 영향을 끼친다는 얘기나 기타 점성술의 허풍들을 연상시킵니다. 가톨릭 교회는 달의 영향력을 더는 믿지 않지요. 가톨릭 교회를 혼란시킨 것은 그 제목이 두 견해 간의 균형을 유지하는 대신에 지구의 회전을 찬성하는 주장을 반영하고 있다는 점입니다. 갈릴레이는 이 처음 제목을, 내가 위에서 인용했던 제목으로 대체합니다.

두 번째로, 괴물 사제는 갈릴레이에게 그가 원하는 형식으로 적당한 곳에 다음과 같은 교황의 논거를 삽입할 것을 요구합니다.

> 많은 사실들이 지구의 회전을 증명하는 것처럼 보일지라도, 전능하신 주님께서는 성경에 일치하지만 우리의 한정된 지적 능력으로는 이해할 수 없는 방식들을 사용하시어 이러한 결과들을 만들어 내실 수 있었다.[부록11]

이 논거는 지구가 회전한다는 가설과는 어긋나는 것이기 때문에 갈릴레이는 책의 마지막 페이지에서 심플리시오에게 그것을 얘기하게 합니다.

> 당신이 내세우신 추론들, 특히 오늘 바다의 밀물과 썰물에 대해 주장하신 추론에 대해, 저는 그것들이 전적으로 입증됐다고 느낍니다. 당신의 견해는 제가 이제껏 들었던 다른 많은 견해들보다 훨씬 더 독창적인 것처럼 보인다고 말하지 않을 수 없군요. 그렇다고 해서 저는 그것이 참되고 결정적인 것이라고 평가하지는 않습니다. 만약 사람들이 두 사람 모두에게, 전능하시고 무한히 지혜로우신 하느님께서 물이 담긴 항아리를 움직이는 대신에[22] 사람들이 관찰하듯이 물을 교대로 움직이도록 하실 수 있는지 묻는다면, 하느님께서는 우리의 지성으로는 생각할 수 없는 다양한 방법들을 통해서 그런 일을 하실 수 있었노라고 당신들이 대답할 것임을 저는 압니다.

22. 다시 말해서, 지구를 움직이는 대신에.

『두 우주 체계에 관한 대화』는 마침내 1632년 2월 피렌체에서 출판됐습니다.

05
종교재판을 받다

Galilée
et les poissons rouges

심플리치오는 누구인가?

책은 피렌체에서 즉각적인 성공을 거둡니다. 첫 판은 며칠 만에 팔려나갔습니다. 갈릴레이의 친구와 동료는 모든 작가가 듣고 싶어 하는 얘기를 말로써, 그리고 글로써 전해주죠. "어제 저녁에 책을 읽기 시작했는데 멈출 수가 없어서 밤을 꼬박 새웠다네." "전 그걸 끝까지 읽고 처음부터 다시 읽었습니다." "코페르니쿠스의 이론을 절대 이해할 수 없다고 생각했는데, 자네가 수정처럼 투명하게 설명해주었네." "제가 장담하는데, 그렇게 심오하고 새로운 방법으로 자연의 비밀들을 드러내 준 사람은 아무도 없을 겁니다." "제 주변 사람들한테 책 얘기만 하고 있습니다." "다들 우리 집에 모여서 제일 놀라운 부분들을 읽고 의견을 교환했네." 등등.

이 모든 얘기는 대단히 친절했지만, 오로지 교회당국자들의 의견만이 진정으로 의미 있는 것이지요. 따라서 책들은 반드시 로마로 보내야 합니다. 그런데 문제는 책을 보내는 방법입니다. 검역 때문에 책들은 로마교황령의 국경에서 멈춰서, 먼저 제본이 뜯긴 뒤에 훈증소독을 받게 될 것입니다. 그러고 나서도 사람들은 만신창이 된 책을 교황에게 전달하지 않을 것입니다. 갈릴레이는 한 친구에게 사본 몇 권을 맡겨서 마차의 마부 좌석 밑에 숨기게 하지요. 이렇게 해서 가련한 갈릴레이는 자신의 파멸을 불러오게 될 책을 은밀한 방법으로 보내고자 애를 씁니다.

책을 출판하기 전에 교황이 그 책을 읽었더라면……. 교황은 근심에 싸여서 시간을 낼 수 없었습니다. 그는 언제나 시간이 없지요. 그의 근심걱정은 더 악화되기만 합니다. 30년 전쟁은(내가 학교에서 배운 대로) 베스트팔렌조약으로 1648년에 끝나게 될 것이라서 아직까지는 한창 진행 중이죠. 최초의 이 세계전쟁은 수시로 새로운 전개와 돌연한 방향전환을 야기합니다. 프랑스는 스웨덴의 신교도들뿐 아니라 에스파냐에게 공격당한 네덜란드의 신교도들까지 지지합니다. 마드리드의 바티칸 대사인 보르지아 추기경은 1632년 3월에 열린 추기경회의를 이용해서, 공공연하게 에스파냐의 왕 필립 4세 편을 듭니다.

보르지아 추기경

프랑스인들이 스웨덴과 네덜란드의 이교도들과 동맹

을 맺느냐 마느냐는 그들 문제입니다. 그러나 그 선택은 필시 교황 성하를 불쾌하게 만들 것입니다. 게르만 민족의 신성한 로마제국(신성로마제국의 공식이름－옮긴이)은 사도로부터 이어 내려온 로마 가톨릭 교회의 지지를 받을 수 없다면, 그 이름을 유지하기가 매우 힘들지요. 교황 성하께서 프랑스를 돕기 위해서 만투아에 군대를 보내셨으니 그들은 제국군을 위해서 싸워야 할 것입니다.

교황은 다른 사람이 자신의 행동을 규정하는 것이 마음에 들지 않지만 평정심을 잃지 않습니다.

교황 이 전쟁이 보헤미아에서 시작됐을 때 원인은 분명히 종교적이었습니다. 그런데 전쟁이 전개되면서 종교적인 소속은 아무런 역할을 하지 못한 채 정치적인 전쟁으로 변질됐습니다. 바비에르가의 가톨릭교도들은 프랑스와 스웨덴 편에 서지 않았습니까? 당신은 당신 가문이 에스파냐에 근본을 두고 있기에 필립 왕을 옹호하고 계시죠? 아, 이보십시오. 당신은 이교도를 증오한다고 주장하지만, 스웨덴인들이 프랑스와 싸우고 에스파냐와 동맹을 맺는다면 그들은 당신의 눈에서 자비를 발견하게 될 것입니다.

보르지아 추기경 저는 에스파냐인이 아니라 이탈리아인입니다. 제가 교황 성하께 드리는 의견은 저만의 것이 아닙니다. 사람들은 교황

성하께서 진정으로 가톨릭 교회의 이익을 지킬 수 있는지, 심지어는 그것을 원하시고 계신지까지 의문을 갖기 시작합니다.

교황 당신이 감히 어떻게 그런 말을? 내가 가톨릭 교회를 이끌고 있으니 그것을 지키고 있는 것 아닙니까…….

교황과 그 지지자들 그리고 추기경의 지지자들 간의 논쟁은 끝내 스위스 근위병들이 끼어들어 싸움판이 벌어지는 것을 막을 지경까지 치닫습니다. 추기경 여럿이 이가 빠지고 옷이 찢겼다고 하는군요.

갈릴레이의 적들과 교황의 적들은, 대개가 같은 사람들인데, 공격거리를 찾기 위해서 『두 우주 체계에 관한 대화』를 자세히 검토합니다. 그들은 그것이 알프스산맥 너머의 이교도 중에 있는 모든 코페르니쿠스 지지자들을 즐겁게 만들어줄 책이며, 그를 찬양하는 책임을 확인합니다. 그들은 터무니없고 악의적인 소문을 퍼뜨립니다. 저자는 심플리치오라는 얼간이로 교황을 빗대고 있다느니, 그 책은 가톨릭 교회를 조롱하는 증거임이 분명하다, 라고 말이지요.

말이 났으니 말인데, 일반적으로 과학의 순교자처럼 간주되는 갈릴레이는 자신의 책에서 가공의 인물을 묘사하는 방식 때문에도 고통을 당합니다. 따라서 그는 문학의 순교자이기도 한 것이죠.

교황은 곳곳에서 적들을 봅니다. 그래서 자신이 보기에 바티칸의 거처보다 더 믿을만한 카스텔 곤돌포의 여름궁전에 은신합니다.

'나폴리의 에스파냐 군대들은 로마로 진격해올 것이야! 나를 싫어하는 밀라노와 피렌체인들이 그들을 원조할 테지! 보르지아는 가장 효과적인 독을 찾고 있어! 갈릴레이가 나를 공격하려고 책을 썼다고? 내 그럴 줄 알았지. 지옥에 떨어진 저 가증스러운 메디치의 영혼이여. 그는 다른 모든 인간처럼 내 적들 편으로 간 거야.'

그 책을 구상했을 때 분명히 갈릴레이는 두 견해를 비교하는 일을 책임진 정직한 사람인 사그레도와 교황을 동일시하고 있었습니다. 심플리치오는 아리스토텔레스와 프톨레마이오스의 구시대적 저술들에 집착해서 과학의 발전을 지체시키는 늙고 보수적인 추기경들을 대표합니다. 한쪽에서는 살비아티가 코페르니쿠스의 견해에 호의적인 갈릴레이-이제껏 지구상에 나타난 가장 위대한 천재들 가운데 한 사람-의 주장들을 설명합니다. 다른 한쪽에서는 심플리치오가 자신의 좋은 기억력을 증명하고 있지요. 다시 말해서, 그는 스콜라학파의 전통에 따라서 아리스토텔레스의 문장들을 앵무새처럼 되풀이합니다. 그는 순진하고, 자가당착에 빠지며, 살비아티에게 속습니다. 대결은 매우 불평등하지요. 마지막 순간에 괴물 사제가 갈릴레이에게 하느님의 무한한 능력에 대한 교황의 논거를 삽입할 것을 권고했을 때, 정말로 그는 사그레도가 아닌 심플리치오에게 그 임무를 부여합니다. 중재자인 사그레도는 오래전에 이미 살비아티의 견해에 동조했기 때문이지요.

로마에서 벌어지는 상황을 전혀 모른 채, 갈릴레이는 새 집에서 행복하게 몇 주를 지냅니다. 그는 매일같이, 그리고 심지어는 하루에도 여러 차례 자신의 사랑하는 딸을 보러 갑니다.

교황이 『두 우주 체계에 관한 대화』를 검토해달라고 부탁했던 전문가 위원회는 1632년 여름이 끝날 무렵에 그들의 의견을 알려줍니다.

위원회 교황 성하, 책의 내용은 매우 훌륭합니다.

위원회 문체에 활기가 넘치더군요.

위원회 내용도 재미있는 부분들이 많습니다.

교황 잘 썼느냐 못 썼느냐는 관심사가 아니네. 그가 무슨 얘기를 하고 있던가? 코페르니쿠스의 생각들을 가설로 소개하고 있는가?

위원회 가설이요? 물론 아닙니다. 그는 그것들을 진실로 소개하고 있습니다. 지구가 태양의 주위를 돈다는 것을 확실한 방법으로 증명하고 있습니다.

교황 허, 이 더러운 인간 같으니! 우리는 그가 어느 한쪽에 치중하지 않고 두 견해를 소개하는 것으로 합의했네. 그를 여기로 출두시키게. 내가 어떤 생각을 하는지를 말해줘야겠어! 잠깐이라도 종교재판소의 감옥 맛을 보면 사는 법을 배울 테지. 무엇보다도 그 빌어먹을 책을 불태우도록 하게!

1632년 10월에 종교재판소[23]의 고등법원 앞으로 갈릴레이의 소

---

23. 종교재판소는 '성청(聖廳)의 성성(聖省)'이라는 명칭으로 불렸습니다.

환장이 도착하고, 이와 동시에 『두 우주 체계에 관한 대화』를 불태우라는 명령이 내려집니다. 사본들은 모두 오래전에 팔린 뒤였지요. 책을 불태우기 위해서 다시 인쇄를 해야 할까요?

갈릴레이는 모든 위험으로부터 안전하다고 믿고 있었지요. 그는 잠을 자지 못하고 식욕도 잃습니다. 그 책은 한 번도 아니고 두 번이나 허가를 받았건만. 사람들은 장작더미를 세우고, 책을 불태우고, 그를 거꾸로 뒤집어…….

"아빠를 위해 성모마리아께 중재를 청하는 기도를 하고 있어요."라고 마리아 첼레스테 수녀는 그에게 말합니다.

갈릴레이 앞서 나온 내 책들도 모두 비판을 받았지만, 나를 증오하는 적들이 내 책을 금서로 만들 정도로 승리를 거둔 것은 처음이구나. 전혀 예상치도 못했던 일이야. 정말로 가슴 아픈 소식이다. 고등법원은 중대한 잘못을 범한 사람이 아니면 절대로 소환하는 법이 없는데. 이번 일로 마음이 찢어지는 것만 같다.

마리아 첼레스테 불쌍한 아빠…… 그래도 아빠를 사랑하고 후원해주시는 대공님과 여러 영향력 있는 추기경들이 계시니 다행이에요.

갈릴레이 이 책들을 만들면서 보냈던 시간이 유감스러워지는구나. 아니 그보다, 세상의 기대에 부응해서 그 책들을 구상한 것이 후회된다. 나로 하여금 그렇게 하도록 부추긴 것은 바로, 새로운 것들을 알려서 내 동시대인들을 깜짝 놀라게 만들겠다는 교만한 욕망이었다.

마리아 첼레스테 아빠, 우리는 모두 다 교만의 죄를 범한답니다. 아빠는 솔직하셨어요. 아빠가 우주라는 위대한 책을 해독하기를 원하셨을 때 아빠에게 혼을 불어넣은 것은 바로 호기심이에요. 아빠는 하느님의 창조물을 찬미하고자 하셨던 거예요.

갈릴레이 네 말이 맞다. 나는 우리로 하여금 신의 창조물을 훨씬 더 경탄하도록 만들어주는 이 새로운 지식을 가톨릭 교회가 기쁘게 받아주기를 바랐단다. 무엇보다도, 만약 우리의 세상과 유사한 세상이 무한히 존재한다면, 그것은 오로지 하느님의 권능을 더욱더 높여줄 뿐이지.

갈릴레이와 그의 피렌체 친구들은 교황에게 탄원서를 보냅니다. 허약한 예순여덟 살의 노인에게 로마 여행은 고통스러운 시련이 될 것입니다. 검역을 위해서 설치된 저 많은 방책과 정거장들은 어떻고요. 때는 한겨울입니다! 교회당국자들이 그에게 보내는 비난에 대해서 서면으로 대답할 수는 없을까요?

뭣이? 교황은 노발대발합니다. 그더러 오라고 하라!

갈릴레이는 병이 듭니다. 피렌체의 가장 뛰어난 의사 세 명이 그를 진찰한 결과, 그에게 현기증과 위장장애, 탈장, 복막염 그리고 부정맥이 있음을 확인하는 소견서를 작성합니다.

농담하는가? 그더러 오라고 하라! 우리가 경찰 운송차를 보내서 그를 철장 속에 가둬야만 하겠는가?

페르디난도 대공은 갈릴레이가 여행하는 동안 너무 고생하지 않도록 최고급 마차를 가마로 개조해줍니다.

종교재판소의 사제 위원 앞에서

갈릴레이는 1633년 1월 20일에 길을 떠납니다. 그리고 검역소를 규정대로 거쳐서(검역 기간은 정확히 14일이 걸립니다) 2월 13일에 로마에 도착합니다. 교황은 한껏 호의를 베풀어서 그에게 예외적으로 토스카나의 대사 니콜리니의 거처인 메디치 저택에 머물러도 좋다고 허락해줍니다. 일부 강경한 추기경들은 항의합니다.

추기경들　다 알다시피, 구치소가 피의자에게 가장 어울리는 곳입니다.

추기경들　햇빛을 받으면서 기분전환하는 일 없이 축축한 지하 독방에서 여섯 달을 보내게 되면, 생각을 깊이 하면서 회개를 하게 되지요. 이렇게 마음의 준비를 마친 죄수는 고등법원 판사들 앞에 그에 어울리는 겸손한 모습으로 출두하는 법입니다.

추기경들　겸손은 겸손을 두둔하는 법, 하! 하!

추기경들　물론, 몇 차례 고문을 거치는 것도 잊으면 안 되지요.

갈릴레이는 대사의 거처에서 두 달을 기다립니다. 처음에 그는 판사들 앞에서 자신의 동기에 대해 변론할 수 있기를 기대합니다. 그래서 수첩에 자신의 논거들을 휘갈겨 적습니다. 코페르니쿠스의 체계가 성경과 양립 불가능하지 않다는 사실을 증명하겠노라고. 그들에게 자신의 신심이 깊다는 것을 증명하겠노라고. 또한 자신은 교회가 이교도들과 맞서서 그들의 입지를 확고히 할 수 있도록 돕고자 했노라고 말이지요.

니콜리니 대사는 많은 사람들을 알았습니다. 그래서 바티칸 궁전 복도에서 정보를 잘 아는 추기경들에게 다가가 소식을 듣습니다.

니콜리니 사태가 좋지 않습니다. 정치적인 상황이 너무 미묘해서, 그들은 교리를 수정하는 일에 관여하고 싶어 하지 않는군요. 모든 이의제기가 소용이 없어요.

갈릴레이 제 의견을 변호할 수 없을까요?

니콜리니 그들에게 맞서신다면 지하감옥에서 수년을 보내거나 혹은 더 나쁜 상황이 생기게 될 겁니다. 굴복하시면 곧바로 난관에서 빠져나오실 테고요.

갈릴레이 그렇다면 제가 믿지 않는 것을 믿는다고 거짓말을 할 수밖에 없겠군요. 저야 지친 늙은이일 뿐입니다. 그게 뭐가 중요하겠습니까. 제가 상심하는 것은 가톨릭 교회가 범하고 있는 끔찍한 잘못이지요. 교회는 새로운 빛을 향해 돌아서는 대신에 어둠 속으로 빠져 들어가는군요.

그는 4월 12일에 일종의 검사라고 할 수 있는 종교재판소의 위원, 빈첸초 마쿨라노 사제 앞에 출두합니다. 서기가 대화와 심문 내용을 기록합니다. 사제 위원은 라틴어를 사용하며 갈릴레이에게 3인칭으로 말합니다. "그는 로마에 언제 도착했는가?" 등등. 갈릴레이는 이탈리아어로 1인칭을 사용해 대답합니다. 상징적인 대비가 인상적이죠. 가톨릭 교회는 1천 년 전에 죽은 언어를 말하는 반면에 갈릴레이는 근대성의 창시자들 가운에 한 명이니까요. 게다가 그의 적대자들은 그가 이탈리아어로 『두 우주 체계에 관한 대화』를 썼다는 점을 대단히 불쾌하게 여깁니다. 만약 그가 그 과학논문을 동료 학자들을 염두에 두고 라틴어로 썼더라면 어느 누구도 방해하지 않았을 것입니다. 살아 있는 언어로 썼을 뿐 아니라 심지어 이따금 희극적이기까지 한 책을 출판함으로써, 그는 위험하게도 사방에다 불온한 생각들을 뿌렸던 것이지요.

나는 이제 여러 시간 이어진 심문 내용을 요약해볼까 합니다. 갈릴레이가 자신이 질책당하고 있다는 사실을 깨닫게 되는 대목부터 시작하겠습니다.

사제 위원 로마에는 1616년에 왔는가? 방문의 목적이 무엇이었는가?

갈릴레이 저는 사람들이 지구의 운동에 대한 니콜라우스 코페르니쿠스의 이론이 어떤 내용인지를 궁금해한다는 말을 들은 적이 있습니다. 저는 이 주제에 대해 비가톨릭적 생각들을 가르치게 되는 것을 피하고자, 무엇이 옳고 허가된 것인지를 알아보게 되었습니다.

사제 위원 그는 문제가 되는 그 이론들을 누구와 의논했는가?

갈릴레이 벨라르미노 예하를 포함해서 종교재판소의 성청에 소속된 몇몇 추기경들과 함께였습니다.

사제 위원 그가 무엇이 옳은지를 알아보기 위해 로마에 왔다면 무엇을 알게 되었는지를 설명할 수 있는가?

갈릴레이 지구의 운동에 관한 논쟁과 관련해서, 금서성은 그 이론이 성경의 내용에 어긋나고 혐오스러운 것이며 따라서 단지 계산을 용이하게 하는 하나의 가설로서만 그것을 이용할 수 있다고 결정을 내렸다는 사실입니다.

사제 위원 누가 그 결정을 그에게 알려주었는가?

갈릴레이 벨라르미노 추기경 예하께서 저에게 그 사실을 통고해주셨습니다(그는 벨라르미노 추기경의 자필 편지를 보여줍니다).

사제 위원 추기경 예하께서 그 결정을 그에게 통고하셨던 날에 동석한 다른 사람이 있었는가?

갈릴레이 성 도미니크회 수도사들이 있었습니다만, 제가 아는 사람들이 아니었고 그 후로 그들을 다시 보지 못했습니다.

사제 위원 추기경 예하께서 그에게 그것을 알려주신 뒤에 그 주제와 관련된 명령을 내리셨는가?

갈릴레이 제가 기억하는 바로는, 그분은 제게 코페르니쿠스의 견해가 성경의 내용에 어긋나기에 옹호될 수 없다고 말씀하셨습니다. 그 말씀을 하신 날이 성 도미니크회 수도사들이 같이 있었던 날이던가요? 그건 기억나지 않는군요. 벌써 오래전 일이라서요.

사제 위원 만약 그날 그에게 명령했던 것을 내가 읽어준다면 기억나겠는가?

갈릴레이는 당황하기 시작합니다. 그는 지구의 회전과 관련된 얘기가 오갈 것으로 믿고 있었습니다. 검사가 16년 전의 명령에 관해서 조사하리라고는 예상하지 못했지요. 종교재판관은 또렷하게 기억하고 있었습니다. 코페르니쿠스의 체계를 옹호하는 책을 출판함으로서 그는 교황청에 불복했던 것입니다.

사제 위원은 증거자료로서, 성 도미니크회 수도사 가운데 한 명이 기록한 벨라르미노 추기경과 갈릴레이의 대화록을 갈릴레이에게 읽어줍니다.(부록12)

사제 위원 1616년 2월 26일에 벨라르미노 추기경 예하의 궁전에서 갈릴레이는 추기경 예하, 미켈란젤로 세기치 사제님 그리고 기타 증인들 앞에 소환됐으며, 추기경 예하는 갈릴레이로 통칭되는 이에게 태양이 우주의 중심에 있으며, 지구가 움직인다고 하는 견해를 어떤 방식으로도 주장하거나 옹호하거나 가르치지 말 것을 교황 성하와 종교재판소 성청의 이름으로 명령하셨다.

이 기록에 따르면 갈릴레이는 코페르니쿠스의 체계를 옹호하지 않겠다는 것뿐 아니라 절대 '어떤 방식으로도 그것을 가르치지 않겠다는 것'까지 약속했던 것이지요. 즉, 그는 책에서 그것에 관해 기술할 권리조차 없었습니다.

이어서 사제 위원은 갈릴레이에게 어떻게 해서 『두 우주 체계에 관한 대화』의 저술을 시작하게 되었는지, 특히 어떤 과정을 통해서 검열을 통과했는지 물었습니다. 갈릴레이는 3년 전의 로마 방문과 리카르디 사제와의 대담, 체시 공이 사망한 뒤에 피렌체에서 책을 출판하기로 결정한 일, 잠정적인 승인과 결정적인 승인, 그리고 마지막 순간에 제시된 조건들과 수정에 관해서 이야기합니다.

사제 위원　리카르디 사제님께 문제의 책에 대한 출판 승인을 청원했을 때 그는 1616년에 성청이 비밀리에 그에게 내린 명령을 알렸는가?

갈릴레이　어 그게…… 생각이 나지 않는군요. 사람이 모든 걸 다 기억할 수는 없는 법이지요. 제 나이가…….

괴물 사제는 갈릴레이에게 코페르니쿠스의 체계를 설명하는 책을 출판하도록 승인해주긴 했지만, 벨라르미노 추기경이 그에게 그것을 금지했다는 사실은 모르고 있었습니다. 승인에 이론의 여지가 있는 것입니다. 승인을 받았으므로 성청의 명령이 무효가 됐다고 주장할 수는 없는 노릇이지요. 변호를 하겠다던 갈릴레이의 주된 계획은 싸워보기도 전에 좌절되고 맙니다.

그는 1616년에 내려진 명령을 잊고 언급하지 않음으로써 누락에 의한 위언(僞言)을 했습니다. 어떤 의미에서는, 그가 가톨릭 교회를 속이려 했다는 의심을 받을 위험까지 있습니다. 그는 당황해서 급하게 다른 변명을 만들어냅니다.

갈릴레이 저는 제 책이 어떤 면에서도 그 명령을 어기지 않기 때문에 사제님께 그것에 관해서 말씀드리지 않았습니다. 저는 책에서 지구가 움직인다는 견해를 주장하지도, 옹호하지도 않았습니다.

사제 위원 그는 문제의 그 책이 코페르니쿠스의 체계를 옹호하지 않는다고 주장하는가?

갈릴레이 저는 전혀 그것을 옹호하지 않습니다. 그와 반대로 저는 코페르니쿠스의 주장들이 빈약하고 명백하지 않다는 점을 증명하고 있습니다.

수사학적으로 이와 같은 급격한 방향전환을 가리키는 명칭이 있습니다. 이름 하여, 되는대로 말하기라는 것이지요. 어쨌든 종교재판관이 여전히 옳습니다.

사제 위원은 바로 얼마 전에 예순아홉 살 생일을 맞은 늙은 갈릴레이를 관대히 다루라는 지시를 받았습니다. 그가 평범한 사람이었다면 지하감옥에서 다음 공판을 기다려야 했을 테지만, 사제 위원은 그에게 교황청의 궁전에서 머무를 것을 권합니다.

저명하고 소중한 분이신 아빠께.

슬프게도 아빠가 교황청의 거처에 연금되셨다는 소식을 대공의 비서에게서 듣게 되었어요. 한편으로는, 아빠가 슬퍼하고 극도로 괴로워하며 불편한 생활을 하고 계실 모습을 생각하니 너무나 가슴이 아파요. 하지만 다른 한편으로는, 아빠의 시련이 끝날 때까지 거쳐 가야만 하는 도정에서 그런 일은 감수할 수밖에 없다는 것을 압니다. 주위 분들이 친절하게 대해주실 거라는 생각으로 위안을 삼고 있어요. 결백을 인정받고, 아빠를 보살펴달라고 제 온 마음을 바쳐서 매일 기도드리는 하느님의 도움으로 아빠가 승리하게 되기를 간절히 기원합니다.

기분을 밝게 가지시고 지나친 근심으로 건강을 해치지 않도록 하세요. 뿐만 아니라, 주님은 비탄에 빠져 도움을 청하는 이들을 절대로 버리지 않으시니 아빠의 영혼이 주님을 향하도록 하세요.

사랑하는 아빠, 제가 아빠의 고통을 함께 하고 있다고 아빠를 안심시켜 드리고 싶은 마음에 편지를 적었답니다. 이 불쾌한 소식들을 저 혼자 간직하고 싶어서 아빠의 상황에 대해서는 아무에게도 말하지 않았어요. 그래서 사람들은 모두 아빠가 어서 돌아오셔서 같이 즐겁게 얘기를 나눌 수 있게 되기를 고대하고 있답니다.

아마포로 아빠의 부엌에 놓을 새 식탁보를 만들려고 해요. 그리고 두꺼운 면이나 털실로 아빠가 신으실 긴 양말도 짜려고 한답니다.

아빠네 정원사의 아들인 어린 쥬제페가 정원에서 키운 싱싱한 채소를 가져와서 덕분에 꼬마를 보게 됐답니다. 저희에게는 야채가 너무 많아서, 꼬마한테 그것들이 썩기 전에 시장에 내다 팔라고 얘기해주었어요. 그리고 지금은 수녀들이 건강 상태가 좋아서 포도주를 마실 필요가 없기 때문에 그것도 가져가서 마시라고 했지요.

1633년 4월 20일 산 마태오에서,
아빠의 상냥한 딸 첼레스테 수녀 올림.

공식적으로 자신의 주장을 포기하다

교황의 조카인 바르베리니 추기경은 갈릴레이의 옛 제자이자 린체이 아카데미의 회원이며, 종교재판소의 고등법원 판사 열 명 가운데 한 명입니다. 그는 갈릴레이를 화형에 처하는 것은 극단적이며 무익한 일이라고 자신의 삼촌을 설득합니다. 많은 성직자와 추기경들이 코페르니쿠스의 체계를 타당하다고 생각합니다.

사람들은 아주 선명하게 두 편으로 갈립니다. 한편에서는 보수적인 예수회 수도사들이 아리스토텔레스를 옹호하고 갈릴레이를 혐오하는데, 그들은 혜성에 대해 논쟁이 벌어졌을 때(그 논쟁에서 갈릴레이는 틀린 생각을 했지요) 그와 사이가 틀어지게 됐습니다.[부록13] 갈릴레이의 책을 읽는 책임을 졌던 위원회 소속의 한 예수회 수도사는 '그는 아리스토텔레스의 지지자들을 우둔한 거짓말쟁이로 취급한다'라고 지적합니다. 다른 한편에서는 진보적인 성 도미니크회 수도사들이 코페르니쿠스를 높이 평가하고 갈릴레이를 지지하지요. 지나치게 노골적인 유죄판결은 설사 가톨릭 교회가 유럽의 여러 세력에 직면하여 단결된 모습을 보여야 할지라도, 가톨릭 교회 내의 긴장관계를 악화시키게 될 것입니다. 이상적인 방법은 어떻게 해서든지 사건을 포기하는 것이겠지요.

사제 위원은 잠깐 대화를 나눌 목적으로 갈릴레이와 아침식사를 합니다. 그는 갈릴레이에게 간단한 고해를 하는 것이야말로 모든 이들을 만족시키고, 그를 고통스러운 위기에서 빠져나오게 할 수 있을 것이라고 설명합니다.

두 번째 심문이 4월 30일에 열립니다.

"그동안 저는 숙고의 시간을 가졌습니다." 하고 갈릴레이는 진술을 시작합니다.

갈릴레이 제 책에 대한 교황청의 생각을 듣고 놀라서 저는 책을 다시 읽어보기로 마음 먹었습니다. 저는 처음 책을 접하는 독자의 입장에서 책을 읽어보고자 했는데, 제가 그 책을 다시 읽지 않은 지가 거의 3년이 되어가니 실제로도 약간은 초심자라고 할 수 있겠습니다. 제 의도를 잘 알지 못하는 독자라면 아마도 여러 부분에서 오해를 하고, 틀리고 혐오스러운 주장들을 설득력 있게 받아들일 여지가 있음을 알게 되었습니다. 유감스럽게도 저는 사람들이 자신의 지성에 대해 자연스럽게 느끼는 감정인 자기만족에 빠졌습니다. 저는 제가 보통 사람들보다 더 재주가 많다는 것을 보여주고자 하는 욕심에서, 어떤 주장이 옳든 그르든 상관없이 그것을 유리하게 만들어주는 독창적인 논거들을 세우는 경향이 있습니다. 저는 교만과 야심으로 잘못을 범했습니다.

사람들은 그의 열성에 대한 답례로서, 그에게 메디치 별장, 즉 니콜리니 대사의 거처로 돌아가도 좋다는 허락을 내렸습니다.

저명하고 소중한 분이신 아빠께.

아빠의 애정 어린 편지가 저에게 얼마나 충격을 주었는지, 감정에 북받쳐서 열심히 모든 수녀에게 그 놀라운 편지를 반복해서 읽어주는 일을 끝내고 나니 기진맥진해서 결국은 끔찍한 두통이 생겼어요. 두통은 아침부터 저녁까지 내내 지속됐는데, 이런 건 정말로 한 번도 겪어보지 못했답니다.

이렇게 자세히 얘기를 드리는 것은, 제가 가볍게 고생한 일을 가지고 아빠를 비난하려는 뜻에서가 아니라, 아빠의 일이 제 마음을 얼마나 괴롭히고 불안하게 만들었는지를 알려 드리기 위해서예요. 아빠를 향한 저의 존경과 애정은 다른 모든 딸들을 능가한다는 점에서, 그런 현상들이 다른 사람들보다 저에게 더 강한 영향을 끼쳤노라고 자부할 수 있지 않을까 싶어요. 아빠는 아빠대로 딸을 향한 애정이 다른 모든 아빠들을 능가하신다는 것을 저는 확실하게 알고 있답니다.

[선량하신 하느님에 대한 긴 감사의 글은 건너뛰겠습니다.]

아빠가 대사 각하의 거처에 머물고 계신다니 마음이 놓입니다. 아빠를 성심성의껏 보살펴주시는 데 대해 대사 부인께 감사편지를 쓰고 싶지만, 편지마다 매번 같은 얘기를 반복해서 그분의 역정을 돋우게 되지나 않을까 염려스럽네요. 또한 저를 대신해서 그분께 감사인사를 전해주셨으면 해요. 사랑하는 아빠, 여주인께서 아빠께 베푸는 친절은 틀림없이 아빠가 이전에 겪으셨던 불쾌한 일들을 누그러뜨리거나 아니면 완전히 없애줄 만큼 그렇게 클 테지요. 건강이 호전된 아르칸젤라 수녀를 비롯해서 모든 수녀들이 아빠에게 축하의 인사를 드립니다.

1633년 5월 7일, 산 마태오에서,
아빠의 상냥한 딸 첼레스테 수녀 올림.

5월 10일, 갈릴레이는 답변서를 제출하기 위해 다시 사제 위원에게 갑니다. 자신이 거짓말을 했다거나 속였다고 후임자가 오해하는 일을 피하려고, 그는 다음과 같이 의견을 개진합니다.

저는 1616년에 벨라르미노 추기경 예하의 손으로 작성된 문서를 당연히 신뢰했는 바, 그 문서에서 추기경 예하께서는 성청이 코페르니쿠스의 의견을 주장하거나 옹호하는 것을 금지했음을 저에게 분명하게 통고해주셨습니다. 저의 나쁜 기억력 탓에, 14년 내지는 16년이 흐른 뒤 저는 그분께서 또한 코페르니쿠스의 체계를 어떤 방식으로도 가르치지 말 것을 구술로 명령하셨다는 사실을 망각했습니다. 사제 위원님께서 그날 성 도미니크회 수도사가 적은 기록을 저에게 읽어주셨을 때 저는 이 보충적인 명령이, 새롭게, 그리고 이를테면 전혀 모르는 것인 듯 느껴졌습니다. 제가 리카르디 사제님께 이 특별 명령을 알려 드리지 않았던 까닭은 이렇게 설명됩니다. 만약 제가 그것을 기억했다면 분명코 저는 사제님께 수사본을 제시하지 않았을 것입니다.

그는 이제 아리스토텔레스의 지지자들을 거만하게 바라보지 않습니다. 저항하려는 마음을 완전히 잃었지요. 그는 나락으로 떨어지는 심정이었습니다. 그는 고등법원의 관용을 간청합니다.

지극히 높으시고 지극히 사려 깊으신 판사님들께서는 제가 신성한 가톨릭 교회의 명령에 의식적으로도, 또한 고의로도 불복한 것이 아님을 분명히 인정해주시기를 바라옵니다. 열 달간의 계속되는 불안과 가장 혹독한 계절의 길고 피곤한 여행으로 일흔한 살의 나이에 비참하게 늙고 쇠해버린 저의 육신을 봐주십사 간청합니다. 이른 시기에 찾아온 저의 노쇠함을 제 잘못에 대한 죗값으로 고려해주기를 바라옵니다.

6월 21일에 그는 마지막으로 사제 위원을 만납니다. 가톨릭 교회는 아직도 만족하지 못하고 있었습니다. 그래서 그가 코페르니쿠스를 공식적으로 부정하기를 원합니다.

사제 위원 태양이 세상의 중심에 있고 지구가 움직인다는 것을 믿는가, 아니면 한 번도 그것을 믿은 적이 없는가?

갈릴레이 오래전, 즉 금서성의 결정이 있기 전에 저는 두 견해, 다시 말해서 프톨레마이오스의 견해와 코페르니쿠스의 견해 중에 어느 것이 옳은지 결정을 내리지 못하고 있었습니다. 상술한 결정이 내려진 후에는 현명하신 권위를 신뢰하면서, 저는 더는 주저하지 않고 프톨레마이오스의 견해, 즉 지구의 안정성과 태양의 운동을 진실하고 명백한 것으로 받아들였으며 영원히 그렇게 받아들일 것입니다.

사제 위원 책에서 코페르니쿠스의 견해가 소개된 방식, 그리고 그 책을 직접 쓰고 출판했다는 사실은 자신이 주장하는 것보다 더 늦게까지 이 견해를 신봉했다고 추측하게 만들 여지가 있다. 우리에게 그 문제에 관해서 사실대로 자유롭게 자신의 생각을 밝히도록 하라.

갈릴레이 통칭 『두 우주 체계에 관한 대화』와 관련해서, 저는 코페르니쿠스의 학설을 진실이라고 받아들였기 때문에 책을 쓴 것이 아니라 두 견해 각각에 유리한 물리학적, 천문학적인 근거들을 설명함으로써 독자들을 계몽하기 위해서 책을 썼습니다. 저는 어떤 근거도 두 체계 중 하나를 확실한 방법으로 증명할 수 없다는 것과, 따라서 상급기관의 뜻에 우리 자신을 맡겨야 한다는 것을 보여주고자 했습니다.

사제 위원 신심 깊은 독자들은 그 책이 지구가 움직이며 태양은 움직이지 않는다는 이론을 찬성하는 주된 근거들을 많이 제시하고 있다는 생각을 표명하고 있다. 그가 코페르니쿠스의 생각에 동조하는지 혹은 과거에 동조한 적이 있었는지를 우리에게 말할 수 있겠는가? 만약 그가 진실을 말하지 않는다면 필시 준엄한 법이 그에게 적용될 것이다.

그들은 고문을 의미하는 '준엄한 법'이라는 말로 그를 위협합니다.

갈릴레이 저는 코페르니쿠스의 견해에 동조하지 않습니다. 저는 그것을 포기하라는 명령을 받은 이후로 그 견해에 절대로 동조하지 않았습니다. 그 밖의 것에 관해서는 제가 어떻게 되든 그것은 여기 계신 여러분의 처분에 달려 있습니다. 여러분의 뜻에 저를 맡깁니다.

그는 처음으로 종교재판소의 지하감옥에서 하룻밤을 보냅니다. 모든 주석가들은 갈릴레이의 소송에서 있었던 중요한 예외사항을 특기합니다. 그는 다른 모든 사람들처럼 고문을 받아야 했는데 그러지 않았다는 점이지요. 사람들은 체계적인 방식으로 고문받은 피고인은 반드시 진실을 말한다고 생각했습니다.

다음날, 그는 마지막으로 고등법원에 출두합니다. 열 명의 판사들 가운데 세 명이 그에게 유죄판결을 내리지 않으려고 정어리 낚시를 하러 자리를 비웠는데, 그중에는 바르베리니 추기경도 포함되어 있었지요. 법원장은 판결을 내립니다.

> 갈릴레오 갈릴레이의 고백과 법정 기록에 자세히 기술된 근거들을 바탕으로, 우리는 그가 지구가 움직이고 태양은 세상의 중심을 지키면서 동에서 서로 움직이지 않는다는, 잘못됐을 뿐만 아니라 신성하고 거룩한 성경의 내용에 어긋나는 학설을 지지했었던 것으로 인해서, 성청의 판단에 따라 심각한 이단 혐의에 직면했음을 밝히고, 선고하며, 선언하는 바이다. 따라서 그는 그러한 죄인에 대해서 교회법과 일반법이 마련한 형벌을 받는다. 만약 그가 진실한 마음과 거짓 없는 신앙심으로 우리 앞에서 상기의 잘못과 이단적인 생각들을 공식적으로 포기하고 저주한다면, 우리는 그가 그러한 형벌들을 면하도록 승낙해줄 것이다.
>
> 그러나 이 심각하고 해로운 잘못과 위반들이 처벌되지 않고 넘어가는 일이 없기를 바라는 마음에서, 그리고 그가 앞으로 더 신중하게 처신하며 같은 종류의 죄를 범하고자 하는 사람들을 단념시킬 수 있는 사례를 만들기 위해서, 우리는 갈릴레오 갈릴레이의 책 『두 우주 체계에 관한 대화』를 공식 교회법령에 따라 금지할 것을 명령하는 바이다.

우리는 우리의 의사에 따라 그를 이 성청의 감옥에 투옥할 것을 선고한다. 우리는 그에게 보속(補贖)으로 앞으로 3년 동안 매주 한 번씩 시편에 있는 7대 고해 성시를 음송할 것을 명한다. 아래에 서명한 추기경들은 이처럼 밝히고, 선고하며, 선언하는 바이다.

고해를 상징하는 흰옷을 입은 갈릴레이는 판사들 앞에 무릎을 꿇고 공식적인 포기 선언을 합니다.

빈첸치오 갈릴레이의 아들이며 피렌체에서 출생했고 일흔 살의 나이인 저, 갈릴레이는 지극히 뛰어나고 존귀하신 추기경님들이시며 이단적인 배덕행위에 맞서 전 기독교 사회를 위해 일하시는 모든 종교재판관들이신 여러분 앞에 직접 출두하여 무릎을 꿇고서 저의 깨끗한 두 손으로 잡은 지극히 신성한 복음서를 바라보며 맹세하노니, 저는 보편적이며 사도로부터 이어 내려온 신성한 가톨릭 교회가 인정하고 전도하고 가르치는 모든 것을 항상 믿었고, 지금도 믿고 있으며, 또한 하느님의 도움으로 앞으로도 믿을 것입니다. 지금의 것과 동일한 이 성청은 과거에 법적으로 또 공식적으로 저에게, 태양이 세상의 중심에서 움직이지 않으며 지구는 세상의 중심에 있지 않고 움직인다고 하는 잘못된 그 학설을 포기할 것을 엄히 명하셨으며, 위에 언급된 잘못된 견해를 구술이든 글로든 어떤 방법으로도 받아들이거나 옹호하거나 가르치는 것을 금하셨습니다. 그러나 저는 어떤 증거도 없는 상태에서 그것을 찬성하는 유력한 근거들을 제시하면서, 이미 유죄판결을 받은 이 동일한 학설을 설명하는 책을 쓰고 인쇄했고, 그로 인해서 성청으로 하여금 저에게 강한 이단 혐의를 두도록 이끌었습니다.

따라서 여러 추기경 예하와 모든 신실한 기독교신자들이 저에 대해 정당하게 느끼는 이 강한 혐의를 벗겨내고자, 진실한 마음과 깊은 신앙심으로 저는 상술한 잘못과 이단적인 생각들을 공식적으로 포기하고, 저주하며, 증오합니다. 앞으로 저는 저에게 그러한 혐의를 품게 만들 수 있는 어떤 것도 말하지 않을 것이며 구술로나 글로써 주장하지 않을 것을 맹세합니다.

저는 또한 성청에 의해 저에게 과해졌고 앞으로도 과해질 모든 고해들을 엄격하게 이행하고 지킬 것을 맹세하고 약속하며, 만약 제가 방금 드린 약속과 맹세를 조금이라도 지키지 않는다면 그것은 하느님을 불쾌하게 만드는 것이며, 이런 종류의 과오에 대해 교회법과 일반법이 과하고 공포한 모든 형벌을 받을 것입니다. 하느님과 또한 저의 깨끗한 두 손에 잡은 거룩한 복음서가 저를 도와주시기를 비옵나이다.

저, 상술된 갈릴레오 갈릴레이는 위에 언급된 바대로 포기하고 맹세하고 약속합니다. 위에 상기한 바에 의거하여 저는 1633년 6월 22일 오늘 로마에서 한마디도 빼지 않고 읽은 이 공식적인 포기각서에 저의 깨끗한 손으로 서명합니다.

그래도 지구는 돈다

갈릴레이는 뒤꿈치로 땅을 치며 수염 밖으로 보이지 않게 조용히 중얼거립니다.

'데푸르 시 무오베(그래도 지구는 돈다).'

하지만 아닙니다. 그것은 터무니없는 이야기입니다. 그건 '나는 견해를 바꿨고, 차라리 거꾸로 매달려 불에 굽히는 편이 좋겠소.' 라고 말하는 것이나 다름없지요. 한 가지 확실한 사실은, 그의 뇌가 누전을 일으키기 일보 직전이라는 것입니다. 그는 지구가 돈다는 것을 여전히 확신하지만, 조금 전 그는 그것을 더는 믿지 않는다고 맹세했습니다. 신실한 가톨릭 신자로서 그는 가톨릭 교회의 관점을 진심으로 받아들이고 싶지만, 정반대되는 두 가지를 동시에 믿기는 어려운 노릇입니다.

흰옷 아래로 무릎을 꿇고서, 실의에 빠져 있는 초췌하고 창백한 이 불쌍한 노인을 보십시오. 그의 중요한 전기 작가들 가운데 한 명인 안토니오 반피에 따르면, 그는 '헤어나기 힘든 불명예의 구렁텅이에' 빠져버렸습니다. 배석자들은 그를 부축해서 일으켜 세웠습니다. 그리고 지하감옥까지 그를 데려다주었고 그는 그곳에서 두 밤을 더 보내게 됩니다. 바르베리니 추기경의 중재로, 사람들은 그를 종교재판소의 감옥이 아닌 로마의 한 수도원에 감금하는 것을 허락합니다. 니콜리니 대사는 그를 그곳으로 데려가기 위해서 6월 24일에 그가 있는 곳으로 찾아갑니다. '갈릴레이 씨는 자신에게 적용된 유죄판결에 매우 놀라서 깊이 상심한 것처럼 보입니다. 자신의 책에 대해서는, 본인도 예상했던 일이라서 그런지 그것이 금지를 당했다고 해서 크게 걱정스러워하는 것 같지는 않습니다.' 라고 그는 피렌체에 보낸 한 편지에서 말하고 있습니다. 갈릴레이는 그 책이 오래 전에 이탈리아의 국경을 넘어갔을 것으로 짐작하고 있습니다. 그것은 암시장에서 6에퀴, 즉 처음 값의 열두 배 가격에 팔립니다. 라틴어 번역본이 곧 전 유럽에 퍼지게 됩니다.

어째서 갈릴레이는 유죄판결을 받고 놀랄까요? 그는 타협을 했다고 믿었습니다. 공식적인 포기를 하면 석방될 수 있으리라고 말입니다. 나는 비겁자처럼 처신했건만 괜한 수고만 하지 않았나…….

종교재판관들에게 저항하기는 어려운 일입니다. 조르다노 브루노는 끝까지 잘 버텼지요, 용감하게 말입니다. 그는 자신의 주장을 공식적으로 포기하라는 요구를 거부했습니다. 그리고 고등법원의 판사들 앞에서 지구는 회전하므로 '해가 뜬다' 그리고 '해가 지다' 라는 표현은 터무니없는 말이라고 주장했습니다.

> 나는 싸웠고, 그것만으로도 대단한 것이다. 나는 이기고 싶었지만, 운명은 다른 길을 선택했다. 미래는 내가 죽음을 두려워하지 않았음을, 내가 굴복하지 않았음을, 내가 의연하게 버텼음을, 내가 두려움에 떠는 삶보다 용기 있는 죽음을 택했음을 오랫동안 기억할 것이다.

자신의 유죄판결이 있던 날, 그는 판사들에게 마지막으로 이렇게 도전합니다.

> 나는 이 선고를 받지만, 아마도 나는 이것을 언도하는 당신들보다 덜 두려워하고 있을 것이다.

조르다노 브루노의 재판 내용을 기록한 원본은 분실되고 없습니다. 그 시대의 한 편년사가가 적은 요약본이 1940년에 발견됐을 뿐입니다. 또 하나의 큰 종교재판을 기록한 완벽한 사본이 우리에게 전해지고 있는데 그것은, 다름 아닌 잔 다르크의 재판으로서 그녀는 1431년 5월 30일에 화형에 처해졌기 때문에 그것은 갈릴레이의 재판이 있기 정확히 2세기 전에 열린 재판입니다.

그녀가 범한 가장 중요한 이단행위는 자신이 가톨릭 교회를 거치지 않고 하느님에게(또는 천상의 목소리들에게) 직접적으로 복종하고 있다고 주장했다는 데 있습니다. 그것은 루터의 선구자로서 1415년에 화형에 처해진 체코 사제 얀 후스를 비난했던 것과 비슷합니다. 어떤 사람이 천상의 목소리를 들었다고 말할 때 그것이 거짓말인지 증명하기는 어려운 까닭에, 그 비난은 눈에 더 잘 드러나는 죄를 비난하는 것으로 대체됩니다. 잔이 남자처럼 옷을 입었다는 것이지요. 성경의 계율은 단언합니다, 다른 성의 옷을 입는 것은 하느님이 보시기에 매우 불쾌하다고 말입니다. 가톨릭 교회의 공의회는 4세기와 14세기에 이것을 계율로 정했습니다.

비록 문맹에다 겨우 열아홉 살에 불과했지만 잔은 재판관들에게 매우 총명하게 대답했습니다. 그녀는 갈릴레이보다는 오히려 조르다노 브루노처럼, 강한 모습으로 그들을 향해 고개를 꼿꼿이 세웁니다. 재판관들이 못된 연극을 꾸미던 그날이 오기 전까지는 그랬죠. 만약 그녀가 고집을 피운다면 화형대가 그녀를 기다리고 있음을 보여주기 위해서 재판관들은 화형대를 준비합니다. 사형집행인이 손에 횃불을 들고서 그 자리에 대기하고 있었지요. 그녀는 거기에 굴복해서 공식적으로 자신의 주장을 포기합니다. 그리고 '무기도 들지 않고 갑옷도 입지 않을 것이며 자연의 정숙함에 반하는 방종한 남자 복장을 하지 않겠다. 이제부터는 남자들이 하는 식으로 머리를 둥글게 자르지 않겠다. 이제부터는 하느님과 성인들의 명령에 의해서 이 모든 것을 했노라 말하지 않겠다.' 라고 약속합니다.

"너의 영혼이 구제됐으므로 너는 오늘 하루를 잘 보냈다."라고 코숑 주교는 그녀에게 말합니다.

코숑 주교 그렇지만 너는 경솔하게도 신성한 가톨릭 교회에 죄를 지었으므로 보속을 하기 위해서, 우리는 네가 고통의 빵을 먹고 슬픔의 물을 마시며 자신의 잘못을 눈물로써 뉘우치고 이제부터는 그러한 죄를 범하지 않도록, 최종적으로 그리고 결정적으로 너를 종신형에 처한다.

영국인들은 재판장들에게 어째서 그녀를 살려줬느냐고 따집니다. 워릭 백작이 코숑 주교에게 다가갑니다.

워릭 백작 왕이 당신에게 돈을 낭비했군요.

코숑 주교 백작, 걱정 마십시오, 우리가 그녀를 바로잡을 테니!

'문제를 해결'하기 위해서 관용을 보인 갈릴레이의 재판관들과는 달리, 잔 다르크의 재판관들은 그녀를 화형에 처하기로 계획을 세워놓고 있었지요. 그럼에도 불구하고 그들은 먼저 그녀에게 그리스도의 이름으로 회개하고 용서받을 자격을 갖출 수 있도록 기회를 제공해야 했던 것입니다.

누군가가 그녀의 지하감옥 안에 낡은 드레스를 갖다놓았습니다. 그녀는 약속했던 대로 그 옷을 입습니다. 이어서 감시카메라가 잘못됐는지, 누구도 알 수 없는 일이 벌어졌습니다. 다음날 그녀와 얘기를 했던 한 사제에 따르면, 아마도 관리나 귀족으로 보이는 어떤 영국인이 밤중에 그녀를 강간하려고 했다지요. 아침이 되자 잔은 다시 바지를 입습니다.

다음은 선고문의 일부를 발췌한 것입니다.

인 노미네 도미니, 아멘(주의 이름으로-옮긴이). 우리는 다음과 같이 선언하는바, 속칭 동정녀라 불리는 잔, 너는 교회를 분열시키고 우상을 숭배하며 사탄들을 비롯한 여러 악행들을 원용하는 다양한 잘못과 범죄들을 범했다는 것이 우리에 의해서 밝혀졌다. 그럼에도 가톨릭 교회는 교회로 다시 돌아오는 이들을 절대 거부하지 않기에, 우리는 네가 깊이 생각한 끝에 그리고 진실한 믿음에서 너의 모든 잘못들을 단념하고 거기에서 물러났다고 판단하였다. 너는 그러한 잘못과 그 밖의 어떤 이단적인 행위를 절대 다시는 범하지 않겠다는 것과, 우리의 가톨릭 교회와 교황 성하의 일치된 가톨릭 교단 내에 머물 것임을 공개적으로 서약하고 맹세하고 약속했다. 그러나 너는 자신이 토한 것을 다시 먹는 개처럼 다시금 동일한 잘못을 범했음을 우리는 너무나도 괴로운 마음으로 말하는 바이다. 이러한 이유로 우리는 너를 이단이라 선언하며 다음과 같이 외치노니, 썩은 팔다리를 잘라버리듯 우리는 너를 일치된 가톨릭 교회로부터 내쳤으며 세속적 정의에 따라 너를 온화하고 인간적으로 다룰 것임을, 다시 말하여 생명과 사지를 파멸시킬 것임을 선언하노라.

'너를 온화하고 인간적으로 다룬다'라는 것은 다시 말해서, 고문실을 거치지 않고 화형대로 보내겠다는 의미입니다.

06
푸코의 진자

Galilée
et les poissons rouges

가택연금

니콜리니 대사는 형 집행이 토스카나의 수도원에서도 로마의 수도원에서만큼 잘 이루어질 수 있다고 교황을 설득하는 데 성공했습니다. 갈릴레이의 동생은 한 해 전에 뮌헨에서 세상을 떠났지요. 비탄에 빠진 미망인과 여덟 명의 불한당은 피렌체로 돌아와 있었습니다. 만약 갈릴레이가 토스카나에 거주하게 되면-마리아 첼레스테 수녀처럼 수도원 독방 안에서 할 수밖에는 없겠지만-그들을 도울 수 있을 것입니다. 6월 30일, 교황은 피렌체에서 60킬로미터 가량 떨어진 곳에 있는 도시인 시에나의 대주교에게 갈릴레이를 위임할 것을 승낙합니다. 갈릴레이는 1633년 7월 6일에 로마를 떠납니다.

시에나의 대주교인 피콜로미니[24] 예하는 가톨릭 교회에서 가장 식견이 뛰어난 부류에 속했지요. 그는 과거에 수학을 공부했고, 오래전부터 갈릴레이를 마음 깊이 존경하고 있었습니다.

피콜로미니 선생님께 유죄판결을 내린 사람들은 선생님의 책을 읽지 않았어요. 그들은 책을 전혀 이해하지 못하는 사람들 의견을 그대로 믿었지요.

갈릴레이는 거의 유령이나 다름없습니다. 그는 잠도 자지 않고 밤새도록 뜻 모를 말들을 중얼거리고 외쳐대죠. 주교는 재활 요법을 고안해냅니다. 신체적인 경험들을 통해서 그의 죄수가 삶의 의욕을 다시 불러일으킬 수 있게끔 유도하고, 대학교수를 비롯해 여러 박식한 사람들을 초대해서 갈릴레이에게 과학과 기술에 관한 다양한 문제들을 물어보도록 하지요. 대주교가 갈릴레이를 위해서 성대한 만찬회를 열었을 때 사람들은 마치 제자들에게 둘러싸인 소크라테스를 보는 듯 했을 것입니다.

저명하고 소중한 분이신 아빠께.

시에나에서 보내오신 아빠의 편지를 읽으면서 저와 아르칸젤라 수

24. 이 이름은 '매우 작다'는 뜻입니다.

녀가 얼마나 기뻐했을지는 틀림없이 상상하실 수 있을 테니 거기에 관해서는 길게 말씀드릴 필요가 없겠지요. 하지만 아빠가 토스카나로 돌아오신 것을 알고 수녀들이 뛸 듯이 기뻐했고, 수녀원장님이 눈물을 흘리시며 제 품에 안기셨다는 얘기는 덧붙이고 싶네요. 아빠의 소송 사건이 잘 해결된 과정에 관해서는 적당한 때를 봐서 더 자세히 말씀해주셨으면 좋겠어요.

게다가 대주교 피콜로미니 예하 같은 친절하고 정중하신 분 댁에 머물게 되셨다니 제 마음은 더욱 기쁠 따름이에요. 비록 아빠가 예하와의 즐거운 대화를 선뜻 포기하실 수 없어서 저희가 아빠를 더는 뵙지 못할 위험이 있더라도 말이지요.

이곳은 페스트의 두려움이 채 가시지 않아서 사실 당분간은 그곳에 머무시는 편이 좋답니다. 사망자는 거의 없어졌고, 저희는 임푸루네타의 성모마리아 예배행렬이 역병을 곧 끝내주기를 기원하고 있어요. 페스트로 죽는 사람이 거의 없어진 것을 계기로 대공께서는 예배행렬을 지시하셨는데, 의사들은 성모마리아께서 지나가시는 길에 여느 때처럼 군중들이 밀려들게 되면 전염이 확대될 수 있으니 신중을 기해야 한다고 당부했어요. 따라서 경찰은 특히 여자와 아이들을 포함해서 사람들이 빽빽이 모여들지 않도록 확실하게 막아야겠지요.

일전에 제리[25] 씨를 만났습니다. 그분께 아빠의 지하저장고에 있는

25. 제리 보치네리. 갈릴레이의 아들의 처남, 즉 세스틸리아의 남자형제.

포도주를 팔아달라고 부탁했어요. 그분은 포도주를 살 만한 여인숙 주인을 알고 있지요. 포도주는 1년 동안 마실 양이 남아 있지만 아빠가 떠나신 지가 이제 여섯 달째랍니다. 이미 통을 따놓은 포도주는 아빠의 하인과 가정부가 마시고 있는데, 그들 얘기로는 이번 무더위에 포도주가 상하기 시작했다는군요. 두 사람은 2리라를 주고 레몬을 팔았고, 저는 그 돈으로 아빠를 위해서 세 번의 미사를 바치라고 일러주었지요. 그 사람들은 작은 노새한테 어떤 종류의 짚을 줘야하는지를 알고 싶어 하는데, 그 고집쟁이 녀석[26]이 노새들이 흔히 먹는 짚은 먹질 않으려고 해서 말이죠, 녀석이 굶어 죽을까봐 걱정들을 하네요.

아빠가 큰 위험에 빠지셨다고 저희가 판단했던 즈음에 제리 씨가 아빠 집으로 가서, 아빠에게 더 큰 재앙이 벌어지는 사태를 막고자 아빠가 시키신 대로 했어요(그분은 위험한 원고들은 숨겼거나 없앴을 거라고 생각합니다).

아빠가 로마에 계실 때는 만약 아빠가 시에나로 오실 수 있도록 사람들이 허락해준다면 정말 기쁘겠다고 생각했지요. 지금은 그것으로도 부족해서 아빠가 바로 여기 계시면 좋겠다는 생각이 드네요. 하지만 예하께서 그렇게 관대하신 모습을 보여주시는 데는 고마울 따름입니다. 저희가 그분께 진심으로 감사하는 모습을 보여드려야 앞으로도 계속해서 그분의 호의와 연민을 바랄 수 있겠

26. 노새는 언제나 고집이 세서, 고집쟁이를 노새에 비유하는 표현도 있지요.

지요.

저의 깊은 사랑을 전해드리기 위해 대사 부인께도 편지를 드렸어요. 한참 전에 어둠이 내렸고 눈꺼풀이 무거워지니 편지는 이쯤에서 끝낼게요. 이 편지에 혹시나 아빠의 감정을 상하게 할지도 모를 말이 들어있다면 저를 용서해주시기를 진심으로 바라며, 하느님께 아빠를 은총으로 지켜달라고 기도드립니다.

1633년 7월 13일 산 마태오에서,

아빠의 상냥한 딸 첼레스테 수녀 올림.

저명하고 소중한 분이신 아빠께.

아빠, 아빠의 편지에서 제가 선물 때문에 아빠가 돌아오시길 바란다고 아빠가 추측하신다는 것을 알고, 아, 얼마나 화가 났는지 도저히 말로 옮길 수 없을 정도였답니다. 전 정말로 잘못을 저지를 뻔했어요. 아빠는 제가 아빠를 뵙는 것보다 선물을 더 좋아할 거라고 거의 믿으시는 것 같은데, 그것은 현재 제가 느끼는 것과는 낮과 밤만큼이나 먼 얘기랍니다. 아빠가 저의 사랑을 의심하신다면 저는 어찌할 바를 모르기 때문에, 제가 아빠의 글을 잘못 이해한 모양이라고 마음을 달래며 애써 저 자신을 납득시키고 있습니다. 아빠가 돌아오실 날을 기다리는 제게는 한 시간이 천 년처럼 길게 느껴진답니다.

아빠를 위해서 제 온 영혼을 쏟아 하느님께 기도를 드리고 있으니 저의 신앙심도 의심하지 말아 주세요.

저는 분명히 이탈리아 전체에서 가장 멍청한 사람일 거예요. 주교 예하께서 수도원으로 '물소 알 일곱 개'를 보내주실 거라는 아빠의 편지를 읽고, 저는 그 얘기를 글자 그대로 받아들여서 수녀들에게 큰 오믈렛을 만들어주겠다고 말했죠. '물소 알'이 모차렐라 이름인지는 몰랐어요. 치즈 일곱 개가 도착했을 때 수녀들은 배가 아프게 웃어댔고 저 역시 그랬답니다.

명성이 아주 대단한 그 시에나 과자는 제가 항상 먹어보고 싶던 것이었어요. 게걸스럽게 보이고 싶지는 않으니 그걸 보내지는 마시되, 조리법을 보내주실 수 있다면 반갑겠어요. 아빠가 제게 보내실 수 있는 건, 가능한 한 질긴 빨간색 마사(麻絲) 약간인데 갈릴레이노에게 줄 작은 성탄 선물들을 준비하기 시작했거든요. 제가 녀석을 얼마나 사랑하는지는 아빠도 아시지요.

성 로렌스 축일에 엄청난 폭풍우가 몰아쳐서 아빠 집의 지붕 일부가 날아갔어요. 마르티넬리 씨의 매형이 지붕을 수리해주겠다고 약속했습니다.

스물두 살인 마리아 실비아 보스콜리 수녀는 여섯 달 이상 병석에 누워 있고 계속되는 고열에 시달리는데, 의사들 말로는 폐결핵 같다고 해요. 사람들이 그녀를 피렌체에서 3백년 만에 한 번 나오는 미녀라고 했던 건 아빠도 기억하실 겁니다. 그런데 그녀가 이제는 그림자처럼 변해버려서 아빠는 그녀를 알아보지도 못하실 거예요. 그녀는 우리가 놀랄 정도로 정신이 명료하고 대화도 잘 나누고 있지만, 입술 사이로 드나드는 숨이 어찌나 가는지 한 시간도 버틸 수 없을 것처럼 보인답니다.

아빠, 제가 지루할 틈이 없다는 것을 아빠에게 확실히 말씀드리고 싶어요. 저는 약간 배고픔에 시달리고 있는데, 그건 하루 종일 바쁘게 일을 해서라기보다는 오히려 제 위장이 적어도 일곱 시간은 반드시 쉬어야 되는데 추위 때문에 그럴 수가 없기 때문이지요. 이런 말씀을 드리는 까닭은 아빠께 불평을 하려는 게 아니라, 글을 여러 번 중단할 수밖에 없어서 이번 편지[27]가 두서없게 됐다는 변명을 하려고요.

633년 10월 22일 산 마태오에서,
아빠의 상냥한 딸 첼레스테 수녀 올림.

관용에도 한계가 있는 법입니다. 종교재판소는 갈릴레이가 남은 인생을 지하 감옥에서 보내지 않도록 봐줬지만, 만약 그가 주교의 호화로운 궁전에서 살면서 의심스러운 내용으로 강의를 한다면 그가 처벌을 받고 있다거나 회개하고 있다고 말하기가 어렵게 되지요. 사람들은 한 서랍에서 갈릴레이가 쓴 편지 한 통을 발견했는데, 그 당시 그는 아직 로마의 수도원에 머무르고 있었습니다. 그는 피

27. 편지가 두서없게 된 다른 이유는, 제가 그녀의 편지들 가운데 적절한 것들을 스무 통 가량 추려서 연결시켰기 때문입니다. 그녀는 한 주에 한두 차례 편지를 썼지요.

렌체로 자신을 이송해 달라고 겸손하게 요청했습니다. 승인한다! 그를 시골에 있는 자신의 검소한 집에 살게 하라, 하고 형 집행을 담당하는 재판관(내지는 그에 준하는 사람)이 지시를 내립니다. 집을 떠나지 말고 아무도 집 안에 들이지 말 것이다. 시에나에서 다섯 달을 보낸 후, 갈릴레이에게 자신의 집에 거주하라는 결정이 내려졌습니다. 1633년 12월 15일에 그는 보석이라는 이름이 붙은 자신의 집과 다시 만납니다. 같은 날 대공은 몸소 그의 집을 방문합니다. "선생님은 목숨뿐만 아니라 명예까지도 보존하셨습니다." 하고 그는 갈릴레이에게 말합니다.

진노하신 하느님

몇 달간의 완벽한 행복. 갈릴레이는 자기 집에 갇힌 죄수입니다. 자기 침대에서 잠을 자고요. 훌륭한 친구들인 서재의 책들을 다시 만나죠. 자신의 정원에서 산책하며 거기에서 난 채소나 과일을 먹습니다. 가톨릭 교회는 그가 '갈릴레이학파'를 형성해서 자신의 생각들을 퍼뜨릴지 모른다고 염려해서, 학생이나 제자를 받는 것을 공식적으로 금지합니다. 그 대신 딸을 만나러 가는 것은 허락합니다.

그들은 재회하자마자 족히 한 시간은 넘게 흐느낍니다. 첼레스테는 함께 회개의 시편들을 음송하자고(그것은 그가 한 주에 한 번 반드시 해야 할 일이지요) 간청합니다.

주여, 노여우시더라도 저를 벌하지 마시고, 아무리 화가 나시더라도 저를 응징하지 마소서.

저는 무력하오니, 주여, 저를 불쌍히 여기소서. 저의 뼈는 부서지기 쉬우니, 주여, 저를 고쳐주소서.

행복하여라, 죄를 용서받은 자, 과오를 사면받은 자여!

행복하여라, 주께서 죄악의 책임을 묻지 않으시며, 악에 물들지 않은 마음을 지닌 자는.

저의 죄를 당신께 고백했으며, 저의 죄악을 숨기려고 하지 않았습니다.

저는 말했사옵니다, 주께 저의 죄를 고백하겠노라고. 그러자 당신은 저의 죄악을 지워주셨습니다.

주여, 저를 버리지 마옵소서! 주여, 저에게서 멀어지지 마옵소서!

주여, 어서 오시어 저를 도와주소서. 당신은 저를 구원해주실 분이시옵니다.

주여, 은혜를 베푸시어 저를 불쌍히 여기소서. 당신의 한량없는 자비로써 저의 죄를 지워주소서.

죄악으로부터 저를 완전히 씻어주시고, 죄로부터 저를 정화시켜주소서.

저는 저의 죄를 인정했습니다. 그러나, 죄는 여전히 제 앞에 있기 때문입니다.

주여, 저의 기도를 들어주시고, 저의 외치는 소리 당신께 이르게 하여주소서.

당신은 오래전에 이 땅을 창조하셨으며, 하늘은 당신의 손으로 이루어낸 작품입니다.
그것들은 사라지겠지만, 당신은 남을 것입니다. 그것들은 옷처럼 닳을 것이나, 당신은 그것들을 새롭게 바꾸실 것입니다.
당신은 한결같은 모습으로 남으실 것이며, 당신의 시간은 끝나지 않을 것이옵니다.

두 번째로 딸을 방문했을 때 갈릴레이는 딸이 무척 수척해졌음을 알아차립니다.

갈릴레이 피곤해 보이는구나, 비르지니……, 아니, 첼레스테 수녀.

첼레스테 수녀 할 일이 아주 많아요. 여러 명의 수녀가 주님께로 다시 돌아가면서 제 할 일이 더 늘어났어요. 아빠가 겪으신 시련을 생각하느라 걱정도 많이 했고요. 잠을 잘 못 자고 있어요. 도통 식욕도 없네요. 만약 차례가 돌아와서 제가 이 세상을 떠나게 된다면, 아빠를 마지막으로 뵐 수 있었다는 것에 저는 무한한 기쁨을 느낄 거예요.

갈릴레이 낙심한 늙은이를 앞에 두고서 네가 먼저 세상을 떠나다니 그게 할 얘기냐?

첼레스테 수녀 이 세상에 제가 머무는 것은 별로 중요하지 않아요. 하지만 아빠, 그와 반대로 아빠는 천재성의 결실들을 세상으로 가져오셨어요. 그래서 사람들은 아빠가 아직도 오래 오래 사시기를 바란답니다. 갈릴레이노를 위해 제게 빨간색 실을 보내 주셔서 고마워요. 심부름꾼 얘기를 듣자니, 아빠가 새 책을 쓰기 시작했다면서요.

갈릴레이 대주교 예하께서 내가 그걸 시작할 수 있도록 도우셨다. 재난을 당해서 혼란을 겪는 중이었는데도 그분이 하도 강경하게 권하시는 바람에 거절할 도리가 없었지. 파도바에서 썼던 글들을 정서하고 있단다. 고체와 운동 그리고 기타 다른 사소한 것들에 관한 연구들이야.

첼레스테 수녀 아빠, 제발 금지된 문제는 다루지 마세요.

갈릴레이 아무 걱정 마라. 고체의 중력 중심에 관한 얘기니까. 그리고 떨어지는 물체의 가속도에 관한 것도 있지. 물체의 속도를 측정할 수 있게 해주는 경사진 판을 네게 보여준 적이 있었는데, 기억나니?

1634년 3월에 마리아 첼레스테 수녀는 병이 납니다. 이질에 걸렸지요. 약초도 기도도 그녀의 창자를 뒤트는 경련을 가라앉히지 못합니다. 그녀는 더는 아무것도 삼킬 수가 없습니다. 피가 실처럼 가늘게 섞여 나와 붉은색이 도는 악취 나는 설사가 그녀의 침대를 더럽힙니다. 그녀의 몸에서 순식간에 수분이 빠져나간 탓에 피부는 누렇고 쭈글쭈글하게 변하면서 갈라져 버립니다. 그녀는 4월 2일에 세상을 떠나지요. 1600년에 태어났으니 그녀의 나이는 서른셋에서 서른네 살 사이였습니다.

안타깝게도 그 당시에는 사람이 한순간에 목숨을 잃곤 했습니다. 마리아 첼레스테 수녀는 종종 편지에서 같은 수도원에 있는 수녀들이 임종하는 순간을 묘사하곤 했습니다. 여러분이 민감하다는 것을 나도 알기 때문에, 피렌체의 미녀에 대한 부분만(줄여서) 인용했던 것이죠. 여기에 짧은 일화 하나를 소개할까 해요. 마리아 첼레스테 수녀가 죽은 뒤에 갈릴레이의 제수, 즉 뮌헨에서 죽은 동생의 미망인인 안나 키아라 갈릴레이가 슬픔에 빠진 갈릴레이를 도와주려고 세 딸과 아들을 데리고 갈릴레이의 집으로 와서 살았습니다. 그런데 페스트가 다시 잠깐 유행하면서 1634년 말이 채 되기 전에 다섯 사람 모두가 죽고 말았습니다.

갈릴레이는 제수와 조카들이 없어진 것을 거의 알아채지도 못하지요. 그는 딸을 잃었으니까요! 바깥세상과 그를 이어주는 중요한 인물이었던 제리 씨는 그를 위로하려고 했습니다.

제리 씨　그분은 성녀셨어요. 선생님을 중재하기 위해서 선생님보다 먼저 주님 곁으로 올라가신 거랍니다.

갈릴레이　나는 이루 말할 수 없이 우울하다네. 내 자신이 밉기만 해. 사랑하는 딸이 나를 부르는 목소리가 계속해서 귓가를 맴돌고 있네.

그는 마리아 첼레스테 수녀의 죽음에 대해 자책감에 사로잡힙니다. 그 당시 사람들은 하느님이 자신들의 운명을 지배한다고 생각하는 경향이 있었지요. 불행이 닥치면 그들은 하느님이 자신들을 벌하는 이유에 대해 스스로에게 묻습니다. 자신을 구약에 나오는 예언자쯤으로 생각하는 일부 잔인한 설교자들은 "그럴만한 이유가 있기 때문에 당신이 그런 일을 당한 것입니다."라고 말하곤 했습니다. "당신은 가증스러운 죄악에 빠져있습니다!" 오늘날에도 그와 같은 잔인한 바보들이 있지요. 이를테면 그들은 하느님이 미국을 벌하기 위해서 테러리스트들을 보내 세계무역센터 건물들을 파괴했다고 말합니다. 하느님은 동성애, 낙태, 바지 밖으로 비어져 나온 속옷 같은 것들로 인해 진노하신다고 말이지요. 한편으로 보자면, 1634년에 갈릴레이만큼 이성적인 사람들을 발견하기가 힘든 것은 분명합니다.(부록14) 그는 중세의 미신으로부터 벗어났고, 성스럽다고 일컬어지는 책들을 글자 그대로 해석해서는 안 된다고 주장합니다. 그러나 다른 한편으로는, 그 불쌍한 사람은 끔찍한 시련들을 겪었습니다. 그는 딸의 목소리가 들린다고 믿으며 아침부터 밤까지 눈물을 흘렸고 분별력을 잃었습니다. 주여, 왜 이렇게 저를 미워하십니까? 제가 태양을 중심에 놓았기 때문인가요? 그 잘못에 대해서는 당신의 교회가 이미 저를 벌하였습니다. 데카르트의 말을 관심 있게 들어보시어 조금만 생각을 바꿔주시옵소서.

갈릴레이는 자신이 신에게 벌을 받아 마땅한 까닭을 잘 알고 있습니다. 그는 종교재판소의 고등법원에서 지구의 운동을 더는 믿지 않겠다고 약속하며 무릎을 꿇고 맹세했지만 마음속으로는 지구가 돈다는 것을 여전히 확신하고 있으니까요. 그것은 신앙의 문제가 아닙니다. 그것은 사실입니다.(부록15) 갈릴레이는 신실한 가톨릭 신자이기를 원하지만 가톨릭 교회에 진심으로 복종하지 못하기에 깊은 도의적 가책을 느낍니다. 그의 경우는 조르다노 브루노와는 극히 다른데, 브루노는 가톨릭 교회의 권위를 부인하고 성경 속에 묘사된 하느님을 믿지 않았지요.

여러분은 갈릴레이가 약간 이기적이라고 생각하나요? 그는(분별력을 잃었을 때) 하느님이 자신을 벌한다고 불평하지만, 마리아 첼레스테 수녀를 벌하신 데 대해서는 주님을 비난하지 않습니다. 주님은 저급한 환영에 불과한 이 세상의 삶으로부터 그녀를 해방시켰으니까요. 그녀는 복자들 사이에서 하프를 연주합니다. 어쨌든 이가 하나씩 뽑히는 것보다는 낫지요.

마리아 첼레스테 수녀라고 추정되는 초상화 한 점이 전해지는데, 내가 그것을 그림으로 그려봤습니다.

사람들은 분명히 파리처럼 죽어갔지만 그럼에도 그녀가 죽음을 선택한 시간은 흥미롭습니다. 존경하는 아버지가 돌아오고 정확히 석 달 뒤였기 때문이지요. 나는 그녀가 페스트에 걸린 수녀들을 간호하느라 자신의 건강을 돌보지 않았다는 인상을 받습니다. 그녀는 몸이 매우 쇠약해졌지만, 아버지를 다시 만나겠다는 일념으로 버텼던 것이지요.

앞에서 나는 갈릴레이가 겪은 도의적인 괴로움에 관해 언급했고, 뒤이어서 마리아 첼레스테 수녀가 결백했다고 했습니다. 신실한 기독교신자인 여인은 언제나 자신의 죄를 찾아냅니다. 마리아 첼레스테 수녀는 고해하면서 자기 자신에 대한 비난을 빠뜨리는 법이 없었지요. 거기에 대해서는 정신분석가가 그녀의 편지들을 연구해볼 필요가 있을 것입니다. 어쩌면 그녀의 도덕적 고통은 그녀의 아버지가 느꼈던 도덕적 고통을 능가했을지 모르며, 틀림없이 그녀의 삶을 견딜 수 없게 만들었을 것입니다. 독실하고 또 어떤 의미에서는 직업적인 가톨릭신자였던 그녀는 가톨릭 교회가 이단자라고 비난한 사람을 사랑했습니다. 『갈릴레오의 딸』을 쓴 작가 데이바 소벨은 그녀가 제리 씨에게 '아빠 집에 가서 아빠가 지시하신 대로 행동하라'고 허락하기까지 정신적으로 괴로워했던 게 분명하다고 강조합니다. 제리 씨가 했던 것은 '증거인멸'이라는 이름으로 불리지요. 그것은 명백한 범죄행위입니다. 마리아 첼레스테 수녀의 양심은 자신의 의무에 따라 종교재판소에 그 서류들을 제출하라고 말했지만, 그녀의 마음은 자신의 아버지를 구하라고 명령했던 것입니다.

새로운 두 학문

갈릴레이는 제수와 불행한 네 아이의 장례를 치릅니다. 뮌헨에서 바이올린 연주자이자 류트 연주자로 활동하던 조카 하나가 그를 도와주기 위해 왔다가 다시 뮌헨으로 떠납니다. 시에나에서 쓰기 시작했던 새 원고는 1634년 말이 될 때까지 서랍 안에서 기다리고 있었지요. 그러고 나서 갈릴레이는 다시 일을 시작합니다. 글을 쓰지 않는다면 도대체 그가 뭘 할 수 있겠습니까?

갈릴레이는 자신의 책을 가리켜서 『운동에 관한 논문』이라고 부릅니다. 더 밑에서 언급하게 될 이 책의 편집자는 갈릴레이의 의견과는 달리 다음과 같은 복잡한 제목을 붙입니다. 『역학과 국부적 운동에 관련된, 새로운 두 학문에 관한 대화와 수학적 증명』. 오늘날 사람들은 이 책을 『새로운 두 학문에 관한 대화』라고 부릅니다.

심플리치오, 살비아티 그리고 사그레도가 다시 나흘간 대화를 나눕니다. 그들은 많이 변했습니다. 종교재판소의 고등법원과 대치했던 경험이 그들에게서 활력을 거의 앗아가 버린 것처럼 보입니다. 심플리치오는 이전처럼 거만하게 자신의 어리석음을 펼쳐 보이지 않으며, 살비아티와 사그레도도 감히 그를 조롱하지 못합니다. 『두 우주 체계에 관한 대화』는 사람들로 하여금 극장에서 펼쳐지는 희극을 종종 연상시키곤 했던 반면에, 『새로운 두 학문에 관한 대화』는 여느 과학논문과 비슷하지요. 『두 우주 체계에 관한 대화』에서는 사람들이 간간이 라틴어 문장 몇 개를 인용하곤 합니다. 『새로운 두 학문에 관한 대화』에서는 마지막 이틀 동안 살비아티가

운동에 관해서 라틴어로 된 긴 설명문을 낭독하는데, 이것은 분명히 파도바에 있는 갈릴레이의 학생들을 위해 쓴 것으로 보입니다.

갈릴레이가 근대물리학을 창안한 것은 바로 운동에 관한 연구를 통해서입니다. 그는 주된 두 종류의 운동에 관해 기술합니다. 어떤 힘도 받지 않는 물체의 등속직선운동과, 지구의 인력 때문에 밑으로 떨어지는 물체의 가속운동. 그는 대포 포탄의 궤적이 두 종류의 운동이 결합된 결과임을 증명합니다. 화약은 포탄에 추진력을 주고, 포탄은 일정한 속도로 똑바로 나갑니다. 그와 동시에 포탄은 땅으로 떨어지지요. 궤적은 아무렇게나 휘지 않고 반드시 포물선을 그립니다.

갈릴레이는 포탄의 운동을 정확한 방식으로 기술하지만, 오늘날 우리가 사용하는 도구들은 갖고 있지 못했습니다. 직각으로 교차하는 두 축으로 이루어진 좌표 안에서 점을 표시하고 곡선을 그리는 데 사용되는 데카르트의 해석기하학과, 매 순간 속도와 가속도를 계산할 수 있게 도와주는, 뉴턴과 라이프니츠가 각기 따로 발견한 미분법이 그것입니다.

『새로운 두 학문에 관한 대화』는 『두 우주 체계에 관한 대화』처럼 한 가지 문제만을 전적으로 다루지는 않습니다. 갈릴레이는 고체의 중력 중심과 진자운동으로부터 시작해서, 긴 생애 동안 연구해온 모든 것들을 그 안에 담습니다. 그는 물리학자들이 19세기와 20세기에 연구하게 될 영역들, 즉 원자, 자성(磁性), 빛을 논의합니다. 그는 빛이 순식간에 한 장소에서 다른 장소로 이동할 수 있다는 생각을 거부하면서, 빛이 한 언덕에서 다른 언덕까지 왕복하는 데 걸리는 시간을 재보고자 합니다. 오늘날 우리는 만약 두 언덕 간의 거리가 7.5km라면 빛이 왕복하는 데 걸리는 시간은 2만분의 1초라는 사실을 알지요. 몰토 비바체(음악에서 '매우 빠르고 생기 있게' 연주하라는 뜻-옮긴이)로 노래하면서 그렇게 짧은 시간을 잴 수는 없기에 그의 실험은 실패하고 맙니다.

그는 진자시계를 고안하는데 이것은 1655년에 호이겐스가 만들게 될 진자시계를 예고하는 것입니다. 또한 1년에도 천 번 이상 일어나는 목성의 위성들이 목성 뒤쪽으로 사라지고 이지러지는 현상을, 기준시를 가리키는 하늘의 시계로 사용할 수 있다는 사실도 알아냅니다. 그는 1년 동안 피렌체에서 목성 위성들의 식(蝕)이 일어나는 시간을 기록한 '천체력(天體曆)'을 작성합니다. 그는 중세 이래로 학자들이 전념한 문제 하나를 풀어보고자 합니다. 한 장소의 경도를 알아내는 방법이지요. 한때 베네치아 병기창에서 일했던 갈릴레이는 뱃사람들에게 이 문제가 매우 중요하다는 것을 알고 있습니다. 만약 기준시가 있다면 그 문제는 시간의 차이를 측정하는 문제로 귀착됩니다.(부록16)

갈릴레이를 방문하고자 하는 사람은 누구든 간에 피렌체에 있는 종교재판소의 대리인에게 허가신청서 세 부를 제출해야 합니다. 신청서는 매번 확인받아야 하고요. 예를 들면, 그의 옛날 학생이자 사제인 사람은 '신실한 기독교인으로서 죽음을 맞이하도록 그를 준비시키고 싶다'라는 이유를 댑니다. 어떤 방문자들은 어쩌면 푸가

스(프로방스 지방에서 유래한 프랑스 빵-옮긴이) 배달부로 위장했을지 모르지요. "갈릴레이 선생님, 안에 계세요? 주문하신 피자 배달왔어요."

그는 하인들 외에 영구허가증을 가진 아들 빈첸치오와 빈첸치오의 처남 제리 씨를 제외하고는 아무도 만나지 못합니다. 빈첸치오는 자주 들리는 것처럼 보이지 않습니다……. 다행히 제리 씨는 변함없는 친구로 남지요. 그는 갈릴레이가 여러 동료와 친구들에게 보내는 편지들을 저고리 밑에 숨겨가지고 나가서 그것들을 목적지까지 전달해줄 믿을만한 사람을 찾는 일을 맡습니다. 1635년부터 갈릴레이는 자신의 책을 출판해줄 편집자를 물색합니다. 베네치아의 한 친구는 베네치아 공화국이 교황에게 잘 복종하지 않는다는 사실에 착안해서, 상원과 총독을 설득해서 그 책을 출판해보고자 합니다. 쳇, 상원과 총독은 피렌체에 살면서 베네치아를 더 좋아하는 이단자를 지지해서 교황의 심기를 건드릴 생각은 없군요.

갈릴레이는 수년 전부터 엘리아 디오다티-프랑스에 거주하는 그의 중요한 편지 상대-에게 자주 편지를 보내곤 했습니다. 신교도인 그는 우선 제네바에 있다가 이어서 파리에 자리잡은 이탈리아인입니다. 디오다티는 리옹의 한 편집자와 상의했지만 일을 성사시키지 못합니다. 비록 그 책이 코페르니쿠스의 금지된 이론을 공개적으로 옹호하지는 않지만, 사람들은 행간에서 그러한 분위기를 간파할 수 있지요. 갈릴레이는 『새로운 두 학문에 관한 대화』에서 운동에 관한 새로운 이론을 소개하고 있기 때문에 자신의 중요한 발견들인 관성의 원리와 속도의 상대성도 빼놓지 않고 설명하고 있습니다. 사람들은 이 발견들이 어디에서 유래하는지를 압니다. 갈릴레이는 지구의 회전과 관련해서 아리스토텔레스의 반박에 대한 답을 하고자 했습니다.

모든 가톨릭국가에서 교황령에 의해 금지당한 책은 유일하게 『두 우주 체계에 관한 대화』 뿐입니다. 과거에 나온 그리고 앞으로 나올 다른 책들에 대해서 판단하는 것은 각자의 몫이지요. 1616년 코페르니쿠스의 이론이 금지되기 전에 그랬던 것과 약간 비슷한 상황입니다. 코페르니쿠스의 이론은 이단의 냄새가 나는 글이었지만, 케플러는 바티칸에서 멀리 떨어져 살았기 때문에 코페르니쿠스의 이론을 마음대로 사용할 수 있었습니다.

디오다티는 마침내 신교도 지역에서 편집자를 찾아냅니다. 네덜란드에 사는 루이즈 엘제비르라고 하는 사람인데, 그는 이미 『두 우주 체계에 관한 대화』의 라틴어 번역본을 출판한 적이 있지요. 『새로운 두 학문에 관한 대화』는 1638년 봄 네덜란드의 레이데에서 출판됩니다.

갈릴레이는 로마 주재 프랑스 대사인 프랑수아 드 노아유에게 그 책을 헌정하는데, 그는 파도바에서 갈릴레이의 학생이었고 1633년에 갈릴레이가 유죄판결을 받을 때 그를 위해 중재했던 사람입니다. 갈릴레이는 서문에서 책이 자기도 모르게 출판됐다고 주장하고 있습니다.

[그는 책을 헌정받는 사람에게 말하고 있습니다.] 예하께서도 아시다시피, 저는 어떤 책도 새로이 출판할 수 없다는 사실을 받아들

이고 있었습니다. 그러나 적어도 제가 다루고 있는 주제들을 이해할 능력이 되는 사람들이 그것으로부터 지식을 얻을 수 있도록, 저는 제 글들이 완전히 사라지는 것을 방지하기 위해서 원고를 안전한 장소에 둘 생각을 하고 있었습니다. 예하께서는 제 연구를 누구보다도 잘 보존하고 지킬 수 있을 것으로 사료되었고, 그래서 저는 예하께서 프랑스로 돌아가시는 길에 피렌체에 들러서 영광스럽게도 저를 방문해주셨을 때 제 책의 사본을 드렸습니다. 예하께서는 원고를 잘 간직하겠다 약속하시며 친절하게도 저의 제안을 받아들이셨고, 비록 제가 조용히 있다고 할지라도 한가하게 지내고 있지 않다는 것을 보여주기 위해서, 그것의 진가를 인정할 수 있는 예하의 친구들과 같이 원고를 읽겠노라고 말씀하셨습니다.

너무나 뜻밖에도 편집자 엘제비르가 지금의 이 책을 출판했다는 사실을 알았을 때, 저는 예하께서 제 글들을 그에게 맡기시어 제 이름을 드높이기를 바라시는 것으로 추측했습니다[……] 예하 덕분에 이 책은 광대한 하늘로 비상하오니, 예하께서 베푸신 관대함에 저의 감사한 마음을 감사 인사로써 밖에는 달리 표현할 길이 없습니다.

줄어든 우주

갈릴레이는 1638년 말경에 책의 사본을 받지만, 그것을 읽을 수 없게 됩니다. 다음은 그가 1638년 1월에 자신의 친구 디오다티에게 쓴 편지입니다.

> 귀하의 친절한 편지에 대한 답으로서, 귀하께서 제게 물으신 첫 번째 내용, 즉 제 건강에 관해 저는 대단히 안타까운 상태에 처해있음을 말씀드리려 합니다. 아아, 이런 슬픈 일이! 당신의 소중한 친구이자 종복인 갈릴레이는 한 달 전에 가차 없이 그리고 완전하게 눈이 멀고 말았답니다. 저의 놀라운 관찰과 명쾌한 증명들이 과거 전 세기의 학자들이 생각했던 것보다 십만 배 이상을 크게 만들어 놓은 저 하늘, 저 세계, 저 우주가 이제는 저 한 사람으로 줄어들어서 오로지 제가 차지하고 있는 공간으로 축소되고 말았음을 생각할 때 제가 얼마나 깊은 낙담에 빠질지 생각해보십시오. 이 불행은 최근의 일이라 인내심을 가지고 장애에 익숙해질 수 있는 충분한 시간이 없었습니다만, 결국에는 제가 적응할 도리밖에 없겠지요.

이것은 신이 새로이 내리시는 벌일까요? 갈릴레이는 성경에서 '독선적'이라고 일컬어지는 고대 히브리인과 닮았습니다. 그는 거룩한 가톨릭 교회에 복종하고 지구가 움직이지 않는다는 것을 진심으로 믿고 싶지만, 그럴 수가 없습니다. 그는 '저는 3년 동안 고해의 시편을 음송했습니다. 주여, 당신은 제게서 무엇을 얻고자 하시나요? 만약 당신이 제게 강이 그 근원을 향해서 다시 올라간다고 주장하라 이르신다면 그리고 제가 당신에게 복종한다면, 강들이 바다로 흘러가는 것을 알기에 저는 불복종의 죄 대신 거짓말한 죄를 범하게 될 것이옵니다.'라고 말하죠.

페르디난도 대공은 토스카나 궁정의 공식 철학자였던 사람을 잊지 않았지요. 어느 날 그는 피렌체의 종교재판소 행정관 대행을 우연히 복도에서 마주치게 되었고, 그래서 갈릴레이가 처한 상황을 얘기합니다.

페르디난도 그 불쌍한 노인에게 선처를 베풀어 주시기 바랍니다.

행정관 대행 그 더러운 이단자를 말입니까?

페르디난도 그가 맹인이 됐다는 소식은 아시리라 생각합니다만.

행정관 대행 내세에서 겪을 것을 미리 맛보는 셈이지요.

페르디난도 사람들이 열여섯 살 된 빈첸치오 비비아니라고 하는 명석한 어린 학생 얘기를 해주더군요. 만약 행정관께서 그 학생에게 영구 허가증을 내주신다면 불행한 처지에 빠진 갈릴레이 선생을 곁에서 도와줄 수 있을 겁니다. 책도 읽어주고, 우편물들도 챙겨주고, 또 갈릴레이 선생이 자신이 생각한 것들을 구술해주면 받아 적기도 하고 말이죠. 심플리치오와 살비아티와 사그레도가 아직도 스스로에게 묻고 우리에게 얘기해 줄 것들이 있다고 저는 확신합니다.

행정관 대행 로마를 거치지 않고서는 저 혼자 그런 결정을 내릴 수는 없습니다.

선량한 하느님께서는 후회하십니다. 내가 나의 종복 갈릴레이에게 지나치게 모질게 굴었구나, 하고 말이지요. 하느님은 용서를 바라는 마음에서 1638년 10월에 그의 곁으로 어린 비비아니–명민하고, 지칠 줄 모르는 호기심을 타고났으며, 갈릴레이의 생각들을 이해하고 그에게 좋은 질문을 던지는–를 보냅니다. 어떻게 보면 비비아니는 살비아티를 마주한 사그레도처럼 행동합니다. 다음은 갈릴레이가 한 로마 친구에게 보낸 편지에서 인용한 대목입니다.

> 현재 내 주인이자 동시에 제자이기도 한 이 젊은이는 나의 가속운동에 관한 논문을 아주 열심히 공부하더니 여러 가지 반론들을 제시했고, 그 탓에 나는 그에게 내 가설이 옳다는 것을 설득시키고자 어쩔 수 없이 이 문제를 매우 깊이 연구하게 되어, 마침내 우리 두 사람 모두가 크게 기뻐할 일, 내가 이제부터 설명해주고자 하는 명백한 증명을 찾아내기에 이르렀다네.

비비아니가 나타나면서 갈릴레이는 자극을 받아, 세 인물들이 대화를 나누는 새로운 하루 이야기를 더 쓰고, 수력학에 관한 의문점들을 연구하며, 극좌표 문제를 숙고하고, 비례에 대한 유클리드의 생각들을 수정합니다.

에반젤리스타 토리첼리라는 서른세 살의 물리학자가 액체의 압력에 관한 매우 새로운 고찰이 담긴 원고를 그에게 보내옵니다. 갈릴레이는 그의 새로운 발견들을 구두로 설명해달라며 그를 집으로 초대합니다. 토리첼리는 1641년 10월부터 갈릴레이의 집에 머뭅니다. 다음 달, 갈릴레이는 고열과 콩팥의 통증으로 병석에 눕게 됩니다. 그는 매우 쇠약해지지요. 그의 나이는 일흔네 살입니다. 어쩌면 떠날 생각을 하고 있었을지도 모를 토리첼리는 그의 곁에 남기로 결심합니다. 1642년 1월 8일에 갈릴레이는 비비아니와 토리첼리 그리고 아들 빈첸치오가 지켜보는 중에 세상을 떠납니다.

사후의 영광

페르디난도 대공은 토리첼리를 궁정 철학자이자 갈릴레이의 후계자로 임명합니다. 비록 갈릴레이 곁에서 머문 것은 단 석 달에 불과했지만, 사람들은 그를 갈릴레이의 마지막 제자로 간주하지요. 어쨌든 토리첼리만이 유일하게 유명해진 제자입니다. 그는 기압계를 발명하고 여러 물리학 법칙들을 발견했습니다.

토리첼리는 1647년에 사망합니다. 채 서른이 되지 않은 비비아니가 궁정에서 그가 맡았던 자리를 물려받지요. 그는 최초로 갈릴레이의 전기를 썼으며, 그것을 '갈릴레이가 내게 직접 들려준 자신의 일생'이라고 소개합니다. 이 책에서 우리는 오늘날의 역사가들이 근거가 불확실하다고 규정하고 있는 재미있는 이야기들을 만나게 되지요. 갈릴레이가 피사성당에서 샹들리에를 관찰하면서 추를 발명하게 됐다는 이야기나, 모든 물체들이 동일한 속도로 떨어진다는 것을 증명하기 위해서 피사의 탑 꼭대기에서 소총의 탄알과 대포의 탄알을 떨어뜨렸다는 이야기가 바로 그런 것들입니다.

이탈리아에서는 가톨릭 교회가 과학을 꼼짝달싹하지 못하게 만들었던 까닭에, 갈릴레이의 운동에 대한 연구를 속행한 사람은 다름 아닌 갈릴레이가 죽은 해에 태어난 영국인 뉴턴입니다. 그의 대작 『프린키피아(원제는 『자연철학의 수학적 원리』-옮긴이)』는 1687년에 발표됩니다. 과학과 산업이 발달했던 영국은 곧 세계를 지배합니다. 교황의 군사력과 정치적 권력은 조금씩 약화되지요. 런던과 파리와 베를린이 세계의 중심지가 되어가는 사이에 피렌체와 베네치아는 힘을 잃고 맙니다. 과학의 진보는 근대사회를 탄생시킵니다. 그것은 갈릴레이의 사후에 찾아온 영광입니다. 오늘날 보기에, 가톨릭 교회가 갈릴레이에게 유죄판결을 내린 것은 절대 만회하지 못할 오류지요. 교황은 기독교 정신의 관용과 너그러움을 자랑하지만, 갈릴레이에게 유죄판결을 내려놓고서 가톨릭 교회는 도대체 무엇을 자랑하겠다는 것인지.

잔 다르크에 대해서 당시의 교황은 20년이 지나서야 다음과 같이 유감을 표명합니다.

> 그것은 대단히 유감스러운 잘못으로서, 우리를 용서해주시기를. 그녀는 바지를 입었으므로 죄를 지은 것이 분명하고 따라서 우리는 그녀에 대한 유죄선고를 취소할 수 없으나 우리의 형벌이 약간 지나쳤음은 인정합니다.

1757년에 금서성은 코페르니쿠스의 이론을 지지하는 저작들의 출판을 금지하는 교회령을 취소했지만, 갈릴레이의 『두 우주 체계에 관한 대화』는(코페르니쿠스와 케플러의 책들과 함께) 1835년까지 금서목록에 남아 있었습니다. 가톨릭 교회는 지구가 돈다는 사실을 1822년에 정식으로 인정했습니다. 1950년에 교황 비오 12세는 교황 회칙에서 신앙과 과학을 분리했고요. 1966년에 가톨릭 교회는 금서목록을 철회했습니다. 1979년에는 교황 요한-바오로 2세가 신학자들에게 갈릴레이의 재판을 조사해달라고 의뢰했습니다. 1992년에 그는 종교재판소가 소송과정에서 '잘못을 범했다'라고 공개적으로 선언했지만, 유죄판결을 철회하지는 않았습니다. 어떻게 그것을 철회할 수 있었겠습니까? 갈릴레이는 코페르니쿠스의 체계를 가르치지 않겠다고 했던 자신의 약속을 지키지 않았기 때문에 잔 다르크와 마찬가지로 확실하게 죄를 지었던 거지요. 말하자면 '그는 아마도 옳았을 것이나, 우리는 잘못하지 않았다'라는 것이 가톨릭 교회의 공식적인 의견입니다.

라이프니츠는 다음과 같이 말했지요.

> 코페르니쿠스와 갈릴레이는 아무것도 증명하지 않았지만 더 진실임직한 체계를 제안했다.

벨라르미노 추기경이 갈릴레이에게 말했던 것과 같이, 가톨릭 교회는 만약 그가 구체적인 증거를 제시한다면 지구의 회전을 인정할 준비가 되어 있었습니다. 그는 조수에 대한 이론으로 그것을 성공적으로 증명했다고 믿었던 반면, 케플러는 조수에 작용하는 달의 역할을 명백하게 밝혀냈습니다. 지구의 회전은 다양한 물리적 효과들을 만들어내며 그것들은 종종, 뭐랄까, 회전적인 특성을 갖고 있습니다. 조수는 그런 특성이 없고, 공기나 바다의 흐름은 그런 특성이 있지요. 해류를 표시해놓은 지도에서 해류들은 북반구에서는 시계바늘 방향('음의 값' 방향)으로 돌고 남반구에서는 그 반대방향('양의 값' 방향)으로 도는 것을 보게 됩니다. 마찬가지로, 기상지도에서도 아조레스 제도의 저기압이나 고기압권의 회전을 관찰할 수 있으며, 텔레비전에서 날씨를 보도하는 기상캐스터가 기류나 해류의 회전을 설명하면서 종종 손가락을 돌리는 것을 볼 수 있습니다. 한 영리한 사람이 이런 종류의 회전을 우리가 한눈에 파악할 수 있는 규모로 보여주는 데 성공했습니다. 푸코[28]가 1851년에 파리에 있는 아카데미 프랑세즈의 둥근 지붕에, 지면으로부터 67미터 높이에다 거대한 추를 매달아서 그것을 증명했지요. 30킬로그램의 공이 16초에 한 번씩 왕복합니다. 그것은 시계바늘 방향으로 분당 약 1센티미터씩 위치를 옮기면서 모래로 선을 그어 지름 6미터짜리 원을 그려냅니다. 푸코의 추는 극에서는 24시간에 한 바퀴를 돌고, 파리에서는 32시간에 한 바퀴를 돕니다. 적도에서는 전혀 돌지 않습니다.[부록17]

미국인들이 달에다 기지를 건설하려는 모양입니다. 기지는 아

28. 푸코는 또한 빛의 속도를 측정하기도 했고(부록을 보십시오), 자이로스코프를 발명했습니다.

마도 내가 이 책을 수정하고 편집자를 찾아서 출판을 하는 사이에 달에 세워질 것입니다. 제 생각에 그들은 웹캠(인터넷에 연결할 수 있는 비디오카메라 – 옮긴이)을 설치할 것 같습니다. 만약 베네딕토 교황의 후계자가 지구가 회전하는 것을 보고 싶다면 인터넷에서도 쉽게 검색해 볼 수 있지요.

부록

(1) 지구가 둥글다는 사실은 북극성의 관찰을 통해 알 수 있다.

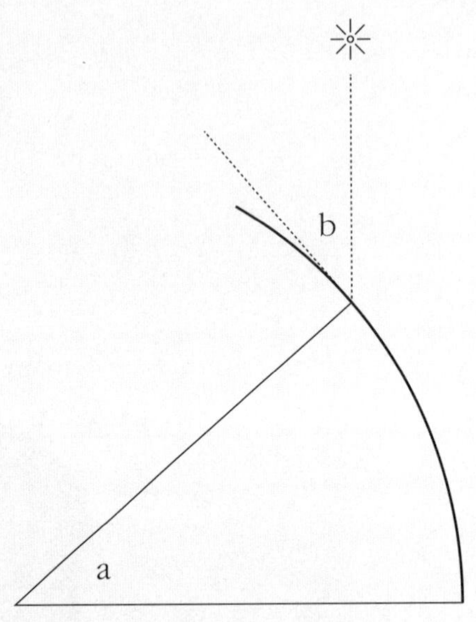

각 b는 수평선에 대해 북극성이 이루는 '고도(高度)'다. 지구의 중심에서 지표면의 한 장소를 잇는 지구의 반지름과 적도면이 이루는 각 a는 이 장소의 '위도'다. 각 b의 사선은 각 a의 사선과 수직으로 만나고, 따라서 이 두 각의 크기는 같다. 그러므로 사분의(四分儀)로 북극성의 고도를 측정하면 위도를 알 수 있다. 만약 고대 그리스인들이 코린트에서 북극성의 고도와 스파르타에서 북극성의 고도 사이에 1도 차가 난다는 사실을 발견했다고 가정하자. 그 경우에 우리는 코린트와 스파르타 사이의 거리, 즉 110km에다 360을 곱하기만 하면 된다. 그러면 지구의 원주 길이 39,600km를 얻을 수 있다.

그리스는 산이 많아서 코린트와 스파르타 사이의 거리를 측정하기가 어렵다. 또한 사분의로는 도(度)를 그다지 정확히 잴 수 없었다. 아리스토텔레스의 계산이 틀렸던 것은 바로 이 때문이다.

(2) 에라토스테네스가 지구의 원주를 측정하다.

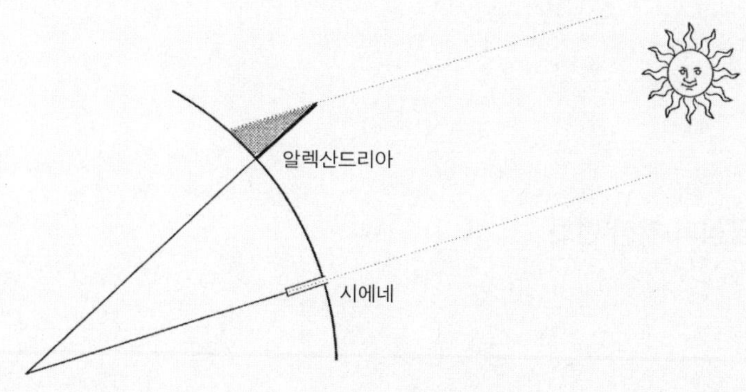

태양은 멀리 떨어져 있기 때문에 알렉산드리아와 시에네를 비추는 태양 광선들은 평행을 이룬다. 지구의 중심에서 알렉산드리아에 이르는 지구 반지름은 두 개의 평행선과 동일한 각도로 만나며(이것은 유클리드의 첫 번째 정리들 가운데 하나이다), 따라서 중심각(알렉산드리아와 시에네 사이의 위도 차이)은 막대와 태양 광선이 이루는 각과 크기가 같다. 에라토스테네스는 막대와 태양 광선이 이루는 각도를 측정한다. 7.2도. 따라서 이것은 두 도시의 위도 차에 해당한다.

알렉산드리아와 시에네 사이의 거리를 측정하기 위해서 에라토스테네스는 무릎을 꿇은 채 길을 따라서 자를 대가며 길이를 재지는 않았다. 아마도 그는 측량사를 보냈을 것이다. 일부 역사학자들이 항간에 전해 내려오는 이야기를 인용한 바에 따르면, 그는 유랑상인들의 낙타 떼가 한 시간에 주파하는 거리를 재고 난 뒤에 낙타 부리는 사람에게 시에네에서부터 알렉산드리아까지 오는 데 걸리는 시간을 물어봤다고 한다. 그는 그 거리가 4,400스타디온임을 알아냈고 거기에다 50을 곱했다(알렉산드리아와 시에네의 위도차는 7.2도. 7.2도는 360도의 1/50이다. 4400에 50을 곱하면 지구의 원주가 나온다.-옮긴이).

(3) 금성의 위상 변화

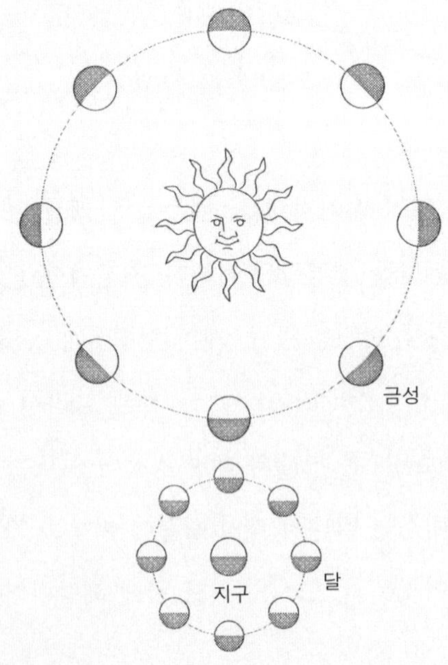

우리는 금성이 완전히 둥근 모습은 절대 보지 못하는데, 그 순간에는 금성이 태양을 중심으로 지구와 대칭을 이루는 위치에 놓이기 때문이다. 만약 금성이 달처럼 지구의 둘레를 공전한다면 금성의 위상들은 달의 위상들과 비슷할 것이다.

(4) 피타고라스학파의 필롤라오스

피타고라스학파의 학자들은 숫자 10을 아주 좋아했다. 그들은 열 개의 구슬로 정삼각형을 만들었다. 1+2+3+4=10임을 알고 그들은 놀랐다.

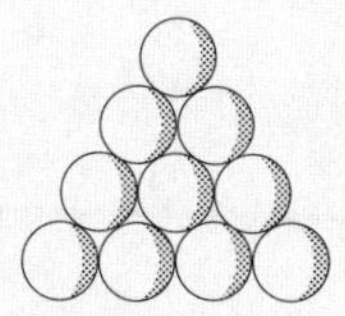

고대인들은 고정된 별들과 달리 하늘에서 움직이고 있는 '떠돌이별들'을 행성이라고 불렀는데, 그것들은 달, 화성, 수성, 목성, 금성, 토성, 태양을 가리킨다. 이집트인들은 일곱 행성에 경의를 표하여 일주일을 7일로 정했다. 월요일, 화요일, 수요일, 목요일, 금요일, 토요일, 일(日)요일. 우주는 빛나는 별들을 담고 있는 창공(또는 하늘)과 지구도 포함한다.

피타고라스학파 사람인 필롤라오스는 열 개의 물체에 이르기 위해서 반(反)-지구를 추가했다.

지구가 움직인다고 최초로 주장한 사람이(필롤라오스가 아닌) 다른 피타고라스학파 학자들이라고 말하는 사람들도 있다. 예를 들자면, 다음은 몽테뉴의 글을 인용한 것이다.

> 하늘과 별들은 3천 년 동안을 움직였다. 사모스 섬 출신의 클레안테스 또는 테오프라스토스에 따르면 시라쿠사 출신의 니케타스가 비스듬히 기울어진 둥근 황도대를 자신의 자축의 중심으로 돌고 있는 것은 바로 지구라고 주장할 때까지는 모두가 하늘과 별들이 움직인다고 믿고 있었다. 우리 시대에 들어서는 코페르니쿠스가 지동설을 대단히 신봉한 나머지 이것을 매우 규칙적으로 이용해서 나머지 천체의 모든 결과들을 설명하였다. 이 두 주장이 우리와는 아무 상관이 없다는 사실을 제외한다면, 우리가 여기에서 취할 게 무엇이 있을까? 지금부터 1천 년 후에 제 3의 견해가 앞서 나온 두 견해들을 뒤집을지 누가 알겠는가?

실제로, 제 3의 견해가 나타났다. 영국의 천문학자인 허셜이 1783년에 발견한 바에 따르면, 태양 역시 은하계 안에서 움직이고 있기 때문에 지구만 움직이고 태양이 고정되어 있는 것은 아니다.

(5) 하늘에서 관찰되는 행성들의 역행 운동

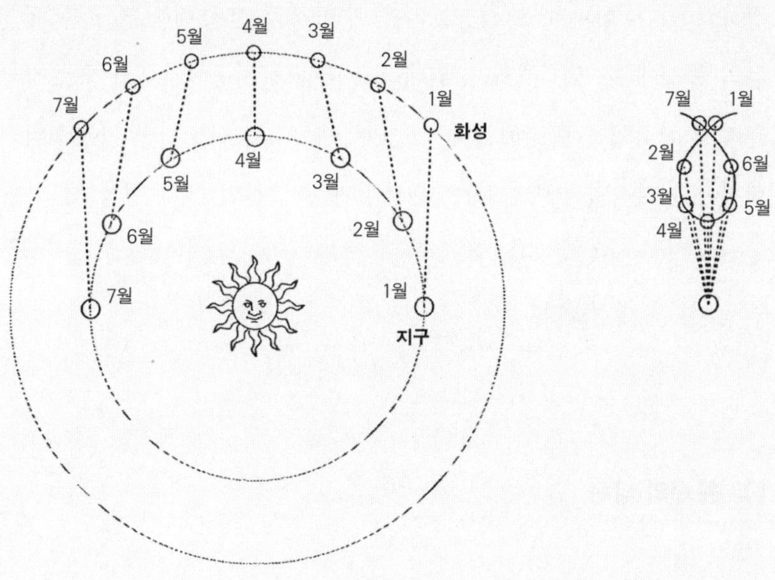

이 그림들은 오늘날 우리가 이해하고 있는 것과 같은, 화성의 외견상의 움직임을 표현한 것이다. 왼쪽 그림은 태양 위쪽의 한 지점에 정지해 있는 우주선에서 볼 수 있는 광경이다. 지구는 궤도를 따라서 매달 30도씩 움직인다. 화성은 지구와 거의 같은 속도로 전진하지만, 화성의 궤도는 더 크기 때문에 이동하는 각도가 지구보다 작다. 오른쪽 그림은 지구에서 보는 광경이다. 나는 화성의 광선들을 점선으로 정확하게 옮겨놓았다. 각도와 거리가 동일한지는 여러분이 확인해볼 수 있다. 이처럼 화성은 다시 출발하기 전에, 지구로 다가오면서 뒤로 역행하는 것처럼 보인다.

(6) 히파르코스

오늘날, 히파르코스라는 이름의 천체위성이 별들의 거리를 측정하고 있다. 히파르코스는 놀라운 수학자였는데, 비록 지구를 세상의 중심에 두기는 했지만, 위대하고 거대한 천문학자로서 오로지 혼자서 삼각법을 발명해냈다. 그는(약 26,000년을 주기로) 지구 자전축의 회전이 느려지면서 야기되는 '춘분점과 추분점의 세차 현상(歲差. 달과 태양에 의한 인력과 지구 자체의 회전력이 상호작용하여 지구의 자전축이 흔들리게 되는 현상-옮긴이)'을 발견했다.

(7) 물체의 낙하

나는 기울어진 판에, 움직인 거리를 측정하기 위해 필요한 눈금을 그렸다. 그림들은 약 1초 간격으로 구분되어 있다. 공은 1, 4, 9, 16, 25, 36 등의 눈금에 도달한다. 그 거리는 시간의 제곱으로 증가하고 있다. 내가 이것을 아는 것은 물체의 낙하와 등가속 운동을 비롯한 모든 것들을 공부했기 때문이다. 만약 내가 내 맥박을 재면서 이 실험을 해야 하는 상황이었다면 과연 정확한 수치를 얻을 수 있을지 의심스럽다. 한편, 갈릴레이는 이와 같은 불확실한 방법에 만족하지 않았다. 사람들은 시간을 정확히 측정할 줄은 몰랐지만, 예를 들어 금 조각이라든지 다이아몬드와 같은 물건의 무게는 극히 정확하게 쟀다. 그래서 갈릴레이는 기울어진 판에 구슬을 떨어뜨

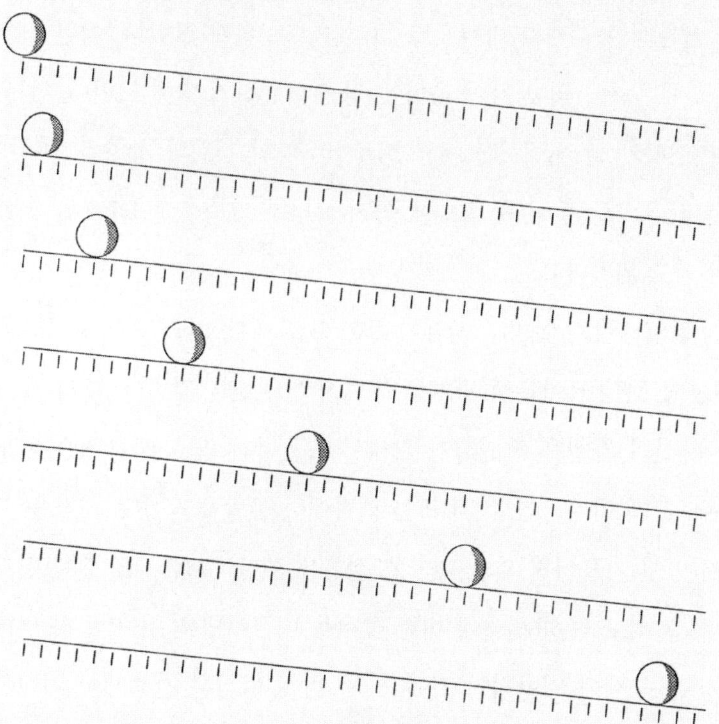

린 뒤에 자신의 맥박을 재는 대신에 작은 구멍을 뚫어놓은 양동이에서 떨어지는 물의 무게를 재면서, 공이 1, 4, 9 등의 눈금에 도달하는 데 걸리는 시간을 쟀다. 또한 나는 그가 정확한 박자로 노래를 부르거나 일정한 속도로 연주하는 류트 소리를 들으면서 시간을 쟀다는 얘기도 읽은 적이 있다. 내가 꾸며낸 이야기는 아니라는 말씀!

20세기 들어서 철학자들은 학자들이 일하는 방식에 대해서 많은 연구를 했다. 갈릴레이는 물체들이 그것의 무게와 상관없이 모두 동일한 속도로 떨어진다고 단언했다. 그는 굳이 실험을 해보지 않고도 이론적인 근거를 바탕으로 그것을 확실하게 알았다. 이런 경우에 실험은 자신의 생각이 옳다는 것을 확인하기 위해 쓰인다. 한 우주비행사가 달 위에서(그곳에는 공기가 없다) 매의 깃털과 망치를 떨어뜨려보았다. 그것들이 달 표면에 동시에 닿자 그는 "갈릴레오가 옳았다!"라고 외쳤다.

갈릴레이는 아마도 물체가 등가속 운동에 따라서 낙하한다는 사실도 동일한 이론적 방식을 통해서 발견했을 것이다. 따라서 그는 자신의 가설을 확인하기 위해서 기울어진 판을 사용했을지 모른다. 그게 아니라면, 먼저 그는 맥박이나 물방울 무게로 시간을 측정하면서 기울어진 판을 가지고 실험을 했다. 그리고 그 실험 결과들을 가지고 낙하 법칙에 대한 공식을 이끌어냈을 것이다. 첫 번째 방법은 중세에 일반적인 것이고, 두 번째 방식은 갈릴레이 시대에 등장했다. 일부 역사학자나 과학철학자들은 갈릴레이가 실험 방식을 적용할 줄 몰랐다고 말하면서, (예를 들자면, 데카르트가 더 합당한 자격이 있다는 이유로) 그에게 '최초의 근대적 학자'라는 특권을 부여하기를 거부한다. 필요한 것은 구멍 뚫린 양동이가 아니라 좋은 크로노미터(항해자, 물리학자, 천문학자들이 사용하는 정밀시계-옮긴이)라는 얘기다.

1960년경에 미국의 연구자들이 갈릴레이의 지시대로 기울어진 판을 제작해서 그의 실험들을 재연해 보았다. 그들은 시간을 측정하기 위해서 '어 하드 데이즈 나이트(A Hard Day's Night, 영국 그룹 비틀즈의 초기곡-옮긴이)'를 불렀다. 실험은 성공적이었다! 다른 위대한 과학 천재들과 마찬가지로 갈릴레이는 실험의 불완전성에 방해받으면서도 물리학 법칙들을 발견해낼 수 있었다. 예를 들어, 그는 공기가 있는 상태에서 실험하면서 그것이 진공 상태 속에서는 어떤 결과를 낼지를 정확히 상상해냈다.

(8) 배가 가속할 때는 무슨 일이 벌어질까?

배(혹은 기차나 비행기 등)의 속도 증가가 물체에 전달되는 방식은 어려운 개념이다. 만약 여러분이 전진하는 방향으로 앉아 있다면 여러분의 좌석 등받이는 여러분을 밀게 되며 지면에 대해서 여러분의 속도를 증가시킨다. 만약 여러분이 서 있다면 여러분이 신은 신발의 밑창과 바닥의 밀착, 즉 마찰은 매우 중요한 역할을 한다. 배가 항구에서 나가 점점 더 빠르게 항해하기 시작하는 시점에 선원들이 갑판을 씻는 중이라고 한번 상상해보자. 물에 젖은 갑판 위에 놓인 비누조각은 틀림없이 뒤쪽으로 미끄러질 것이다. 마찰이 충분하지 못할 경우에 배는 증가된 속도를 비누로 잘 전달하지 못한다. 다음에 여러분이 기차를 탈 일이 있으면 자그마한 공을 가져가서 기차의 복도 바닥에 놓아보기 바란다. 기차가 시동을 걸고 속도를 내면 공이 뒤쪽으로 굴러가는 것을 보게 될 것이다.

어쨌든, 배가 대양 위에서 부드럽게 항해하는 경우에 배에 실린 모든 물체들은 이런저런 방법을 통해서 배와 동일한 속도를 얻게 된다. 이것은 자동차, 기차, 비행기에 대해서도 마찬가지다.

(9) 모든 것은 상대적이다.

뷔리당의 제자인 니콜라스 오레슴이 이미 속도의 상대성을 제안한 바가 있다. 조르다노 브루노는 그것에 대한 완전한 설명을 제공하지만, 『두 우주 체계에 대한 대화』에 나오는 이 대목보다 명확하지는 못하다. 마찬가지로, 한 네덜란드인이 최초로 망원경을 하늘로 향해서 1608년 11월부터 은하수 안에서 새로운 별들을 발견하며, 한 영국인은 1609년 9월에 달을 관찰한다. 일부 과학사가들은 갈릴레이가 표절했다고 비난했다. 그는 베네치아의 원로원 앞에서 자신이 직접 망원경을 발명했노라고 주장하지 않았던가?

로렌츠와 푸앵카레의 생각들로부터 특수상대성 이론을 조합해냈다면서 아인슈타인에게도 이와 동일한 비난이 가해졌다. 아인슈타인은 로렌츠의 방정식과 푸앵카레의 일부 공식들을 되풀이하는데, 그러나 사실 그는 그것들의 의미를 변화시켜서 근본적으로 새로운 합성물을 만들어낸다.

갈릴레이와 아인슈타인 사이에는 많은 공통점이 있다. 두 사람은 모두 상대성 이론을 언급한다. 그리고 당대의 반동적인 학자들뿐만 아니라 가공할 힘을 지닌 정치적인 적대자들과도 과감하게 맞선다. 갈릴레이의 경우에는 가톨릭 교회, 아인슈타인의 경우에는 나치였다. 무엇보다도 그들은 세상을 뒤죽박죽으로 만드는데, 현학적으로 표현하자면 지배적인 인식틀의 변화를 주도했다고 말할 수 있다. 갈릴레이와 더불어서 인간은 중심적인 자리를 잃으며 세계는 이성적이고 수학적이 된다. 이것은 곧 고전역학의 탄생으로서, 뉴턴에 의해 그 절정에 이른다. 고대인들의 물리학은 천천히 이동하는 사람들에게 적합하고 반면에, 갈릴레이와 뉴턴의 역동적인 물리학은 전속력으로 회전하고 구르고 날아가는 기계의 발달을 조장한다. 갈릴레이의 시각은 아리스토텔레스의 시각만큼 인간 중심적이지는 않지만 여전히 인간적이다. 그의 시각은 우리로 하여금 우리가 차나 비행기를 타고 달릴 때 우리의 운동을 이해하고 따라갈 수 있게 해주며, 심지어 우리가 국제우주정거장까지 우주왕복선을 타고 가는 것을 상상할 수 있게 해준다.

아인슈타인은 다시 한 단계를 뛰어넘는다. 그는 접근 불가능한 영역들을 지배하고 있기 때문에 우리의 관심권에서 완전히 벗어나 있는 구조들, 즉 무한하게 작은 입자, 무한하게 큰 은하계, 빅뱅과 블랙홀처럼 불가사의한 현상들을 발견한다. 아인슈타인 자신은 우주를 단순하게 묘사하고자 했고, 갈릴레이의 명쾌함으로 돌아가고자 꿈꿨지만, 결코 거기에 도달하지는 못했다.

〔10〕 코페르니쿠스, 케플러, 갈릴레이

갈릴레이는 케플러와 지속적으로 서신을 교환한다. 그는 케플러가 행성들을 타원 궤도 상에 놓았다는 사실을 안다. 그는 상당히 거만한 태도로 이 독일 학자를 상대했기 때문에, 그가 제시한 증명들을 읽어보지도 않고 그의 가설들-조수는 달의 인력으로 말미암아 생긴다는 것, 타원 궤도-을 거부해버린다. 뒤이어 예수회 수도사들과 갈릴레이의 다른 적대자들은 태양이 중심이 되지만, 원형을 고수하는 갈릴레이의 가설은 프톨레마이오스의 지구 중심 가설보다 외견상의 현상들을 잘 기술하지 못한다고 주장하게 된다.

원의 완벽성은 우선 피타고라스학파 사람들을 사로잡았다. 그들은 북극성의 고도가 그것을 관찰하는 위치에 따라 달라진다는 사실을 지적하면서, 자신들이 구 형태를 좋아한다는 이유에서, 지구는 둥글다고 선언한다. 주장이 설득력이 있으려면, 남쪽을 향해 갈 때 북극성의 각도가 규칙적으로 감소한다는 사실을 입증할 필요가 있을 것이다. 그렇지 않다면 지구는 탱탱하게 부풀어 오른 감자나 요요 혹은 중산모(꼭대기가 둥글고 높은 서양 모자 - 옮긴이)와 비슷해질 테니까 말이다.

마찬가지로 아리스타르코스도 지구와 행성들이 태양 주위를 원을 그리며 돌고 있다고 생각한다. 코페르니쿠스는 그를 그대로 답습하고 있다. 궤도가 원형이라고 생각한 것이다! 주전원을 사용하는 프톨레마이오스의 체계는 하늘에서 관찰되는 외견상의 모습들과 완벽하게 맞아떨어지는 반면에, 코페르니쿠스의 체계는 덜 정확한 듯이 보인다. 코페르니쿠스는 한 발 뒤로 물러서서 주전원 개념을 받아들임으로써, 간결함을 희생하는 대가로 정확함을 얻는다. 그의 체계 안에는 34개의 원이 포함된다. 코페르니쿠스의 체계가 프톨레마이오스의 체계와 구별되는 주된 차이점은, 중심이 지구가 아니라 태양이라는 것이다.

코페르니쿠스는 주전원뿐 아니라 수정구의 개념도 유지한다.

그의 책은 『행성의 회전』에 관하여가 아닌 『천구(天球)의 회전에 관하여』라는 제목이 붙는다. 그는 사람들이 생각하는 것만큼 그렇게까지 철저하게 천문학을 전복시킨 것은 아니다. 그는 희미하게 빛나는 등불들이 창공에 매달려 있다는 생각을 그대로 갖고 있다. 지구는 태양의 주위를 돌고 있지만, 여전히 우주의 중요한 물체들 가운데 하나로 남아있고 사람들이 살고 있는 유일한 세계임은 분명하다. 조르다노 브루노는 훨씬 더 혁명적인데, 그는 태양계의 무한성을 상상하고 인간들로부터 세상의 중심 자리를 박탈하기 때문이다.

케플러는 자신의 스승인 티코 브라헤의 극도로 정확한 관찰 자료를 물려받는다. 그는 주전원 개념을 원치 않았지만 원의 완벽성을 거부하는 데까지는 10년을 주저했다(고 전해진다). 갈릴레이가 망원경을 발견했던 때와 같은 해인 1609년에 그는 행성들이 타원형 궤도를 돌고 있음을 증명하는 자신의 위대한 저서 『신 천문학』을 출판한다. 한 가지 덧붙이자면, 이 타원들은 거의 원에 가깝다. 원에 대한 궤도의 편차는 어림잡아서 지구의 경우에는 0.01%, 금성은 0.001%, 화성은 0.2%다. 케플러의 책은 대단히 전문적이며 사람들의 관심을 끌지 못했다. 타원 궤도를 주장한 그의 우주론은 뉴턴이 그것을 기초로 삼아서 만유인력 방정식을 발견할 때 인정받게 된다.

(11) 데카르트와 신의 권능

갈릴레이가 냉소를 보내는 것처럼 보이는 신의 권능은 신학에서 '우르바누스 8세의 논거'라고 불린다. 우리는 데카르트(1596-1650)에게서도 유사한 생각을 발견한다. 그는 데모크리토스가 상상한 원자들이 존재할 수 없다는 것을 증명하고자 했다. 원자는 더는 분할할 수 없는 물질의 알갱이다. 신은 원자를 둘로 나눌 수 있을까? 만약 그럴 수 있다면 원자는 분할할 수 없는 것이 아니다. 만약 그럴 수 없다면 신은 전능하지 않다. 신은 전능하시기 때문에 원자들은 존재할 수 없다. 데카르트와 관련해서는 1637년에 발표된 그의 『방법서설』을 읽어보기 바란다. 거기에서 그는 물리학에 대한 설명을 하기에 앞서 갈릴레이가 창안한 과학적 방법을 소개하고 있다. 데카르트는 코페르니쿠스의 이론을 포함해 우주에 대한 중요한 글을 발표할 생각을 하고 있었는데, 가톨릭 교회가 갈릴레이에게 유죄를 선고하자 그 계획을 포기했다. 하지만 이미 그는 이단자로 간주되어서 네덜란드로 도피한 뒤였다.

일부 호기심 많은 독자들은 데카르트가 어떤 면에서 이단적이었는지 알고 싶어 할 것이라고 생각된다. 그는 신의 존재를 증명하고자 했다.

이런! 하고 호기심 많은 한 독자는 말한다.

"우리는 오히려 가톨릭 교회가 신이 존재하지 않는다고 주장하는 사람을 이단자로 간주할 거라고 예상했는데요."

신이 존재한다는 것을 증명하기 위해서는 신의 존재를 의심하는 것에서부터 출발해서, 신이 존재하지 않는 것이 불가능하다는 것을 증명하게 된다. 그런데 가톨릭 교회가 보기에, 신의 존재는 모든 것에 앞서는 전제이다. 신이 존재하는지 존재하지 않는지를 물으면서 의문을 제시해서는 안 되는 것이다. 우리는 신에 대해서 아무것도 얘기할 수 없다.

〔12〕 종교재판소의 속임수

일부 역사가들에 따르면, 소위 말하는 그 대화록은 속임수였다. 벨라르미노 추기경은 1616년에 갈릴레이에게 코페르니쿠스의 이론을 가르치지 말라고 요구했을 것으로 짐작되지만, 그 명령을 기록으로 남기지는 않았을 것이다. 소위 말하는 그 대화록은 벨라르미노 추기경과의 대화를 거의 그대로 재현하고 있기 때문에 갈릴레이는 그것을 위조된 것이라고 거부하지 못하며, 결과적으로 그는 1616년에 자신이 명령을 받았고 따라서 가톨릭 교회에 복종하지 않았음을 인정하게 된다.

〔13〕 예수회 수도사들

예수회 수도사들을 어리석은 사람들이라고 잘못 판단해서는 안 될 일이다. 갈릴레이는 혜성들이 달 아래 세상에 속한다고 주장했다. 그래서 그것들을 뇌우나 북극의 오로라와 같은 대기의 교란 현상의 원인으로 간주했다. 그는 천문학자라기보다는 물리학자였다. 천문학계의 왕, 티코 브라헤는 조금의 망설임도 없이 혜성들을 달 위 세계에 두었다. 혜성들은 행성들의 궤도를 관통하며, 그 결과 아리스토텔레스의 소중한 수정구들을 존재할 수 없게 만든다. 말하자면 천체역학의 전문가로서 티코 브라헤는 행성들이 태양 주위를 공전한다는 사실을 의심하지 않았다. 그러나 한편으로 그는 성서를 글자 그대로 받아들이는 것도 거부하지 않았다. 그래서 그는 프톨레마이오스의 체계와 코페르니쿠스의 체계 사이의 중간적인 체계를 고안해냈다. 행성들은 태양의 주위를 돌고 태양은 자신의 행렬을 모두 이끌고서 지구 주위를 도는 체계.

예수회 수도사들은 프톨레마이오스의 체계를 티코 브라헤의 체계로 대체하는 데 동의했다.

문제가 되는 것은 인간의 중요성이었다. 이전 체계에서는 지구는 곧 세계였고 세계는 곧 지구였다. 사람들은 지구의 질량이 우주 질량의 99%에 달한다고 생각할 수도 있었다. 우리를 비춰주기 위해 하늘에 놓인 부속물들–낮을 밝히는 커다란 등, 밤을 밝히는 작은 등, 창공에 매달린 아주 작은 등들–은 분명코 전체 무게의 1퍼센트도 차지하지 않았다. 태양은 공보다 더 커 보이지 않지만 그것은 거리 때문에 생기는 착각이었다. 아마도 그것은 집 한 채 크기는 되었다. 사람들은 태양이 지구보다 훨씬 크다고 가르쳤던 아리스타르코스와 히파르코스는 잊고 있었다.

새로운 체계는 극적인 전환을 예고했다. 티코 브라헤는 맨 눈으로 작업하면서 자신의 천체지도에 천 개가량의 별들을 표시했다. 망원경 덕분에 갈릴레이를 비롯해서 그를 계승한 천문학자들은 수천 개, 수백 개, 수십억 개, 수백억 개의 별들을 볼 수 있었다. 20세기가 되도록 사람들은 은하수가 우주의 전부라고 믿고 있었다. 1924년에 에드윈 허블은 로스앤젤레스 근처에 있는 윌슨 산 천문대의 2.5미터 반사망원경으로 작은 공 모양의 성단(星團)을 관찰함으로써 그것이 은하수 바깥에 있는 은하계들과 관계가 있다는 것을 보여주었다. 갈릴레이와 동시대인들의 관점에서 보자면, 하느님은 인간을 창조하셨고 세상의 중심에 인간을 배치하셨다. 오늘날, 인류는 좌대에서 굴러떨어졌다. 우리는 평범한 한 은하계의 주변에 위치한 보잘것없는 한 항성 주변의 극히 작은 행성 위에서 자라고 있는 희미한 곰팡이에 불과하다. 지구의 질량은 우주의 질량의 10억분의 1분의 10억분의 1분의 10억분의 일－이런식으로 몇 장은 계속해 적어야 하리라－을 차지한다.

가톨릭의 전위병인 예수회 수도사들이 그 새로운 체계를 선뜻 받아들이지 못했던 것은 이해가 가는 일이다. 만약 별들이 천국의 빛을 내보내는 창공의 작은 구멍들이 아니라면 천국은 어디에 있단 말인가? 만약 하느님이 각양각색의 다양한 피조물들이 사는 무수한 태양계와 행성들을 관리하지 않는다면, 교황이 그의 절대적인 대리인이라고 인정하기는 어렵게 된다.

(14) 갈릴레이의 합리주의

다음은 『시험자』에서 인용한 대목이다(éd. Blles Lettres, 1980).

우리 눈앞에 항상 펼쳐져 있는 이 거대한 책 속에는 철학이 적혀 있고 나는 우주에 관해 말하고자 하나, 먼저 우주의 언어를 이해하고 그것의 문자들을 이해하는 일에 전념하지 않는다면 우주를 이해할 수는 없다. 우주는 수학적인 언어로 적혀 있으며 그 언어의 문자들은 삼각형과 원과 그 밖의 기하학적 도형들인데, 이것들을 수단으로 하지 않고는 그 언어의 한 단어도 인간적으로 이해하는 것이 불가능하다. 그것들 없이는 캄캄한 미로 속에서 헛되이 방황하게 된다.

이 책은 오늘날 우리가 생각하고 있는, 그리고 우리가 수학공식들을 사용해서 표현하는 -물리학적, 화학적, 생물학적- 구조들에 의해 지배되고 있는 세상을 기술하고 있다. 천사들이 굳이 밀어주지 않아도 행성들은 하늘 안에서 완전히 혼자 힘으로 움직이고 있다. 사람들을 벌하기 위해 죽이는 것은 하느님이 아니라 세균이나 무시무시한 세포분열이다. 하느님은 우리를 초월하는 불가사의이며, 이러한 이성적 구조들을 가지고 설명될 수 있는 문제가 전혀 아니다. 갈릴레이는 신학적인 차원에서 선구자라고 말할 수 있는데, 왜냐하면 가톨릭 교회는 결국 그의 관점을 채택했기 때문이다. 가톨릭 교회는 그를 복위시켜야할 뿐만 아니라 성인품에 올려야 할 것이다.

(15) 그러나 지구는 돈다?

오늘날, 지구가 둥글다는 사실을 모르는 사람은 없다. 우리는 비행기로 세계여행을 할 수 있다. 인공위성들은 지구 주위를 돌고 있고 말이다. 온 세계인이 달에서 찍은 지구 사진을 봤다. 1미터는 지구 자오선 길이의 1/4의 백만 분의 10이라고 규정되어 있기 때문에, 오늘날 지구의 원주가 40,000km라는 사실은 누구나 안다-내지는, 알리라고 짐작된다.

'지구가 둥글기는 한데, 하지만 움직일까?' 가끔 설문조사를 하는 사람들이 이런 질문을 한다.

— 지구가 움직이지 않고 태양이 지구 주위를 돈다고 생각하시면 A칸에 표시를 하세요. 지구가 태양 주위를 돈다고 생각하시면 B칸에 표시하시고요.

— 네, 뭐라고요? 지구요? 태양이요?

조사에 따르면, 프랑스인 백 명 중 스물에서 스물다섯 명은 A칸에 표시한다고 한다. 아리스토텔레스는 A라고 대답했고, 아리스타르코스는 B라고 대답했다. 중세에는 A라고 대답한 사람의 비율이 백 명 중에 백 명이었으니 진전이 있는 셈이다.

(16) 시간, 빛의 속도, 경도의 측정

빛의 속도를 측정하기 위해서 갈릴레이는 두 친구에게(그들의 이름은 살비아티와 사그레도라고 해두자) 덮개가 달린 초롱을 준다. 그들은 몇 킬로미터 간격을 두고 떨어져 있는 두 언덕으로 올라가서 초롱에 불을 붙인다. 살비아티가 초롱의 덮개를 닫는다. 사그레도는(살비아티의) 불빛이 보이지 않는 순간, 이번에는 자기 쪽에서 초롱의 덮개를 닫는다. 살비아티는 자신의 맥박을 재거나 노래를 부르면서, 자기가 덮개를 닫은 순간과 사그레도의 불빛이 보이지 않게 된 순간 사이에 흐른 시간을 잰다. 갈릴레이는 이 시간이 원칙적으로는 우리의 느린 반사행동으로 인해 지체된 시간을 나타낸다는 사실을 똑똑히 이해하고 있다. 또한 그는 살비아티와 사그레도가 서로 몇 걸음씩 위치를 옮겨가게 하면서 실험을 반복한다. 빛은 마치 한 언덕에서 다른 언덕으로 순식간에 이동하는 것 같아서 그는 어떤 차이도 발견하지 못한다. 실제로 빛은 진공에서 매초 약 30만 킬로미터를 간다.

고대 이래로 사람들은 빛이 한 장소에서 다른 장소로 삽시간에 다시 말해서 무한 속도로 이동할 수 있는지 궁금해했다. 데카르트는 그럴 것이라고 생각한다. 그는 지팡이로 돌을 더듬는 맹인을 예로 든다. 조약돌의 형태는 맹인의 손에 즉시 전달된다(라고 데카르트는 생각한다). 마찬가지로 빛도 순식간에 정보를 전달한다. 데카르트보다 훨씬 뛰어난 물리적 직관을 타고난 갈릴레이는(데카르트는 보다 수학적인 사람이었다) 빛의 속도가 측정하기에 너무 빠르기는 하지만 그렇다고 해서 무한하지는 않다고 생각한다.

1667년에 루이 14세는 파리에 멋진 천문대를 세우게 한다. 1년 동안 목성의 위성들의 식(蝕)이 일어나는 시간들을 기록한 표('천체력(天體曆)')를 만드는 것이 목적인데, 그것은 이미 갈릴레이가 더 정확하게 작성한 바가 있다. 그 표는 기준점으로 사용될 '파리 표준시간'을 알려줄 것이다. 대양 한가운데서 항해하는 선원들은 그 지역의 시간을 안다. 태양이 하늘의 정점에 도달하는 때는 정오다. 그들은 망원경으로 목성을 관찰한다. 한 위성이 식을 일으킬 때 그들은 천체력에서 파리의 시간을 확인한다. 파리의 시간과 그 지역의 시간 사이의 차이는 경도를 계산할 수 있게 해준다. 이 방법에 정확성을 더하기 위해서 선원들은 항구에서부터 달린 거리를 매우 조잡한 방식으로 계산해서 자신들의 위치를 가늠한다. 그들은 매듭을 여러 개 지어놓은 밧줄을 배의 늑재를 따라 풀려나가게 한 다음에(모래시계를 사용해서) 1분 동안 풀리는 매듭의 수를 세는데, 이로써 '매듭'으로 환산된 속도를 얻는다. 내가 '선원들'이라고 할 때는 특히 전투용 선박을 얘기하는 것이다. 제일 먼저 경도를 측정할 수 있는 나라가 바다를 지배할 것이므로! 파리 천문대를 건설한 것은 프랑스의 여러 군사전략 가운데 하나인 것이다. 영국인들은 그 즉시 응수한다. 1675년에 그들은-'그리니치 표준시간'을 제공하게 될 표를 작성하기 위해-'그리니치 천문대'를 건설한다.

1671년에 한 천문학자가-티코 브라헤의 매우 정확한 천체지도를 사용하려는 목적으로-파리의 새 천문대와 티코 브라헤(1546-1601)의 천문대 간의 경도 차이를 측정하기 위해서 덴마크에서 출발한다. 스물일곱 살의 젊은이인 올라우스 뢰메르가 그를 매우 효과적으로 도와주자 그는 뢰메르를 다시 데리고 간다. 뢰메르는 파리에서 자신의 동료들처럼 목성의 위성들을 관찰하기 시작한다. 1675년에 그는 목성이 지구와 동일한 태양 면에 있는지 아니면 다른 면에 있는지에 따라서 위성들의 식이 일어나는 시간이 바뀐다는 사실을 알아낸다. 그 차이는 빛이 지구 궤도를 통과하는 시간을 나타낸다. 지구의 궤도 크기를 알게 된 뢰메르는 빛의 속도를 210,000km/s 로 계산한다.

두 명의 프랑스인, 피조와 푸코는 1849년과 1850년에 훨씬 더 정확한 방법으로 빛의 속도를 측정해낸다. 300,000km/s. 그들은 쉬렌의 언덕 위에서는 등불을, 몽마르트르 언덕에 있는 한 건물 꼭대기에는 거울을 놓고 진행했던 갈릴레이의 최초 실험을 재현한다. 초정밀 크로노미터를 만들기 위해서, 피조는 매우 빠르게 돌아가는 톱니바퀴를 사용하며 푸코는 여러 개의 거울이 회전하는 장치를 사용한다. 두 경우 모두 전기 모터가 필수적이다.

1668년에 이탈리아의 천문학자인 카시니가 볼로냐에서 고도의 정확성을 갖춘 천체력을 발표한다. 루이 14세는 그에게 파리 천문대로 와서 연구해줄 것을 권유하고, 이어서 그를 책임자로 임명한다. 목성의 위성들을 관찰한 자료들을 토대로 카시니는 경도와 관련해서 처음으로 좋은 성과들을 내게 된다. 그는 프랑스 지도를 수정하며, 그 결과 루이 14세는 이렇게 선언한다. "나는 내 적대자들의 잘못에 의해서보다 내 천문학자들의 잘못에 의해서 더 많은 영토를 잃었다."

지역시간, 예를 들자면 스트라스부르와 파리 표준시간의–천체력을 통해서 얻은–비교는 육지에서는 잘 맞는다. 그러나 바다에서는 소용이 없다. 목성의 위성을 관찰할 수 있을 만큼 대단히 우수한 망원경을 갖추고 있다고 해도, 조준각도가 너무 좁아서 약간의 미동으로도 목성은 망원경의 시야에서 벗어난다. 폭풍우를 고려하지 않는다고 할지라도 바다에서는 언제나 요동이 있는 법이다.

16세기 초에 네덜란드의 한 천문학자가 다른 방법을 제안했다. 항구 시간에 맞춘 정확한 시계를 가지고 가서, 태양이 정점에 도달하는 정오에 시간의 차이를 측정하는 것이다. 필요한 것은 정확한 시계였다. 16세기의 태엽시계는 하루에 15분이 빠르거나 늦었다. 갈릴레이는 최초의 진자시계의 설계도를 그리지만, 그것을 제작하지는 않았다. 호이겐스가 시계를 개량했는데, 그러나 그것은 움직임에 매우 민감하고 온도에 따라 편차가 있었다.

데이바 소벨(『갈릴레오의 딸』의 작가)은 이 문제를 가지고 『경도』라고 하는 매우 훌륭한 책을 써냈다.

1707년에 영국의 전투용 선박 네 대가 표류 끝에 암초에 부딪혔다. 1천6백 명 이상이 사망했다. 1714년에 영국 의회는, 뉴턴이 직접 출석한 앞에서, 수천 파운드의 연구비를 지원하기로 결정하고 0.5도에 근접한 수치로 경도 문제를 해결하는 사람에게 2만 파운드의 상금을 제안한다. 아무리 0.5도라고 해도 그것은 50킬로미터를 의미한다. 선박들은 그들이 위치하고 있다고 생각하는 장소로부터 수백 킬로미터 떨어진 곳에서 방황하는 경우가 종종 있었다. 천문학자와 학자들 그리고 유명한 항해사들로 구성된 '경도 심사원단'이 족히 반세기에 걸쳐서 수많은 연구계획을 심사한다. '경도를 알아내는 것'은 '원의 구적법(求積法)을 푸는 것'과 동의어가 된다. 심사원단은 천문학자가 이 문제를 풀 것이라고 확신한다. 연구자들은 목성의 위성들이 아닌, 태양과 여러 항성들에 대한 달의 외견상 거리를 연구 대상으로 삼는다. 달의 궤도는 18년을 주기로 흔들리고 따라서 달의 천체력 표를 완성하기 위해서는 18년 동안 매일같이 달을 관찰해야 한다. 사람들은 또한 티코 브라헤의 천체지도를 수정하기 위해서 파리와 그리니치의 망원경들을(그리고 틀림없이 뉴턴이 발명한 반사망원경을) 사용한다. 독일의 천문학자인 마이어가 가장 많은 연구비를 받는다. 스위스의 수학자 오일러도 역시 약간의 연구비를 받는데, 마이어가 오일러의 미분방정식을 사용하기 때문이다. 왕실 천문학자인 네빌 매스켈린은 상당히 정확한 달 천체력을 발표해서 오늘날까지도 선원들은 그것을 참고하고 있다. 우리가 지구 전체에 대한 기준으로서 '그리니치 표준시간'을 선택할 수밖에 없게 된 것은 다름 아닌 매스켈린의 천체력이 거둔 성공 때문이다.

달을 토대로 시간을 알아내기 위해서는 개량된 휴대용 사분의, 즉-경도 심사원단의 연구비로 발명된-육분의를 사용한다.

육분의를 사용하는 법도 알아야 하지만, '시차(視差)'를 수정하고 수평선 위의 고도에 따른 공기 굴절도 반드시 고려해야 한다. 초기의 달 천체력들을 가지고 사람들은 거의 4시간에 걸친 관찰과 계산을 통해 경도를 알아냈다. 표와 육분의 그리고 해군장교들의 수준을 향상시키면서 이 시간은 대략 30분으로까지 단축된다. 합삭(合朔. 태양과 지구 사이에 달이 들어가 일직선을 이룸으로써 지구에서 달이 보이지 않는 때-옮긴이)이 일어나는 시기의 밤에는 어떤 측정도 가능하지 않다. 구름

역시 반갑지 않기는 마찬가지다!

그와 반대로, 시계는 시간적인 지체도, 계산도 없이 시간의 차이를 알려준다. 6주 동안 바다를 횡단하면서 항로에서 벗어나는 것을 50킬로미터 이내로 제한하기 위해서는 시계의 오차가 하루에 최대한 3초 이하가 되어야만 한다.

가구장이이자 독학으로 공부한 기계공으로서 요크셔의 한마을에 사는 존 해리슨은 여가 시간에 시계를 만든다. 가구장이였던 까닭에 그는 시계의 작동장치를 나무로 만든다. 그는 수액이 배어 나와서 결과적으로 기름을 칠 필요가 없는 열대산 나무를 사용해서 톱니바퀴들 일부를 제작한다. 그의 시계는 요크셔의 여러 건물 꼭대기에 매달린 채로 한 번도 기름을 치거나 고친 적 없이 오늘날까지도 여전히 잘 작동하고 있다. 세상 사람들이 모르는 사이에 해리슨이 자기 마을에서 만든 최초의 시계들은 한 달에 기껏해야 1초의 오차만을 보인다. 그 시대에는 하루에 최소한 1분의 오차가 나는 시계도 만들 줄 아는 사람이 없었다. 해리슨의 나무로 만든 시계는 그 시대의 시계들보다 무려 2천 배가 더 정확한 것이다!

해리슨은 경도 심사원단에 시계 네 개를 제출한다. 그가 가장 속성으로 대충 만든 시계도 제작하는 데 5년이 걸렸고, 가장 공을 들여서 만든 시계는 19년이 걸렸다. 첫 번째 시계 H1은 튼튼하고 오래된 브라운관 텔레비전만큼이나 크고 무겁다. 그는 습기 때문에 어쩔 수 없이 나무를 포기하고 녹슬지 않는 황동을 사용한다. 평범한 시계는 온도가 1도 차가 날 경우 하루에 10초의 오차가 생긴다.

해리슨은 시계가 주변 온도에 영향받지 않도록 팽창을 상쇄하는 장치를 발명한다. 그리고 기계장치에 기름을 치는 수고를 피하기 위해서 강철구슬들이 회전하는 방식을 발명해낸다. 그의 시계들은 크기가 작아진다. 네 번째 시계인 H4는 커다란 손목시계와 닮았다. 직경 13센티미터에 무게는 1.5킬로그램이 나간다. 다이아몬드가 강철구슬의 회전을 대체하게 된다. 한 선박이 H4를 시험하기 위해서 자메이카로 시계를 가져간다. 시계는 81일간의 항해 동안 5초가 느려졌다. 1772년에는 쿡 선장이 자신의 두 번째 태평양 항해 중에 H4 복제품과 달 시계를 비교한다. 해리슨의 '항해용 크로노미터'는 단연 뛰어났다.

심사위원단은 싫은 내색을 한다. 누구나 사용할 수 있는 듣도 보도 못한 이상한 물건을 만든 시골뜨기에게 상금을 주다니 당치도 않은 얘기! 해리슨은 40년 이상을 전력투구하여 일을 했건만……. 그의 아들은 조지 3세의 도움을 얻는다. 심사위원단은 공식적으로 상금을 수여하지는 않았지만, 그에게 2만 파운드를 내준다. 영국, 프랑스, 스위스의 시계공들은 해리슨의 크로노미터들에 영감을 받고 그것들을 조금씩 개량해나가서 마침내 수정시계의 시대가 도래하게 된다. 나는 사람이 구식이라서, 건전지도 수정도 없는 손목시계를 차고 있다. 만약 내가 혼자서 세계여행을 떠나게 된다면 내 시계는 매일 20초씩 오차가 생기기 때문에 믿을 수가 없을 것이다.

〔17〕 물리학적 증거들

만약 어째서 파리에서는 추가 36시간을 도는지 알고 싶다면, 자크 가파이야르의 『그래도 그것은 돈다(쇠이유, 1993)』를 읽어보시라. 수준은…… 음, 대학 입학시험 정도다.

갈릴레이는 성 베드로 대성당의 둥근 지붕 내부에 거대한 추를 매달아서 추기경들을 대경실색하게 할 수도 있었을 것을. 조수(潮水)가 물리학적 증거라고 믿었으니…… 그럼에도, 『두 우주 체계에 관한 대화』 안에서 우리는 물리학적 증거로 인도해주는 방법 하나를 발견한다.

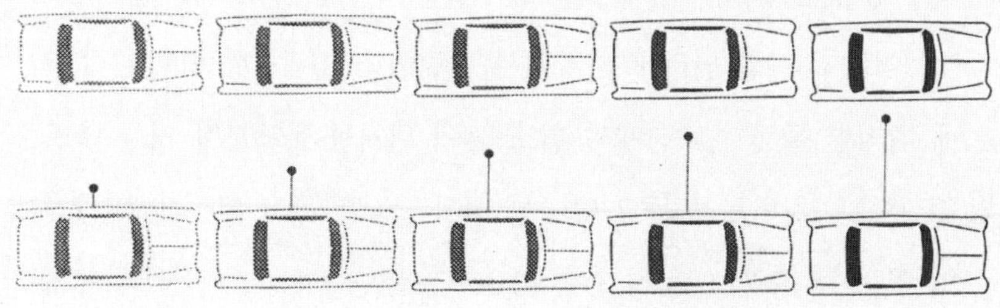

그것을 설명하기 전에 나는 여러분에게 다음과 같은 실험을 해보라고 권한다. 인적 없는 똑바른 도로에서 두 대의 자동차를 동일한 속도로 달리게 한다. 첫 번째 차에서 두 번째 차를 겨누고 권총을 쏜다. 여러분이 쏜 총알은 마치 두 대의 자동차가 움직이지 않는 상황에서처럼 과녁을 맞힐 것이다.

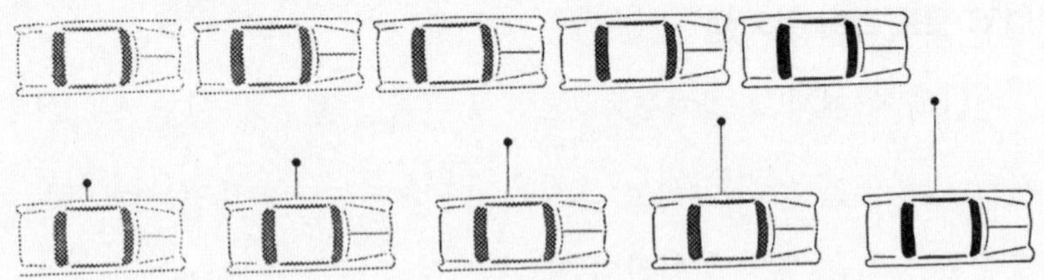

이제, 첫 번째 차를 두 번째 차보다 더 빠르게 달리면서 그 실험을 반복한다. 첫 번째 자동차의 운동량이 실려 있는 그 총알은 두 번째 자동차의 앞쪽을 지나가는 것을 여러분은 보게 될 것이다. 흠, 이건 이론적인 실험이다. 반드시 자동차들은 매우 빠르게 그리고 총알은 느리게 나아가야 한다. 아마도 여러분 손에서 발사된 것은 고무 총알일 테고…….

이와 동일한 원리에 의거해서 갈릴레이가 제시한 방법은 적도에 위치한 물체가 피렌체의 위도 상에 위치한 물체보다 지구 축을 중심으로 더 빠르게 돌고 있다는 점에 근거를 두고 있는데, 왜냐하면 첫 번째 물체는 24시간에 40,000km를 주파하고 두 번째 물체는 30,000km를 주파하기 때문이다.

다음 그림에서 내가 적도와 북위 40도 옆에다 그려놓은 두 화살표의 길이는 속도의 비례를 대략적으로 나타내고 있다. 정확히 바로 이 속도의 차이가 기류와 저기압의 회전을 설명해준다. 이 속도차가 북쪽이나 남쪽으로 쏜 대포의 탄환을 굴절시키는 것이라고 갈릴레이는 이해했다. 굴절의 정도는 미미하다. 100미터에 대해 대략

1센티미터. 17세기의 대포나 소총은 설득력 있는 실험을 하기에는 그다지 정확하지 못했다.

1679년에 뉴턴은 이와 유사한 방법을 제안했는데, 그것은 우리에게 돛대에서 떨어지는 선원의 신발 이야기를 다시금 생각나게 만든다.

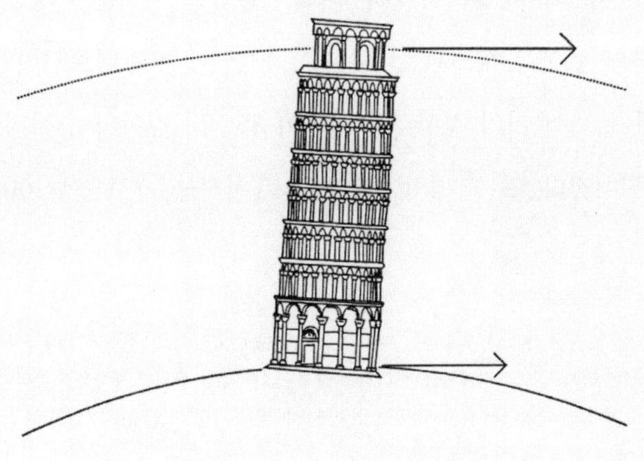

아, 이건 우리의 친구인 피사의 탑이다. 자전축을 중심으로 회전하면서 탑 꼭대기는 탑 아래쪽보다 더 긴 거리를 주파한다. 내 그림에서는 지구의 곡률을 상당히 과장해놓았다. 게다가 이 그림은 탑이 적도 위에 있다면 정확하지만, 그렇지 않은 경우에는 훨씬 더 복잡해질 것이다. 이 가상의 그림에서 탑 꼭대기와 탑 아래쪽의 속도는 내가 그린 두 개의 화살 길이에 상응할 것이다. 높이는 60미터고 피렌체의 위도 상에 위치한 피사의 탑의 경우에, 탑에서 떨어지는 물체는 대략 0.5센티미터만큼 동쪽으로 휘어진다.[29]

돛대의 경우에, 신발은 심플리치오가 생각하는 것처럼 배 뒤편 멀리 바다에 떨어지는 것이 아닐뿐더러 지구의 자전으로 인해서 돛대로부터 1밀리미터 동쪽에 –따라서 만약 배가 동쪽을 향해 항해하고 있다면 돛대의 앞쪽에– 떨어진다! 뉴턴의 동료인 후크가 1679년에 최초로 실험을 했지만, 고작 9미터짜리 사닥다리 발판을 사용했다. 그래서 0.5밀리미터에 해당하는 그 편차는 찾아내지 못했다. 1791년에 이탈리아에서 행해진 실험은 수직을 설정한 방법이 타당하지 못했기 때문에 실패했다. 1804년에 벤젠베르크라는 한 독일인에 의해서 거의 결정적인 실험이 85미터 깊이의 수직갱도 속에서 이루어졌다. 또 한 명의 독일인인 라이히는 1831년에 160미터 깊

---

29. 정확한 계산은 어렵다. 뉴턴은 정확하지 않은 값을 얻었는데, 가우스가 1803년에 그것을 수정했다. 마치 지구의 위성처럼, 떨어지는 물체는 실제로는 타원형 궤적을 따른다. 또한 '수직'은 줄에 납을 매달아서 얻을 수 있는 것이며, 지구의 중심점과 연결된 상상의 선과는 동일하지 않다는 사실을 유의할 필요가 있다.

이의 수직갱도 속에서 최초로 편차를 측정하는 데 성공했다. 따라서 그는 푸코보다 앞섰지만, 추가 훨씬 더 눈길을 끈다. 수많은 신문기자들이 판테온 옆에 아예 진을 치고 살았다! 푸코의 추는 1851년부터 시작해 뉴욕과 기타 열두 개 도시에서 돌고 있다.[30]

사실, 영국의 천문학자인 브래들리는 1728년에 지구가 1년에 걸쳐서 태양 주위를 공전한다는 증거를 발견한 바 있다. 그는 달의 천체력들과 새로운 천체지도를 작성하면서(모든 자기 동료들처럼 그도 경도를 연구해서 2만 파운드의 상금을 타고자 했다), 지구 위에 도착하는 빛의 유한 속도로 인해 야기된 별의 외견상의 작은 변위인 '광행차(光行差)'라고 불리는 현상(천체의 빛이 지구에 수직으로 이르지만 관측자는 지구의 운동으로 인해서 이동하고 있기 때문에 천체의 빛이 대각선으로 기울어진 것처럼 보이는 현상-옮긴이)을 찾아냈는데, 이것은 태양을 중심으로 도는 지구의 운동에 의해서만 설명될 수 있다.

1년간의 이 운동은 '별의 시차(視差)'라고 하는 또 하나의 현상을 일으키는 것이 분명하다. 우리의 눈이 두 개인 까닭은 시차 방식을 이용해서 거리를 가늠하기 위해서다. 만약 우리가 약간 사팔뜨기라면 우리의 뇌는 두 각도를 비교해본 뒤에 우리가 가까운 물체를 바라보고 있다고 결정을 내린다. 만약 우리의 두 눈이 정확히 같

30. 갈릴레이의 조수며 전기 작가인 비비아니는 1660년에 추의 편차를 주목했지만 그것이 지구의 자전과 관계가 있다는 사실은 이해하지 못했다.

은 방향을 바라보고 있다면, 그것은 우리는 매우 멀리 떨어져 있는 물체를 주시하고 있음을 뜻한다. 예를 들어서, 고대 그리스인들은 거대한 피라미드의 높이를 측정하기 위해서 시차 방식을 이용했다. 조준점들이 서로 대단히 멀리 떨어져 있다면 시차를 이용해서 달의 크기와 거리를 측정할 수 있다. 이를테면, 한 조준점은 아테네에 있고 다른 조준점은 알렉산드리아에 있는 경우다. 또한 각도를 극히 정확하게 측정할 필요가 있다. 사람들은 사모스의 아리스타르코스에게 별의 시차가 없다는 점을 반증으로 제시했다. 지구가 태양의 주위를 돈다면 별들의 각도가 1년 동안 변할 텐데 변화가 없지 않느냐고 말이다. 각의 변화를 관찰하기 위해서 아리스타르코스에게 단 하나 없는 게 있었는데 그것은 바로 커다란 망원경이었다.

마침내 독일 천문학자인 베셀이 쾨니히스베르크에서 1838년에 별의 시차를 알아냈다. 그는 『두 우주 체계에 관한 대화』에서 갈릴레이가 상상한 방법을 사용했다. 그것은 매우 가까이 있으며 다른 밝기를 가진 두 개의 별을 찾아내는 것으로서, 한 별은 다른 한 별보다 우리에게 훨씬 더 가깝다고 가정되고, 그것들의 외견상 거리는 지구가 이동함에 따라서 변해야 한다.

지구의 자전에 관한 또 하나의 물리학적 증거는 19세기와 20세기에 발견되고 연구됐다. 지구는 팽이처럼 도는 탓에 구체가 변형되어 있다. 극지방은 납작하고 적도는 불룩하다. 이 이유 때문에, 그리고 또한 회전 때문에 중력의 힘은 우리가 적도에 접근할 때 약간 줄어든다. 아리안 로켓(프랑스, 서독, 영국 등 유럽 11개국으로 구성된 유럽우주기구가 개발해서 쏘아올린 로켓으로, 발사기지는 프랑스령 기아나에 있다-옮긴이)에 대한 것도 설명해달라고? 기아나에 대해서도? 음, 그건 여러분이 직접 찾아보시라. 내 공부는 이것으로 끝.

갈릴레이와 금붕어

1판 1쇄 인쇄 | 2011년 7월 25일
1판 1쇄 발행 | 2011년 7월 30일

지은이 | 장 자크 그리프
옮긴이 | 하정희
발행처 | 도서출판 거인북
발행인 | 박형준
편 집 | 채지민
마케팅 | 이희경 이창원 서하나
디자인 | 출판iN

등록번호 | 제10-2363호
주 소 | 서울시 마포구 공덕동 456번지 르네상스타워 1611호
전 화 | 02)715-6857, 6859
팩 스 | 02)715-6858

책값은 표지 뒤쪽에 있습니다.
ISBN 978-89-6379-062-6 03860